Heinz-Peter Baecker · Der Zirkusclown von Kastellaun

Die Deutsche Bibliothek – CIP-Einheitsaufnahme

Baecker, Heinz-Peter:
Der Zirkusclown von Kastellaun / Heinz-Peter Baecker. -
Simmern : Pandion, 2002
(Pandion-Krimi)
ISBN 3-934524-27-3

Gartenstraße 10, 55469 Simmern, Telefon (06761) 7142

info@pandion-verlag.de, www.pandion-verlag.de

Druck/Weiterverarbeitung:
Rosch Buch-Druckerei GmbH, Scheßlitz
Printed in Germany

ISBN 3-934524-27-3

Heinz-Peter Baecker

Der Zirkusclown von Kastellaun

PV

PANDION

1.

Geschafft! Karl Gassner atmete hörbar aus. Noch einmal warf er einen Blick auf den Bildschirm und prüfte die Namen und Adressen, die er in den beiden Briefen angegeben hatte: ehemalige Lehrer und Schüler sowie Schule und Pfarrei. Dann surrte der Laserdrucker. Das mit Spannung erwartete Abenteuer begann.

Über Weihnachten hatte er hin und her überlegt, wie er es angehen sollte. Und heute, an seinem ersten Arbeitstag im neuen Jahr, hatte er den ersten Schritt gewagt und zwei Briefe verfasst. Einer war an das Pfarramt St. Paulus in Trier, der andere an das Schulamt gerichtet. Jetzt hieß es abwarten. Wohin waren sie wohl im Laufe der Jahre verstreut worden – seine Klassenkameraden des Schuljahrgangs 1952 der Volksschule St. Paulus? Lebten sie überhaupt noch alle? Waren ihre heutigen Adressen noch auffindbar? Aber dafür schien ihm schon der Ordnungssinn deutscher Beamter und Behörden zu garantieren. Immerhin gehörte er selbst seit Jahren einer solchen Institution an.

Ein Klassentreffen nach fast fünfzig Jahren. Was war wohl aus seinen ehemaligen Kameraden geworden? Die Gesichter vieler sah er nur noch verschwommen vor sich. Aber etliche Namen waren ihm immer noch präsent. Rolf Steil, der Sohn eines Malermeisters. Rudi Langbein, dessen Vater Maurer war, soweit sich Karl erinnern konnte. Mit beiden hatte er morgens immer den Schulweg angetreten, weil sie in der gleichen Straße, In der Olk, wohnten. Dann der lange, blonde Hartmut Brandt aus der Ausoniusstraße, dessen Vater irgendwann in den fünfziger Jahren bei spiegelglatter Fahrbahn auf der Hunsrückhöhenstraße tödlich verunglückt war. Und nicht zu vergessen der schöne Günther Janetzky, der beim Kasperltheater immer nur das Pferd spielen durfte, weil er etwas stotterte. Und die Mädchen aus der Klasse! Die fesche Helga Adamczewski aus der Martinstraße. Die zarte Rosemarie Meyer, die in der Böhmerstraße wohnte, in den „städtischen Häusern", wie man die Sozialbauten früher nannte. Oder die große, blonde Rosemarie Werding und Ingeborg Stark, die Karl als recht füllig und vorlaut in Erinnerung hatte. Ganz besonders freute er sich auf Siegfried Lange, Sigi, neben dem er die ersten vier Schuljahre gesessen hatte, bevor er auf das Max-Planck-Gymnasium gewechselt war.

Und er selbst? Würde man ihn erkennen? Seine Haare waren schneeweiß und licht geworden, sein Gesicht voller, sein Hals faltig. Aber sein jugendliches Lachen und Auftreten glaubte er sich immer noch erhalten zu haben. Vielleicht sahen andere das aber auch ganz anders?

Karl gab sich einen Ruck. Er steckte die beiden Briefe in die adressierten Umschläge und legte sie in den Postausgangskorb auf seinem Schreibtisch. Wie lange würde es dauern, bis er mit Antwort rechnen konnte? Er hatte sogar überlegt, ob es nicht sinnvoller wäre, nach Trier zu fahren und direkt vor Ort die Auskünfte einzuholen. Aber dann hatte er den Gedanken fallen lassen. Er hasste Behördengänge, so wie er Besucher in seiner Behörde hasste. Sie hielten einen immer nur von der Arbeit ab.

Karl lehnte sich in seinem Schreibtischsessel zurück und schaute hinaus in den lichtgrauen Schneehimmel. Bilder aus seiner Volksschulzeit tauchten vor ihm auf. Neben dem nüchternen Kasten des Volksschultrakts hatte sich damals die Kunstgewerbeschule in einem grauen, neoklassizistischen Bau befunden. Oft waren sie in der Pause oder nach der Schule vom Schulhof über die Mauer geklettert. Hatten kleine bunte Mosaiksteinchen eingesammelt – aus heutiger Sicht Abfall, aber damals ein Schatz, der ihnen allen ungeheuer wertvoll erschien! Oder ihre Mut- und Kraftproben auf dem Trümmerfeld am anderen Ende des Schulhofs, zur Deutschherrenstraße hin. Eigentlich durften sie diesen Teil gar nicht betreten, heimlich hatten sie sich dorthin schleichen müssen. Norbert Brink, der Klassenälteste, hatte einen dicken Balken ausgesucht. Jeder musste ihn stemmen, um in der Klasse etwas zu gelten. Wenn sie dabei erwischt wurden, etwa von Fräulein Höffner, Lehrerin der Erstklässler und Schwester des späteren Kölner Kardinals, oder im zweiten Schuljahr von Lehrer Alten, gab es Schläge. Meist mit einem dünnen Bambusstock auf die ausgestreckte Handfläche. Im Sommer, wenn sie kurze Hosen trugen, auf die Oberschenkel – eine Spezialität der Lehrerin Pesch im dritten Schuljahr. Dabei stillzuhalten und nicht zu weinen, auch das gehörte irgendwie zur Mutprobe.

Karl erinnerte sich auch noch gut an den dürren Hausmeister, Wolf hieß er. Zu Beginn der Schulpause verkaufte er warmen Kakao und warme Milch, damals noch in kleinen Flaschen mit Stannioldeckeln. Manchmal auch „Teilchen", wie man in Trier zu Blätterteiggebäck sagt. Hatte Wolf keine Teilchen, schlich man sich heimlich vom Schulhof weg. Über die Straße, an der Ecke Dietrichstraße, befand sich eine Bäckerei. Bei diesem Gedanken fiel Karl ein, dass er seiner Frau versprochen hatte, auf dem Heimweg noch etwas für das Abendessen einzukaufen!

Er warf einen Blick auf seine Armbanduhr, schloss wie jeden Abend seine Schreibtischschublade ab und drückte eine Taste seiner Gegensprechanlage. „Ich gehe nach Hause", teilte er Frau Sandmann, seiner jungen Mitarbeiterin im Vorzimmer, mit.

„Schönen Abend!", kam es wie jeden Tag aus dem Lautsprecher.

Karl verließ sein Büro über den direkten Zugang zum Flur. Hier stieß er auf seinen Kollegen und Freund Gerd Nettekoven.

„Was macht ihr am Wochenende?", wollte Gerd im Vorbeigehen wissen.

Karl zuckte die Schultern. „Weiß nicht, was Irmgard vorhat. Vielleicht telefonieren unsere Frauen miteinander."

Gerd hätte vom Aussehen fast Karls Bruder sein können. Die gleiche Körpergröße, die gleiche Statur. Nur seine Nase war spitz und sein Haar kürzer geschnitten. Jetzt blieb er unvermittelt stehen, kam zurück und trat dicht an Karl heran. „Wollen wir nicht mal wieder was alleine unternehmen? Ein Herrenwochenende im Hunsrück?"

Karl zögerte. „Mal sehen. Ich müsste nach einem schönen Hotel und Restaurant suchen, um ein Klassentreffen zu arrangieren. Wäre vielleicht ein Anlass... Aber noch nicht an diesem Wochenende. Ich muss erst wissen, wohin es die Leute verschlagen hat. Das Hotel sollte schon möglichst zentral liegen."

Enttäuscht setzte Gerd seinen Weg fort. „Vielleicht fällt uns noch etwas anderes ein", brummte er vor sich hin.

„Hast du eingekauft?", kam es aus dem Wohnzimmer.

Natürlich hatte er eingekauft. Er stellte die Plastiktasche in der Küche ab und zog den Mantel aus.

„Häng deinen Mantel ins Bad über die Wanne, es schneit doch sicherlich wieder."

Karl nahm mit einem leisen Seufzer den Mantel von der Garderobe und brachte ihn ins Bad, in dem die Waschmaschine rumpelnd ihre Touren drehte.

Irmgard saß im Wohnzimmer über einem Kreuzworträtsel. Im Vorbeigehen nahm Karl die Fernbedienung und schaltete das Fernsehgerät ein. Im Ersten lief eine Vorabendsoap. Er zappte die Sender durch.

„Kannst du dich nicht auf ein Programm festlegen? Außerdem haben wir eine Programmzeitschrift."

Karl schaltete das Gerät wieder aus und ging in die Küche zurück. Er nahm sich aus dem Kühlschrank eine Flasche Orangensaft und füllte sich ein Glas. „Willst du auch etwas zu trinken?", rief er, bekam aber keine Antwort. So stellte er die Flasche in den Kühlschrank zurück und machte sich auf den Weg ins Wohnzimmer.

„Soll ich heute das Abendessen machen?", fragte er.

„Ich mach es schon gleich", antwortete seine Frau ungehalten. Hastig schrieb sie die letzten fehlenden Wörter in ihr Kreuzworträtsel, klappte die Illustrierte zu und stand auf. „Was hast du mitgebracht?"

„Nur etwas Aufschnitt, Brot und eine Dose Bratheringe."

„Bratheringe? Wer von uns isst denn Bratheringe?"

„Ich!", antwortete Karl und nahm einen Schluck Orangensaft. „Die Dose hat mich angelacht und ich habe schon lange keine Bratheringe mehr gegessen."

Irmgard hatte sich eine bunte Schürze umgebunden und begann den Tisch zu decken. Die Dose mit den Bratheringen stellte sie neben den Teller ihres Mannes. „Aufmachen musst du sie aber selbst. Ich habe mich erst neulich an einem ähnlich dämlichen Verschluss geschnitten."

„Ich habe heute die Briefe an das Schulamt und die Pfarrei in Trier abgeschickt", bemerkte Karl später beim Essen.

Seine Frau, die sich gerade eine Scheibe Brot strich, schnitt eine Grimasse. „Ich habe dich gewarnt. Du machst dir wieder einmal viel zu viel Arbeit und hängst dir etwas an den Hals, was überhaupt nicht notwendig ist. Oder glaubst du, dass dir einer deiner ehemaligen Klassenkameraden dafür dankt? Die freuen sich höchstens, dass sich ein Blöder gefunden hat, kommen zum Saufen, und damit hat es sich."

„Ich finde es spannend!", gab Karl zurück. „Außerdem: wenn ich die Adressenliste habe, heißt das ja nicht, dass ich das Klassentreffen auch durchführen muss!"

„Du wirst es durchziehen. Ich kenne dich doch. Wenn du dir etwas vorgenommen hast, dann geht's mit dem Kopf durch die Wand, egal wie."

„Jetzt sei doch nicht so pessimistisch, Irmgard! Wenn ich mich recht erinnere, warst du vor zwei Jahren auch auf einem Klassentreffen."

„Habe ich das arrangiert? Was meinst du, was du da an Porto und Telefongebühren bezahlst? Ganz zu schweigen von dem, was sonst noch alles notwendig ist und auf dich zukommt?"

„Das meiste mache ich doch vom Büro aus und während meiner Arbeitszeit", hielt er dagegen.

Irmgard schüttelte missbilligend den Kopf mit den krausen, grau melierten Löckchen. „Irgendwann fliegst du auf, gerade jetzt, wo sich beim BWB so vieles ändert. Und dann wirst du abgeschoben auf einen Posten, den du gar nicht haben willst. Aber du musst wissen, was du tust. Ich habe dich gewarnt."

„Blödsinn. Erstens machen es die meisten Kollegen so und zweitens betreffen die Veränderungen nicht mich und meine Abteilung."

„Abwarten!", sagte sie nur und biss in ihr Brot.

Zu Karls Erstaunen kam sehr schnell Antwort auf seine beiden Anfragen. Bereits wenige Tage später teilte ihm das Schulamt der Stadt Trier mit, dass die Unterlagen vermutlich in der Ausonius-Grundschule lägen, er solle seine Anfrage dorthin richten. Die Mitarbeiterin des Pfarramtes St. Paulus bedauerte, keine Unterlagen zu haben, und verwies ihrerseits an das Schulamt.

Gleich am nächsten Tag im Büro setzte er sich wieder hin und schrieb an die Schulleitung der Ausonius-Grundschule, die sich zu seiner Verwunderung ebenfalls in der Langstraße befand, wo er früher zur Schule gegangen war. Offenbar hatte man die St.-Paulus-Schule im Laufe der Jahre umbenannt. Wie mochte es dort wohl heute aussehen? Er war in all den Jahren nur selten in Trier gewesen. Seit seine Eltern gestorben waren, hatte es kaum noch Anlässe gegeben, in seine Heimatstadt zu fahren. Allenfalls hatte er Freunde und Bekannte begleitet, um ihnen die typischen Sehenswürdigkeiten wie Porta Nigra, den Dom, die Kaiserthermen und die Matthias-Basilika zu zeigen. Die Gegend um die Langstraße herum hatte niemand für sehenswert befunden…

Die Antwort der Ausonius-Grundschule ließ etwas auf sich warten. Die Unterlagen hatten aus dem Archiv im Keller der Schule herausgesucht werden müssen, ließ man ihn schließlich wissen. Karl überflog die Namens- und Adressenliste. Mit vielen Namen konnte er keine Gesichter mehr verbinden. Andere tauchten plötzlich wieder in seinem Gedächtnis auf. Da war Ferdinand Grewelding, genannt Freddy, der kleine quirlige Mitschüler, oder Eugen Egon Hansen, der pausbäckige Junge, der wie einige seiner Klassenkameraden im Waisenhaus gegenüber der Paulus-Kirche lebte. Wo aber war Sigi? Siegfried Lange, sein langjähriger Banknachbar? Karl fuhr mit dem Finger noch einmal intensiv suchend die Namensliste ab. Ohne Erfolg.

„Das gibt es doch nicht!“, rief er laut aus. Er griff umgehend zum Telefon und wählte die Nummer vom Briefkopf des Begleitschreibens.

Am anderen Ende meldete sich eine Frau, deren Namen Karl in seiner plötzlichen Hektik nicht hörte. Er musste sofort seine Frage loswerden.

„Tut mir Leid“, antwortete die Frau freundlich, „ich kann Ihnen natürlich nur die Liste zuschicken, die uns vorliegt. Wenn Sie sich sicher sind, dass es die richtige Klasse ist, dann müsste die Liste auch komplett sein.“

„Müsste!“, betonte Karl spitz. „Aber ich habe vier ganze Jahre neben Siegfried Lange gesessen, verstehen Sie!? Der kann doch nicht einfach unter den Tisch gefallen sein.“

Die Frau am anderen Ende der Leitung wusste auch keinen Rat.

„Kann man an den Unterlagen irgendwelche Änderungen oder Korrekturen erkennen?“, wollte Karl wissen.

„Mir ist nichts aufgefallen. Außerdem kann ich mir nicht vorstellen, dass man jemanden vergessen hat.“

„Aber es ist so!“

„Vielleicht irren Sie sich und...“, weiter kam die Frau nicht.

„Für was für einen Deppen halten Sie mich?“, brauste Karl auf. „Glauben Sie, ich habe mir vier Jahre lang eingebildet, neben jemandem die Schulbank zu drücken? Ich werde nach Trier kommen und mir die Unterlagen ansehen, guten Tag!“

Wütend warf er den Hörer auf und ließ sich zurück in seinen Schreibtischsessel fallen. Frau Sandmann steckte erschrocken den Kopf in das Zimmer.

„Ach, lassen Sie nur“, winkte Karl ab. „Es ist nichts. Ich habe mich nur mal wieder aufgeregt.“

Er griff in die Tasche seines Jacketts und suchte nach seinen Tabletten, die ihm der Arzt für solche Fälle verschrieben hatte.

Am Abend berichtete Karl seiner Frau von dem Vorfall. Und wieder spürte er, wie dabei die Erregung in ihm wuchs. Sigi – ein Phantom?!

„Bist du dir ganz sicher?“, fragte Irmgard und ergänzte sofort, als sie sah, wie ihr Mann rot im Gesicht anlief: „... dass es sich um die komplette Namensliste der Klasse handelt?“

„Du meinst...?“

„Es könnte doch sein, dass dies nur ein Auszug aus einer Liste ist, der zu irgendeinem Zweck einmal angefertigt wurde“, erklärte sie. „Ich meine, früher, ohne Computer und so, lief das alles doch noch ganz anders. Wie viele Schüler seid ihr denn insgesamt in der Klasse gewesen?“

Karl musste zugeben, dass er keinen blassen Schimmer hatte. Vielleicht waren sie dreißig gewesen. Vielleicht aber auch mehr. Im Klassenraum hatte es drei Bankreihen mit Doppelbänken gegeben, daran konnte er sich noch ziemlich genau erinnern. Aber wie viele Bänke jeweils hintereinander standen, konnte er nur schätzen. Das half ihm also nicht weiter. Dafür fiel ihm die Bemerkung seines Freundes Gerd Nettekoven wieder ein...

„Ich werde einfach nächste Woche mal nach Trier fahren, um mich nach einem Ort für das Klassentreffen umzuschauen“, sagte er und vermied es, seine Frau anzuschauen. „Bei der Gelegenheit versuche ich beim Einwohnermeldeamt herauszubekommen, wer heute noch an der alten Adresse wohnt. Wahrscheinlich keiner mehr. Aber man wird mir die neuen Adressen nennen können.“

„Ich wusste es!“, sagte Irmgard scharf.

Karl zuckte zusammen. „Was?“

„Dass die ganze Sache nichts als Arbeit mit sich bringt!“

Am nächsten Tag rief Karl beim Einwohnermeldeamt an und erfuhr, dass ein persönlicher Besuch wenig sinnvoll sei. Er möge ihr die Liste der Schüler zuschicken, versehen mit einer Begründung, warum er die Adressen benötige, erklärte ihm die freundliche Dame am anderen Ende. Außerdem seien die Umzugsadressen nur bis 1972 greifbar. Der Rest müsse im Archiv gesucht werden. Da könne er sowieso mit einer längeren Bearbeitungszeit rechnen.

Das Ausrichten eines Klassentreffens hatte sich Karl tatsächlich einfacher vorgestellt, auch wenn er es seiner Frau gegenüber nicht zugeben würde. Aber andererseits sagte er sich auch, dass beinahe fünfzig Jahre eine sehr lange Zeit waren. Er beschloss also, die ihm vorliegende Liste von Frau Sandmann kopieren zu lassen und an das Einwohnermeldeamt zu schicken. Dabei kam ihm eine Idee. Vielleicht würde es gar nicht auffallen, wenn er die Liste um den Namen Siegfried Lange ergänzte? Sigi hatte damals in der Windmühlenstraße gewohnt. An die Hausnummer konnte sich Karl allerdings nicht mehr erinnern. Aber er hatte Sigi oft besucht und mit ihm die Hausaufgaben gemacht, ganz bestimmt würde er das Haus wiedererkennen. Also hatte er jetzt noch einen Grund mehr, nach Trier zu fahren.

Er schlenderte hinüber in das Büro seines Kollegen Nettekoven, der gerade in der Rhein-Zeitung blätterte.

„Du, Gerd, ich fahr nach Trier!“, verkündete er mit einem vielsagenden Lächeln.

„Na also, hast du endlich eine Ausrede gefunden?“, grinste Gerd über den Zeitungsrand hinweg. „Wann fahren wir? Ich muss dir doch unbedingt in Trier helfen, oder?“

„Ich kann aber nur an einem Werktag, tut mir Leid. Wenn du mitwillst, musst auch du einen Tag Urlaub opfern.“

„... oder eine Dienstreise beantragen!“ Nettekoven knipste seinem Kollegen ein Auge. „Lass mal sehen, was für einen Grund es für einen Ausflug nach Trier geben könnte.“ Er blickte suchend auf seinem Schreibtisch umher, dann drehte er sich um und ließ seine Blicke über eine Reihe von Aktenordnern schweifen. „Setz dich, oder hast du es eilig?“

Karl schüttelte den Kopf und zog sich einen Stuhl heran. „Kannst du dir vorstellen, dass aus der Namensliste meiner Schulklasse ein Name verschwindet?“

„Kann ich!“, stellte Gerd lapidar fest.

Karl schaute ihn erstaunt an. „Wie sollte das geschehen?“

„Ganz einfach, man streicht ihn!“ Gerd lachte herzhaft.

„Nein, im Ernst, Gerd! Ein Mitschüler, der neben mir gesessen hat, fehlt auf der Liste. Und keiner kann mir eine plausible Erklärung dafür geben.“

Gerd schnippte mit den Fingern. „Ich glaube, ich sollte mal wieder unsere Kollegen der wehrtechnischen Dienststelle des Fernmeldebereichs 70 besuchen.“ Er wendete sich triumphierend zu Karl um. „Wenn das kein triftiger Grund für eine Dienstfahrt ist!“

Karl war in Gedanken noch bei seinem Problem. „Vielleicht kannst du mir auch einen triftigen Grund sagen, warum mein ehemaliger Banknachbar nicht auf der Liste erscheint?“

„Hm.“ Gerd hielt ihm eine Schachtel Zigaretten hin, doch Karl lehnte ab. „Weiß nicht“, meinte Gerd, während er selbst sich eine Zigarette nahm und anzündete. „Über Klassenlisten oder dergleichen habe ich mir noch nie Gedanken gemacht. Aber wenn du sagst, du hast neben ihm gesessen, muss er ja irgendwie aufzufinden sein."

„Eben!", stöhnte Karl.

„Wann fahren wir?" Gerd paffte genüsslich ein paar Wolken gegen die Decke. „Ich könnte schon am Freitagabend."

„Da wird Irmgard hellhörig. Nein, Gerd, eine Übernachtung muss reichen. Lass uns erst Sonntag früh fahren, das ist glaubwürdiger. Am Sonntag offiziell allgemeine Dinge in Trier ausgucken und am Montag zur Schule und Verwaltung. Das nimmt sie mir ab."

Gerd zog vielsagend eine Augenbraue in die Höhe. „Soll ich das Hotel arrangieren?"

Pünktlich um zehn Uhr fuhr Karl Gassner vor dem Wohnblock auf der Koblenzer Karthause vor, in dem Nettekoven mit seiner Frau Hanna wohnte. Noch bevor er ausgestiegen war, sah er seinen Kollegen bereits aus dem Haus kommen. Gerd schien es kaum abwarten zu können.

„Lass uns noch schnell am Bahnhof vorbeifahren. Ich habe da ein kleines Päckchen im Schließfach deponiert. Konnte es ja schlecht mit nach Hause nehmen. Meine kleine Butzi hat morgen Geburtstag!"

„Wo treffen wir uns?"

„Im Jagdschloss Pleizenhausen. Evelin und Butzi werden schon auf uns warten."

Gerd hatte die beiden Frauen vor ein paar Jahren auf einer Bundeswehrveranstaltung in Bonn „aufgerissen". In Koblenz zurück, hatte er Karl so lange von ihnen vorgeschwärmt, bis der einmal mitfuhr und die beiden ebenfalls kennen lernte. Evelin Singer, die lebenslustige Blondine, war gut zehn Jahre jünger als Karl und ebenso wie ihre Freundin Gerlinde Odenthal beim Bundesministerium der Verteidigung auf der Hardthöhe beschäftigt. Da Gerd den Namen Gerlinde nicht ausstehen konnte, nannte er sie einfach Butzi. Dieser Kosename passte allerdings überhaupt nicht zu ihr, denn sie war fast einen Kopf größer als Gerd und sehr schlank. Sie war kinderlos mit einem Handelsvertreter verheiratet und lebte in ständigen Scheidungsabsichten. Evelin hingegen war verwitwet und eher mollig, was auch mehr Karls Neigungen entsprach. Man traf sich unregelmäßig, mal hier, mal dort. Verbrachte ein gemeinsames Wochenende oder auch nur eine Nacht miteinander. Die meist als dienstliche Abwesenheit deklarierten Liebesabenteuer funktionierten perfekt, obwohl Butzi verheiratet war. Es war ihr Geheimnis, wieso sie sich immer wieder, angeblich ohne Argwohn ihres Mannes, mit Gerd treffen konnte. Karl vermutete, dass Evelin als Alibi diente.

Das Jagdschloss liegt etwas abseits der Hunsrückhöhenstraße am Waldrand. Seine großzügigen Räumlichkeiten, die gutbürgerliche Küche und die günstigen Zimmerpreise üben weithin eine große Anziehungskraft aus und waren auch für Gerd der Anlass, dieses Hotel für ihr Treffen auszuwählen.

Gerlinde und Evelin waren tatsächlich bereits eingetroffen und saßen etwas verloren bei einer Tasse Kaffee in dem großen Restaurant, als die beiden Männer den Raum betraten. Evelin sprang sofort auf und fiel dem etwas steif wirkenden Karl in die Arme. Butzi, weniger spontan, wartete, bis Gerd bei ihr am Tisch war.

„Was machen wir nun?“, rief Evelin, nachdem sie ihren Liebhaber geküsst und wieder aus ihrer Umarmung losgelassen hatte.

Von Frau Odenthal und Nettekoven war so schnell noch keine Antwort zu erwarten. Karl räusperte sich vernehmlich, doch das schien die beiden in ihrer versunkenen Umarmung nicht zu berühren. So legte er seinen Arm um Evelins pralle Hüfte und meinte leise: „Ich trinke erst einmal einen Tee. Bei denen wird das wohl noch länger dauern.“

„Eigentlich hätte ich gedacht, ein Glas Champus sei angesagt.“

Karl zuckte mit den Schultern. „Von mir aus!“

Sie setzten sich und Karl hielt nach der Kellnerin Ausschau, die zwar schon einmal um die Ecke geschaut hatte, dann aber wieder verschwunden war, um bei der intimen Begrüßung nicht zu stören.

Endlich nahm auch Gerd mit seiner Freundin Platz. „Champagner!“, rief er laut.

„Hab ich auch gerade gesagt!“, lachte Evelin und schmiegte sich an Karl.

Die Bedienung hatte Gerds Ausruf gehört, wollte sich aber noch von der Ernsthaftigkeit überzeugen.

„Natürlich!“, bestätigte ihr Gerd die Bestellung. „Wenn man schon mit zwei so hübschen Frauen zusammentrifft, dann muss es krachen!“

Karl blühte in Evelins Armen sichtlich auf. Sie wusste, wie man ihn in Schwung bringen konnte, und mit ihrer humorvollen, aber auch zärtlichen Art gab sie ihm in diesen kostbaren Stunden mehr, als Irmgard, seine Frau, ihm in dreißig Jahren Ehe geben konnte oder wollte. Das Zusammensein mit ihr bedeutete ihm mehr, als er ihr zeigen konnte.

Gerd war in dieser Beziehung ganz anders. Für ihn war Butzi ein Abenteuer unter vielen anderen in seinem Leben. Und Butzi brauchte ihn, weil in ihrer Ehe so gut wie nichts mehr lief, wie sie behauptete. Gerd glaubte nicht so recht daran, aber es kümmerte ihn auch wenig, Hauptsache, er hatte seinen Spaß.

„Wie war die Fahrt?“, wollte Karl wissen.

„Mensch, Karl!“, mischte sich sein Freund sofort ein. „Sie sind hier! Lass dich fallen, spätestens heute Mittag ins Bett!“ Er lachte laut und herzhaft und griff ungeniert in den einladenden Ausschnitt von Gerlindes Kleid.

„Karl muss immer erst warm laufen“, entgegnete Evelin verschmitzt, während sie ihm unter dem Tisch mit spitzen Fingern über die Oberschenkel strich. „Ist doch so?“

Sie schaute ihn erwartungsvoll an.

Er blickte sich verlegen im Raum um, ob jemand sie beobachten konnte. „Nicht viel los“, sagte er mit einem kleinen Seufzer.

„Reiche ich dir nicht?“ Evelin legte ihren Kopf an seine Schulter und blickte der Bedienung entgegen, die mit einem vollen Tablett im Anmarsch war. Alle vier beobachteten schweigend, wie sie die Gläser auf den Tisch stellte und sich anschließend abmühte, die Flasche Moët & Chandon zu öffnen.

„Komm, gib mal her!“, brummte Gerd nach einer Weile. „Sonst verdursten wir noch.“

Er nahm ihr kurzerhand die Flasche weg, warf einen Blick zur Decke und drückte mit beiden Daumen und einem lauten Knall den Korken aus der Flasche. Tatsächlich erreichte der Korken die Decke und fiel dann auf die Fensterbank zwischen die Blumentöpfe. Mindestens ein halbes Glas Champagner ergoss sich über die Tischdecke, was Gerd mit einem lauten Freudenschrei überspielte. Dann füllte er die vier Gläser und stellte die Flasche in den Kühler.

„Auf ein spritziges Wochenende, Butzi!“, rief er aus und stieß mit seiner dunkelhaarigen Schönen an.

Auch Karl und Evelin hatten ihre Gläser erhoben. Sie drückte ihm einen zärtlichen Kuss auf die Lippen. „Ich wünsch uns was“, flüsterte sie ihm leise ins Ohr.

Gerd trank sein Glas in einem Zug leer, während Karl an seinem nur nippte.

„Was machen wir heute?“, erkundigte sich Evelin und ihre grünbraunen Augen blitzten unternehmungslustig.

„Na, was schon?“ Gerd schenkte sich bereits das zweite Glas ein.

„Ich schlage vor, dass wir uns erst einmal etwas die Füße vertreten“, ließ Evelin vernehmen. „Wir haben eine Fahrt hinter uns, ihr habt im Auto gesessen. Draußen ist so schöner Schnee und eine berauschend frische Luft, lasst uns all das und die Landschaft genießen!“

Wieder griff Gerd seiner Freundin an den Busen. „Landschaft kann ich auch genießen, ohne in die Kälte gehen zu müssen.“

„Ich bin für einen Spaziergang“, entschied sich Karl und blickte Gerlinde an, die sich offenbar nicht so recht entscheiden konnte.

„Also gut!“, sagte sie schließlich. „Gehen wir erst ein wenig spazieren. Evelin hat Recht, wir sitzen heute noch lange genug.“

„Und liegen hoffentlich auch lange genug“, fügte Gerd hinzu. „Bedienung!“, rief er ausgelassen in den Raum.

Er ließ die Kellnerin den restlichen Champagner kalt stellen und kippte auch sein zweites Glas in einem Zug hinunter.

„Wenn du so weitermachst, wird es aber heute nichts mit uns. Dann machst du vorzeitig schlapp“, ermahnte ihn Gerlinde lächelnd.

„Ein Nettekoven macht niemals schlapp“, protestierte er.

„Trink aus“, forderte Evelin Karl auf. „Das ist besser als immer nur diese Tabletten schlucken.“

„Ich hab heute noch gar keine geschluckt“, wehrte sich Karl.

„Da siehst du, wie gut es dir geht, wenn du bei mir bist!“

„Ich weiß“, gestand Karl und trank wieder einen Schluck.

„Komm her!“ Gerd, der bereits aufgestanden war, stürzte auf ihn zu. „Das kann ja keiner mit ansehen.“ Er nahm Karls Glas und kippte den Rest des Champagners in sich hinein. Dann packte er seine Butzi um die Schulter und zog mit ihr in Richtung Garderobe.

Sie gingen über die leicht abschüssige Straße in Richtung Pleizenhausen. Der Schnee war festgefahren, aber streckenweise lag durch Verwehungen tiefer, frischer Schnee darüber. Die beiden Frauen hatten schnell an ihrem Auto die Schuhe gewechselt, während die Männer in Halbschuhen marschierten und bereits nach wenigen Metern nasse Füße hatten.

„Das ist doch Tierquälerei“, maulte Gerd. „Ich will zwar ins Bett, aber doch nicht mit einer Erkältung, sondern mit meiner kleinen Butzi!“ Er ließ seine Hand in ihrem Mantel verschwinden und gab ihr einen Kuss.

Evelin kuschelte sich fest an Karl und versuchte, im gleichen Schritt mit ihm zu gehen, was nicht ganz gelang. Denn Karl machte etwas größere Schritte und Evelin hatte wenig Taktgefühl, was eigentlich gar nicht zu ihrem sonstigen Wesen passte. „Irgendwelche Mängel muss ein Mensch haben", lachte sie, wenn sie drauf angesprochen wurde.

„Was hast du die ganze Woche gemacht?", wollte sie jetzt von Karl wissen.

Bereitwillig erzählte er ihr von seinem Vorhaben, ein Klassentreffen zu veranstalten, und auch von dem in den Schullisten fehlenden Namen eines Mitschülers.

„Merkwürdig ist das schon", gab Evelin zu. „Heute im Zeitalter des Computers würde ich das ja eher für möglich halten. Einmal vergessen zu sichern oder ein abgestürztes Programm ... schon kann so etwas passieren, wenn man nicht aufpasst oder kontrolliert. Aber bei so einer alten Liste – da kann doch nicht einfach ein Name verschwinden!"

„Ich verstehe es auch nicht. Aber morgen werden Gerd und ich nach Trier fahren und sicher etwas Licht in das Dunkel bringen."

„Ich drück dir auf jeden Fall die Daumen", versicherte Evelin und strahlte ihn an. „Eigentlich finde ich deine Idee toll. Und wenn ich mir vorstelle, dass ich damals gerade auf die Welt kam, als dieser Sigi sozusagen verschwunden ist..."

Von hinten klatschte ein Schneeball gegen ihren Mantel. Sie drehte sich erschrocken um. Ein zweiter erwischte sie am Hals. Gerd und seine Freundin hatten begonnen, die Vorausgehenden mit Schneebällen ins Visier zu nehmen.

Sofort ließ Evelin Karl los und bückte sich. „Komm, Karl, denen zeigen wir es!", rief sie übermütig und formte schon den ersten Schneeball.

Damit war der geplante Spaziergang so ziemlich am Ende. Stattdessen veranstalteten die vier eine handfeste Schneeballschlacht, die den letzten Rest von Karls Reserviertheit beiseite fegte und den Beamten in ein ausgelassenes Kind verwandelte.

Die Kleider hatten sie zum Trocknen über die Stuhllehnen in der Nähe der Heizung gelegt. Ein wenig erschöpft, aber glücklich lagen sie sich in den Armen.

„Es ist schön bei dir", flüsterte Karl in ihr Ohr und sie strich ihm mit den Fingern über den Rücken.

Als sie das erste Mal mit ihm geschlafen hatte, war ihr alles sehr seltsam vorgekommen. Nach dem Tod ihres Mannes war er ihr erster Mann und seither auch der einzige, mit dem sie wieder intim geworden war. Er war unbeholfen gewesen und völlig verspannt, wahrscheinlich auch durch das schlechte Gewissen, das ihn die ganze Zeit über peinigte. In Bezug auf das schlechte Gewissen war es ihr allerdings beim ersten Mal nicht anders gegangen. Sie hatte ihren Mann sehr geliebt. Im Alltag glichen sich Karl und ihr verstorbener Mann sehr, nicht aber, was Zärtlichkeiten und Körperlichkeit betraf. Nur langsam hatte sie Karl aus seinen Reserven locken können. Als dann aber der Knoten aufgegangen war, wurde ihr Miteinander harmonisch und sie genoss es, wenn er ihren Körper begehrte und sie gemeinsam langsam den Höhepunkt erreichten. Aber bei jeder Begegnung brauchte er wieder einen neuen Anlauf. Es war so, als habe er jedes Mal wieder Schwellenangst, aus seinem Alltagstrott herauszukommen.

Er fuhr mit seiner Hand durch Evelins Haare, verweilte in ihrem Nacken und berührte mit seinen Lippen ihren Mund, ihren Hals und schließlich ihre vollen Brüste, was bei ihr ein leichtes Zucken hervorrief. Er roch ihr zartes Parfüm und dachte an die ersten Jahre seiner Ehe zurück... So ähnlich war es anfangs auch zwischen Irmgard und ihm gewesen. Doch nach einigen Jahren hatte die Lust aufeinander nachgelassen. Heute wusste er nicht mehr, wer den Anfang gemacht hatte. Er glaubte, seine Frau. Meist hatte sie vorgegeben müde zu sein. Er hatte sie nicht drängen wollen, hoffte, es werde sich wieder alles legen. Aber der Gefühlsgraben zwischen ihnen war immer tiefer und breiter geworden, wie der Abstand im Ehebett. Schließlich verzichtete man selbst auf den Gute-Nacht-Kuss, der zeitweilig noch der Beginn zärtlicher Begierde gewesen war. Heute war alles so eingefahren. Natürlich schlief man hin und wieder miteinander. Aber das Feuer, das er in Evelins Armen verspürte, fehlte. Vielleicht lag es wirklich daran, dass Evelin immer die Initiative ergriff, worauf er bei seiner Frau vergeblich wartete...

Bei Gerd und Gerlinde hatte die Beziehung eine ganz andere Form. Bei beiden stand Sex im Vordergrund, weniger das Gefühl. Gerd Nettekoven war kein Kostverächter und hatte sein ganzes Eheleben lang Verhältnisse gehabt. Meist waren es One-Night-Beziehungen, denen er keinerlei Bedeutung beimaß. Erst als er Gerlinde kennen lernte, änderte sich sein Verhalten. Sicherlich lag es auch einfach daran, dass er älter und bequemer geworden war. Als geradezu ideal empfand er seine Butzi in Bezug auf Verantwortung und das Risiko, Ansprüche zu stellen. Sie war selbst verheiratet, würde also nicht auf ernste Scheidungsgedanken kommen. Zwar behauptete sie gegenüber jedem, der es hören wollte, dass ihre Ehe nur noch auf dem Papier stände, in Wirklichkeit aber war es so, dass ihr in ihrem ganzen Leben ein Mann allein nie ausgereicht hatte. Seit ihren ersten intimen Erfahrungen als Jugendliche hatte sie immer mehrere Freunde nebeneinander gehabt. Ob Gerd etwas davon ahnte, kümmerte sie wenig. Sie hatte ihm weder Treue geschworen noch sonst etwas vorgespielt. Würde er ihre Lebensweise einmal nicht mehr akzeptieren, würde sie das Abenteuer ohne Zögern beenden können.

„Was ist? Wollt ihr den Abend auf dem Zimmer verbringen?“ Evelin hatte an das Zimmer von Gerd und Butzi geklopft.

Von drinnen war nur ein verschlafenes Maulen zu hören.

„Wenn ihr nicht in einer Viertelstunde unten seid, fahren Karl und ich alleine weg“, drohte Evelin und ging in ihr Zimmer zurück.

Karl hatte sich inzwischen komplett angezogen. „Pennen noch, oder?“

„Richtig“, bestätigte Evelin und warf einen Blick in den Spiegel. „Ich seh aber auch noch ganz schön verschlafen aus. Werde wohl noch was an mir tun müssen“, lachte sie.

„Du siehst prächtig aus. Irmgard käme nie auf die Idee…“

„Karl!“ Evelin drohte ihm lächelnd mit dem erhobenen Zeigefinger. „Du sollst in meiner Gegenwart nicht über deine Frau herziehen. Entweder du bleibst bei ihr und akzeptierst sie so, wie sie ist, oder du lässt dich scheiden.“

Betroffen hielt Karl den Mund. Während er zuschaute, wie seine Freundin geschickt ihre Augen tuschte und den Lippen ein neues Rouge gab, dachte er daran, wie er seiner Frau einmal Make-up zu Weihnachten geschenkt hatte. Das hatte sie als Beleidigung empfunden. Sie verwendete niemals Make-up. Schade.

„Und jetzt?“, fragte Karl, als sein Freund mit Freundin endlich auf dem Parkplatz vor dem Jagdschloss auftauchten.

„Wir fahren nach Zell in den Schlosskeller! Wer schon in einem Jagdschloss wohnt, muss auch in einem Schlosskeller speisen“, gab Gerd zur Antwort.

So stiegen sie in Karls Wagen, fuhren hinunter nach Zell und bereiteten sich auf einen vergnüglichen Abend vor.

„Gerd hat mir erzählt, dass du ein Klassentreffen vorbereitest?“, erkundigte sich Gerlinde-Butzi, während sie gemeinsam den kulinarischen Genüssen und dem Riesling im Schlosskeller zusprachen. „Glaubst du denn, dass du nach fast fünfzig Jahren noch Kontakt zu deinen Ehemaligen bekommst?“

„Aber warum nicht?“ Karl zeigte sich zuversichtlich, berichtete dann aber auch von dem mysteriösen Verschwinden seines einstigen Banknachbarn Sigi Lange.

„Ich finde das lustig!“, amüsierte sich Gerlinde. „Es erinnert mich an einen Urlaub auf Mallorca vor fünf oder sechs Jahren. Da habe ich eines Abends einen Mann kennen gelernt, er hieß Paul. Wir haben eine Tour durch El Arenal gemacht. Zum Schluss ist er mit mir ins Hotel gegangen, da bin ich mir ganz sicher! Aber am nächsten Morgen war er weg und der Hotelportier schwor Stein und Bein, mich nicht in Begleitung eines Mannes gesehen zu haben.“ Sie begann zu kichern.

„Da hattest du aber auf der nächtlichen Tour ganz schön geladen“, bemerkte Gerd belustigt, während Evelin die Geschichte ihrer Freundin sichtlich peinlich war. „Und, wer hat dich in der nächsten Nacht ins Bett begleitet?“

„Weiß ich nicht mehr“, antwortete Butzi ernster, nachdem sie einen Blick ihrer Kollegin aufgefangen hatte.

„Pass nur auf, dass ich morgen früh nicht verschwunden bin, wenn du aufwachst, oder dass nicht sogar Karl neben dir liegt“, lachte Gerd. „Immerhin behaupten alle im BWB, wir würden uns sehr ähnlich sehen, allerdings nur im Gesicht!“ Sein Lachen wurde lauter. „Woanders hat man uns noch nicht vergleichen können, stimmt's, Karl?“

„Auf jeden Fall hoffe ich, den Irrtum aufklären zu können“, brummte Karl, dem die Entwicklung des Gesprächs nicht passte. „Morgen in Trier wird sicherlich die Lösung des Rätsels auf uns warten.“

Leider leerte sich der Schlosskeller ebenso schnell wie die Weinflaschen auf dem Tisch der vier. Bereits lange vor Mitternacht saßen sie alleine in dem Lokal. Mit jedem Gast, der den Keller verließ, sank die Stimmung.

„Ich weiß gar nicht, warum ich dieses Lokal ausgesucht habe“, knurrte Gerd. „Aber um diese Jahreszeit ist es natürlich schwierig, hier etwas zu finden.“

„Macht doch nichts“, beschwichtigte ihn Butzi. „Wisst ihr was? Wir kaufen denen hier zwei Flaschen Winzersekt ab und feiern auf dem Hotelzimmer in meinen Geburtstag hinein.“

„Eine grandiose Idee, findet ihr nicht auch?“, freute sich Gerd und drehte sich zu der Wirtin um, die nur darauf zu warten schien, dass auch die letzten Gäste zahlten und sie ins Bett gehen konnte. „Die Rechnung und zwei Flaschen besten Sekt!“

Karl ergriff die Hand von Evelin, die zu ihrer Tasche greifen wollte, und zog seine eigene Geldbörse hervor, während Gerd keine Anstalten machte, sich an der Rechnung zu beteiligen. Als die Wirtin die Rechnung vorlegte, übernahm Butzi wortlos den Anteil von sich und Gerd und bezahlte darüber hinaus die beiden Flaschen Sekt.

Karl musste sich die Serpentinen hinauf in den Hunsrück sehr auf das Fahren konzentrieren, da es wieder geschneit und er reichlich Riesling verkostet hatte. Während seine Fahrgäste nach wenigen Minuten schon mal damit begannen, ihren Rausch auszuschlafen, versuchte er krampfhaft, den Wagen in der Spur zu halten.

Die anschließende Mitternachtsfeier auf Karls und Evelins Zimmer war mehr träge und erzwungen als fröhlich. Aus dem ersten Schlaf im Auto gerissen, konnten sich weder die beiden Frauen noch Gerd so richtig amüsieren. Karl, noch hellwach von der Konzentration während der Fahrt, trank eine Flasche Sekt alleine leer, während sich die anderen drei die zweite Flasche teilten.

Als es draußen bereits hell wurde, erwachte Gerd in seinem Sessel. Er schaute sich schlaftrunken um und es dauerte eine Weile, bis er sich erinnerte, was geschehen war und wieso sie hier saßen. Leise fluchend stand er auf und versuchte Butzi zu wecken. Doch die schlief tief und fest. Er zerrte sie aus dem Sessel und schleppte sie im Halbschlaf in ihr Zimmer nebenan. Selbst als er sie auszog und ins Bett brachte, wurde sie nicht richtig wach. Sie murmelte etwas Unverständliches, drehte sich zur Seite und schlief weiter.

Später als ursprünglich vorgesehen saßen die vier verkatert und wortkarg beim Frühstück. Gerd hatte Butzi noch vor dem Essen sein Geburtstagspäckchen überreicht. Jetzt trug sie seinen himmelblauen Seidenschal zu einem pinkfarbenen Kostüm, was merkwürdig aussah, aber den Vorteil hatte, einen Knutschfleck am Hals zu verbergen.

Gegen halb elf verabschiedete man sich ohne große Zeremonie auf dem Parkplatz, nachdem man mühsam die Autoscheiben vom Eis befreit hatte. Butzi und Evelin machten sich wieder auf den Weg nach Bonn, während Karl und Gerd über die Hunsrückhöhenstraße nach Trier fuhren.

Etwas umständlich lenkte Gassner seinen Wagen in Trier vom nördlichen Verteilerkreis zum Paulusplatz, da sich der Straßenverlauf und vor allem die Verkehrsführung im Vergleich zu seinen Erinnerungen erheblich verändert hatten. Immerhin, die dominierenden Gebäude des Paulusplatzes, die Paulus-Kirche und der neoklassizistische Bau gegenüber, waren noch vorhanden, wenngleich Karl den Vorraum der Kirche mit seinem schmiedeeisernen Gitter und den Tiersymbolen der vier Evangelisten vermisste. In der Oerenstraße fand er schließlich einen Parkplatz, allerdings etwas abseits. So machten sie sich zu Fuß auf den Weg in die Langstraße.

Hier war alles anders geworden. Eine Langstraße gab es überhaupt nicht mehr, aus ihr war ein gepflasterter Fußweg geworden, der zu einem riesigen Schulzentrum führte. Nun verstand Karl auch, warum die Schule ihren Namen gewechselt hatte. Statt der ursprünglichen Volksschule St. Paulus auf der rechten Seite stand nun linker Hand die Ausonius-Grundschule. Der alte Schulkomplex war völlig abgerissen und durch ein modernes Gebäude ersetzt worden. Doch ein Blick durch die Gitter zum Schulhof ließ vage Erinnerungen in Karl hochkommen. Auch in dem neuen Schulgebäude herrschte während der Unterrichtsstunden immer noch die gleiche Atmosphäre wie zu seiner Schulzeit. An Klassentüren vorbei hörte man da und dort gedämpfte Stimmen, ein Auflachen der Schüler oder die Mucksmäuschenstille während einer Klassenarbeit.

Die Rektorin der Schule war nicht anwesend, aber eine Sekretärin, die sich auf Bitten von Karl bereit erklärte, für ihn noch einmal die Unterlagen aus dem Keller zu holen. Geduldig warteten Karl und Gerd, bis sie wieder erschien und einen reichlich vergammelten Ordner mit weitgehend vergilbtem Inhalt vor sie auf den Tisch legte.

„Lassen Sie sich ruhig Zeit", meinte sie freundlich. „Ich habe noch einiges zu erledigen."

Karl begann neugierig zu blättern und entdeckte noch handgeschriebene Zeugnisabschriften, Notizen der Lehrer, Stundenpläne und schließlich auch die Auflistung der Erstklässler. Doch so sehr er und Gerd sich auch anstrengten, es war keine nachträgliche Veränderung der Liste zu erkennen.

„Und nun?" Karl schaute Gerd ratlos an.

Doch der zuckte auch nur mit den Schultern.

Karl spürte schon wieder eine aufkommende Erregung und griff fast automatisch in seine Jackentasche. „Kann ich vielleicht ein Glas Wasser haben?", fragte er die Sekretärin.

Sie stand sofort auf, füllte Mineralwasser in eine Kaffeetasse und reichte sie ihm. „Tut mir Leid", meinte sie, „aber ich habe im Moment kein sauberes Glas zur Hand."

„Macht nichts", lächelte Karl, „Hauptsache, ich kann meine Tablette nehmen." Er spülte die Tablette hinunter, lehnte sich erleichtert auf seinem Stuhl zurück und schaute aus dem Fenster. „Ich hätte da eine Frage", wandte er sich nach einer Weile erneut an die Sekretärin. „Sie sind doch mit den schulischen Vorgängen vertraut. Wie kann es kommen, dass in so einer Klassenliste ein Name fehlt?"

„Das ist praktisch unmöglich!", kam es wie aus der Pistole geschossen. „Denn die Listen werden bei der Einschulung geprüft; nach diesen Listen werden die Zeugnisse geschrieben und vieles andere mehr."

Karl spürte, wie trotz der Tablette sein Blutdruck und die innere Unruhe stiegen. Er hatte das Gefühl, gegen eine Betonwand zu laufen. „Ich habe doch nicht vier Jahre neben einem Phantom gesessen!", brach es aus ihm heraus.

„Das sicher nicht", lachte die Sekretärin. „Haben Sie einmal geschaut, ob es in dem Ordner einen alten Klassenspiegel gibt?"

„Klassenspiegel?" Gassner schaute die Frau hilflos an.

Sie drehte den Ordner zu sich hin und begann darin zu blättern. Gespannt schauten Karl und Gerd ihr zu. Doch je länger es dauerte, desto mehr schwand die Hoffnung, dass sie finden würde, was sie einen *Klassenspiegel* nannte. Plötzlich drehte sie den Ordner mit einem Ruck wieder zu Gassner hin. „Wo haben Sie gesessen?"

Karl sah ein Blatt, auf dem jemand mit einem Lineal Längs- und Querstriche gezogen hatte, wodurch Kästchen entstanden waren. In den Kästchen befanden sich handschriftlich eingetragen die Namen der Schüler. Aha, jetzt wusste er also, was ein Klassenspiegel war. Eine Eselsbrücke für Lehrer, mit deren Hilfe sie auf einen Blick sahen, wer wo saß. Karl suchte und fand seinen Namen. In dem Kästchen daneben stand: „Mohammed Labidi". Aber der Name war mit Bleistift durchgestrichen; darunter stand kaum noch lesbar: „Siegfried Lange".

Fast hätte Karl einen Freudenjauchzer ausgestoßen. Endlich hatte er den Beweis, dass er nicht neben einem Phantom gesessen hatte! Aber warum stand dort dieser andere Name? Er schaute fragend zu der Sekretärin empor, die sich inzwischen auch wieder über den Ordner gebeugt hatte.

„Merkwürdig“, meinte sie. „Vielleicht war ursprünglich dieser Labidi dort vorgesehen...“ Sie begann erneut in dem Ordner zu blättern. Dann schüttelte sie den Kopf. „Aber der Name Lange taucht nirgends sonst auf. Sehen Sie selbst! Immer nur dieser Labidi.“

Sie hielt Karl zwei Zeugnisabschriften hin, die auf Mohammed Labidi lauteten. „Das hier sind nur die schulischen Abschriften. Sie sehen, all die Jahre taucht immer wieder nur der Name Labidi auf. Im Jahr 1956 ist er offenbar von der Schule abgegangen. Ab diesem Jahr fehlt der Name Labidi; aber der Name Lange taucht nirgends auf.“

1956 war Karl aufs Gymnasium gewechselt und hatte Sigi aus den Augen verloren. Aber er hatte doch niemals vier Jahre neben einem Ausländer gesessen, einem Labidi! Sein Banknachbar hieß Lange, Sigi Lange.

„Kann ich von dem Klassenspiegel eine Kopie bekommen?“, fragte Karl und fügte hinzu: „Aber bitte so, dass man die Korrektur mit dem Bleistift deutlich erkennen kann!“

Da sie für das Fahrzeug einen kostenlosen Parkplatz hatten, konnten sie sich Zeit lassen. Sie gingen von der Schule zu Fuß die Windmühlenstraße hoch, in der Sigi früher gewohnt hatte. Schon auf dem Weg dorthin sah Karl, dass sich auch hier alles verändert hatte. Die Straße war extrem verbreitert worden, es gab sogar eine Kreuzung mit Ampel. Sämtliche Häuser gegenüber der alten Stadtmauer, jetzt Merowingermauer genannt, und dem Helenenhaus, einem Altenheimkloster, waren abgerissen. So stand Karl wenig später nun vor einem nüchternen Gittertor, blickte in einen betonierten Hof und auf die Rückseite des Haupthauses, das an der parallel verlaufenden Straße lag.

„Und jetzt?“, fragte Gerd belustigt.

„Mir ist gar nicht zum Lachen“, seufzte Karl und blickte sich unschlüssig um. Auf der Ecke war immer noch eine Gaststätte, aber sicherlich hatte sie inzwischen mehrfach den Besitzer gewechselt. Bei näherem Hinsehen entpuppte sie sich als eine griechische Taverne, „Chalkidi“.

Karl überquerte die Johannisstraße. Der Zugang zur Gaststätte erfolgte immer noch wie früher über den Hausflur. Natürlich hatte sich innen alles verändert. Ein Mann, der noch letzte Korrekturen an der Eindeckung der Tische vornahm, machte eine Geste zu den beiden hin, die besagen sollte, dass noch alle Plätze frei waren.

„Ich habe eigentlich nur eine Frage“, sagte Karl. „Seit wann sind drüben in der Windmühlenstraße die Häuser abgerissen?“

Den Mann schien die Frage zu amüsieren. „Mein Gott, das weiß ich nicht. Seit ich hier bin, haben dort nie Häuser gestanden. Worum geht's denn?"

„Ich suche eine Familie, die dort gewohnt hat, allerdings ist das um die fünfzig Jahre her."

„Um die Fünfzig Jahre…?", fragte der Mann ungläubig und begann laut zu lachen. „Da werden Sie kaum noch jemanden finden, der sich daran erinnern kann."

Karl bedankte sich und schob seinen Kollegen rasch vor sich her zum Ausgang, denn er befürchtete, Gerd könnte auf die Idee kommen, ein Bier zu bestellen, und ihm brummte noch von gestern Abend der Kopf.

Vor dem Lokal blieben sie wieder unschlüssig stehen. Auf einmal öffnete sich hinter ihnen die Tür zum Gastraum und der Mann streckte den Kopf heraus. „Gehen Sie mal die Straße rechts hoch. Auf der linken Seite kommen Sie an einem kleinen Molkereiladen vorbei. Die Inhaberin, eine Frau Elis, könnte Ihnen vielleicht weiterhelfen. Soweit ich weiß, ist sie sogar hier geboren."

„Danke, das ist ein guter Tipp!" Tatsächlich glaubte Karl sich an einen solchen Laden zu erinnern, in dem es auch damals schon Milch, Käse und Eier zu kaufen gab.

Die Johannisstraße schien ihm schon vertrauter, hier hatte sich nicht ganz so viel verändert. Durch das Schaufenster des Molkereiladens konnte er eine ältere Frau erkennen, die über ihrem weißen Kittel eine schwarze Strickjacke trug. Er betrat den kleinen Laden und hatte plötzlich das Gefühl, in frühere Zeiten zurückversetzt zu sein. Der säuerliche Geruch von Milch und Käse, die Kühltheke, die Wandregale und die Tür zum seitlich gelegenen Innenhof, die zu seiner Kinderzeit meist offen stand… Auch der große Glaskasten, in dem sich früher die Pumpe für die Frischmilch befunden hatte, war noch vorhanden. Allerdings beherbergte er heute Tütenmilch und Dosengetränke aller Art.

„Ich habe eine Frage", begann Karl zögernd.

Die Inhaberin schaute von ihrer Zeitung auf.

„Sie betrifft die Häuser in der Windmühlenstraße …"

„Ach!", unterbrach ihn Frau Elis sogleich, „die sind doch schon eine Ewigkeit abgerissen. Das ist sicherlich vierzig oder sogar fünfzig Jahre her. Was kann ich Ihnen dazu noch sagen?"

„Vielleicht erinnern Sie sich aber noch an eine Frau Lange. Sie hatte einen Sohn namens Siegfried!" Erwartungsvoll schaute Karl sein Gegenüber an.

Frau Elis legte ihre Stirn in Falten und versuchte sich zu erinnern. „Lange?", murmelte sie. „Wo sollen die denn gewohnt haben?"

„Es muss gleich das zweite oder dritte Haus auf der rechten Seite gewesen sein", beeilte sich Karl ihre Erinnerungen zu beleben.

„Also auf der Ecke, da wohnte der alte Uhrmacher Schnitzlohne mit seiner Frau und daneben die Familie Labidi…"

„Labidi!", stieß Karl erschrocken hervor. „Wieso Labidi?"

Die Ladeninhaberin schaute Gassner irritiert an. „Ja, Frau Labidi, die mit einem französischen Soldaten verheiratet war. Aber den hat kaum einer gekannt. Ich glaube, der hat sie damals sitzen lassen, als das Kind kam."

„Ein Junge?"

Frau Elis nickte. „Ich glaube, es war ein Junge."

„Siegfried Lange!" Karl nickte zufrieden. „Sie müssen sich irren, die Frau hieß Lange!"

Doch Frau Elis schüttelte energisch den Kopf. „Die Frau hieß Labidi, da bin ich mir ganz sicher. Sie war schon Kundin meiner Eltern, die damals noch den Laden hier betrieben haben. Die ist weggezogen, kurz bevor die Häuser abgerissen wurden. Wohin, weiß ich nicht."

„Und der Name Lange sagt Ihnen nichts?"

„Langen! Das war gleich vorn in der Feldstraße der Installateur. Aber der wohnt auch nicht mehr da."

„Nein, nein!" Karl wurde ungeduldig. „Ich meine schon Lange in der Windmühlenstraße." Er blickte sich Hilfe suchend zu Gerd um, der hinter ihm stand. „Das gibt es doch nicht. Ich bin mir sicher, dass Sigi *Lange* hieß."

„Aber in den Schulunterlagen stand doch auch der Name Labidabi oder so ähnlich", gab Gerd zu bedenken.

„Labidi! Aber warum sollte er einen falschen Namen angeben? Er hieß all die Jahre Lange!" Ungehalten drehte sich Karl wieder zur Inhaberin um. „Wer noch könnte mir etwas dazu sagen?"

„Ich glaube, dass ich so die Einzige bin, die schon damals hier gelebt hat. Höchstens noch eine der älteren Schwestern oder Pflegerinnen im Helenenhaus, dem Altenheim gegenüber den abgerissenen Häusern. Aber da hat sich auch alles mit den Jahren verändert."

Karl spürte, dass er so nicht weiterkam. Er wandte sich um und stieß im Hinausgehen Gerd ungehalten beiseite. Der bedankte sich bei Frau

Elis mit einem entschuldigenden Lächeln und folgte dann seinem Kollegen nach draußen.

„Da kann doch die Frau nichts für", versuchte er Karl zu beruhigen. „Du bist immer so schnell aufbrausend…"

„Ich bin nicht aufbrausend, sondern ich weiß, wovon ich rede", antwortete Karl beleidigt und ging eiligen Schrittes wieder in Richtung Windmühlenstraße.

„Außer Spesen nichts gewesen!", kommentierte er seine Fahrt, als er wieder zu Hause war. „Trotzdem, ich bin mir sicher, dass wir keinen Mohammed Labidi in unserer Klasse hatten. An einen solch exotischen Namen würde ich mich doch erinnern!"

Irmgard seufzte nur und verdrehte die Augen. Sie wusste, es war zwecklos zu versuchen, ihn von dieser Sache abzubringen. Wenn er sich etwas in den Kopf gesetzt hatte, dann ließ er nicht locker. Wortlos ging sie an den Abwasch. Als sie ins Wohnzimmer zurückkam, saß ihr Mann immer noch am Tisch und verglich wieder und wieder die Liste der Schüler mit dem Klassenspiegel.

„Einunddreißig Schülerinnen und Schüler – und statt Sigi dieser Mohammed!", schimpfte er. „Sag mir, wie so etwas sein kann?"

„Was sagt man denn beim Einwohnermeldeamt?"

„Da waren wir erst gar nicht! Die haben mir schon am Telefon gesagt, dass es keinen Zweck hat, vorbeizukommen. Das muss man schriftlich machen."

„Dann mach es doch schriftlich. Vielleicht klärt sich dann alles auf."

Karl sprang auf. „Das werde ich auch tun! Und du wirst sehen, es hat Sigi Lange und seine Mutter gegeben."

„Und was ist mit seinem Vater?"

„Einen Vater habe ich nie kennen gelernt", war Karls kurze Antwort. Er dachte nach. „Soweit ich mich erinnere, hat Sigi immer gesagt, der sei im Krieg gefallen", fügte er dann hinzu. „Auf jeden Fall wohnte Sigi mit seiner Mutter allein." Er blies wie ein Fisch im Wasser Luft durch die Backen. „Von wegen, mit einem französischen Soldaten verheiratet!"

Gleich am nächsten Morgen ließ Karl von seiner Mitarbeiterin die Liste der Schüler kopieren und schickte sie an das Einwohnermeldeamt nach Trier, mit der Bitte, festzustellen, welche Adressen noch aktuell oder wohin die Personen verzogen seien. Die ursprüngliche Idee, den Namen von Sigi in die Liste hineinzumogeln, hatte er aufgegeben, da die Liste alphabethisch geordnet war und man sofort die spätere Ergänzung gemerkt hätte. Dafür setzte er aber unter das Schreiben ein P.S.: *Außerdem erbitte ich die heutige Adresse von Siegfried Lange, von 1952 bis 1956 wohnhaft in der Windmühlenstraße, Hausnummer unbekannt.*

2.

Ohne anzuklopfen stürmte Gerd in Gassners Büro. Sein Gesicht war knallrot. „Verdammte Scheiße!“, presste er hervor und ließ sich auf den Stuhl vor Karls Schreibtisch fallen. „Hanna weiß alles!“

Im ersten Augenblick wusste Karl mit dieser Äußerung nichts anzufangen. Doch dann ging ihm langsam ein Licht auf. „Butzi?“, fragte er und griff vorsorglich zu seinen Tabletten.

Nettekoven nickte nur und atmete schwer.

„Was ist passiert?“

„Butzi, die blöde Kuh, hat ihren Kosmetikkoffer im Jagdschloss stehen lassen! Das Hotel hat ihn verpackt und mit der Post zu mir nach Hause geschickt. War doch klar, wo ich auf meinen Namen und mit meiner Adresse gebucht hatte!“

„Hat Hanna schon mit…“

„Wird sie wohl in diesem Moment. Lass dir schnell etwas einfallen, bevor sie anruft“, stöhnte Gerd.

„Gut gesagt! Aber was soll ich mir da einfallen lassen? Ich kann ja schlecht sagen, ich hätte von alldem nichts gewusst.“

Auch Gerd fiel so schnell nichts dazu ein, zu sehr war er mit sich und seinen eigenen Problemen beschäftigt. Karl starrte unentwegt auf sein Telefon, in der Erwartung, dass es jeden Moment klingeln und seine Frau ihn anrufen würde. Doch das Telefon blieb stumm.

„Vielleicht ist Irmgard nicht zu Hause“, murmelte er und begann mit einem Kugelschreiber Kringel auf seine Schreibtischunterlage zu malen.

„Wäre ich doch nur nicht mit dir gefahren“, jammerte Gerd.

„He, Moment mal! Du warst es, der auf ein baldiges Männerwochenende gedrängt hat“, wandte Karl ein.

„Ja, ja, schon gut! Das macht die Sache auch nicht leichter!“

„Was sagt Hanna denn?“, erkundigte sich Karl vorsichtig.

„Erst hat sie mich hinterhältig gefragt, in welchem Hotel wir in Trier abgestiegen seien und ob sie es einer Freundin weiterempfehlen könne. Mir fiel so schnell nur das Tulip Inn ein, wo ich schon einmal anlässlich einer Dienstreise übernachtet habe. Dann hat sie plötzlich losgebrüllt und schließlich geheult. Wie Frauen so sind. Ich bin gar nicht zu Wort gekommen."

Karl warf den Kugelschreiber auf den Schreibtisch. „Irgendwie ist dieses Klassentreffen verhext! Erst fehlt der Name eines Klassenkameraden, dann taucht ein völlig unbekannter Name auf, und jetzt auch das noch! Vielleicht sollte ich aufgeben? Wer weiß, was sonst noch alles geschieht."

„Du und dein Klassentreffen! Ich habe jetzt ganz andere Sorgen und du sicherlich bald auch!", ereiferte sich Gerd. „So schnell wirst du sowieso nicht mehr alleine wegfahren können."

„Weiß Butzi schon davon?"

Gerd schüttelte den Kopf und stand wieder auf. „Ich muss an die frische Luft. Wenn mich jemand sucht, ich bin dienstlich unterwegs."

Er verließ das Büro, während Karl in seiner Schublade kramte und dann zum Telefonhörer griff. Er rief Evelin an. Sie hatte immer gute Ideen. Doch in diesem Fall wusste auch sie keinen Rat, außer – man könne von einem zufälligen Treffen sprechen, und der Kosmetikkoffer müsse ja nicht in Nettekovens Zimmer gefunden worden sein.

„Sag bitte auch Butzi Bescheid", bat Karl noch. „Evelin, es – es wird jetzt wahrscheinlich für einige Zeit Funkstille zwischen uns herrschen müssen."

Er hatte kaum aufgelegt, als das Telefon klingelte. Karl holte tief Luft und zählte von fünf rückwärts. Bei null hob er ab.

„Karl, ich bin's, Gerlinde Odenthal. Du, ich versuche die ganze Zeit, Gerd zu erreichen, aber..."

„Der ist mal Luft schnappen", erklärte Karl.

Sofort ergoss sich ein Wortschwall über ihn. Außer sich vor Empörung berichtete Gerlinde, sie habe gleich am Abend das Fehlen des Kosmetikkoffers bemerkt, im Hotel angerufen und ausdrücklich ihre Adresse für die Zusendung durchgegeben. Und jetzt das!

Nach diesem Gespräch griff Karl ein zweites Mal an diesem Morgen zu seinen Tabletten. Heute musste die doppelte Dosis her, sagte er sich.

Als er abends die Wohnung betrat, war seine Frau nirgends zu finden, was schon verdächtig war. Er suchte nach einer schriftlichen Nachricht, die Irmgard ihm in solchen Fällen immer zurückließ. Nichts.

Dafür lag in seiner Post ein Umschlag der Stadtverwaltung Trier. Neugierig riss er ihn auf und sah auf den ersten Blick, dass es sich um die erbetene Adressenliste handelte. Er nahm in einem Wohnzimmersessel Platz und überflog die Zeilen. Hinter dem Namen Günther Janetzky fiel ihm sofort der Vermerk *verstorben* auf. Für einen Moment verweilte er in Gedanken bei dem Klassenkameraden, der immer nur das Pferd spielen durfte. Was war Günther wohl zugestoßen – ein Unfall, eine Krankheit, ein Herzinfarkt? Dann blickte er erneut auf die Liste. Einige waren innerhalb der Stadt umgezogen. Der größere Teil aber war in die nähere Umgebung Triers verzogen.

Lange starrte er auf den Namen und die Adresse dieses ominösen Mohammed Labidi, der nach Hermeskeil verzogen war. Dann entdeckte er den Nachsatz: *Ein Siegfried Lange war unter der von Ihnen angegebenen Adresse in Trier nicht gemeldet. Möglicherweise handelt es sich um eine Verwechslung, da der in der Liste aufgeführte Mohammed Labidi in der Windmühlenstraße gemeldet war.*

„So ein Quatsch!“, fluchte Karl leise vor sich hin und starrte wieder auf die Liste. Langsam kam ihm die ganze Sache unheimlich vor. Als er hörte, dass die Wohnungstür aufgeschlossen wurde, hob er den Kopf und schaute in Richtung Diele, in der Licht eingeschaltet wurde. Angriff ist die beste Verteidigung, dachte er, stand auf und ging seiner Frau mutig entgegen.

Doch statt der erwarteten Sauerbiermiene schaute sie ihn arglos an. „Hast du schon gesehen, da ist heute ein Brief aus Trier gekommen…“

Sie wusste also noch nichts. Er räusperte sich und nahm ihr die Plastiktasche mit den Einkäufen ab. „Ich muss mit dir reden“, meinte er mit ernstem Gesicht, stellte die Tasche neben der Küchentür ab und half Irmgard aus dem Mantel.

„Ist etwas geschehen?“, wollte sie wissen, irritiert durch das ungewöhnlich höfliche Verhalten ihres Mannes.

Karl zog sie wortlos ins Wohnzimmer und drückte sie förmlich in einen Sessel. Er selbst blieb stehen und suchte nach den passenden Worten. „Gerd hat Schwierigkeiten“, begann er mit einem fast gleichgültigen Tonfall. „Vielleicht müssen wir ihm helfen.“

„Um Gottes Willen, hat er…“

Karl hob die Hand. „Nein, du wirst es nicht ahnen“, unterbrach er sie, „Gerd hat vor kurzem auf einer Tagung in Bonn zwei Kolleginnen von der Hardthöhe kennen gelernt. Er kam mit ihnen ins Gespräch und dann, glaube ich, ging es um eine Wette oder ein Versprechen…“

Er beobachtete den Gesichtsausdruck seiner Frau, der aber nichts verriet. „So genau weiß ich das auch nicht. Auf jeden Fall hatte er einer der beiden versprochen, zu ihrem Geburtstag zu kommen. Du weißt, wie schnell so etwas unter Kollegen ins Gerede kommt. Damit das also nicht schief aussehen sollte, bat er mich mitzukommen. Alles war völlig harmlos. Wir haben uns dann neulich auf der Hinfahrt nach Trier getroffen und den Geburtstag gefeiert. Und nun glaubt Hanna, da sei mehr."

Noch immer konnte er vom Gesicht seiner Frau nichts ablesen. Sie stellte nur nüchtern fest: „Das ist mir zu glatt, Karl. Da steckt doch mehr dahinter."

Sofort fiel ihm der Kosmetikkoffer ein, den er bisher nicht erwähnt hatte. Er räusperte sich. „Nun ja, es hat da ein merkwürdiges Missverständnis gegeben", begann er. „Wir haben uns an der Mosel in Zell getroffen und auch dort diesen Geburtstag gefeiert. Und weil wir ein bisschen was gebechert hatten, sind wir in einem Hotel in der Nähe abgestiegen..."

„Mit den Frauen?"

„Mit den Frauen! Die hätten auf keinen Fall in der Nacht nach Bonn zurückfahren können. Und nun hat eine ihren Kosmetikkoffer im Hotel stehen lassen. Und da in der Nacht nur Gerd schnell eine Anmeldung ausgefüllt hat, wurde der Koffer vom Hotel an ihn geschickt. Nun glaubt Hanna..."

Irmgard machte den Eindruck, als leuchte ihr alles ein.

„Ich meine – vielleicht kannst du mal mit Hanna reden. Es war alles wirklich völlig harmlos. Aber Hanna glaubt Gerd einfach nicht."

„Und wo habt ihr übernachtet?"

Karl zögerte. „In einem Hotel, oben, nahe der Hunsrückhöhenstraße. Immerhin war es mitten in der Nacht. Viele Hotels und Gasthöfe haben um diese Jahreszeit geschlossen. Wir mussten einfach drauflos fahren und sind schließlich einem Hinweisschild gefolgt und hatten Glück. Eigentlich stammte die Idee sogar von mir, weil ich für das Klassentreffen ja auch ein Hotel suche. Und so konnten wir auf diese Weise eines testen."

Irmgard schaute ihn nachdenklich an. Endlich stand sie auf und ging an ihm vorbei in Richtung Küche. „Ich glaube dir kein Wort!", sagte sie ruhig.

Karl blieb wie versteinert mitten im Wohnzimmer stehen. Mit dieser Reaktion hatte er nicht gerechnet. „Was soll das heißen?", rief er beunruhigt hinter ihr her.

Sie drehte sich in der Küchentür um und blickte ihm direkt ins Gesicht. „Das heißt, dass dein ganzes Klassentreffen und alles nur ein Vorwand war, euch mit den beiden Weibern zu treffen. Von wegen, rein zufällig getroffen! Und dann dieser komische Sigi, der nicht mehr auffindbar ist und wegen dem man unbedingt nach Trier muss. Aber merk dir eines: Wir kommen euch auf die Schliche!"

So sehr sich Karl auf die Vorbereitungen und das Klassentreffen selbst gefreut hatte, so schwer fiel es ihm jetzt, einen lustigen Brief zu formulieren, um die ehemaligen Klassenkameraden zum Kommen zu bewegen. Immer wieder änderte er den Text und war mit den Gedanken nicht so recht bei der Sache. Wäre in ihm nicht die Hoffnung gewesen, dass einer der angeschriebenen Klassenkameraden etwas Klärendes zu dem merkwürdigen Verschwinden von Sigi beitragen könnte, hätte er alles zumindest so lange verschoben, bis über die Sache mit dem verdammten Kosmetikkoffer Gras gewachsen war.

In der Nacht, als er nicht schlafen konnte, hatte er sich überlegt, ob er seine ehemaligen Klassenkameraden sofort unter diesen Adressen des Einwohnermeldeamtes anschreiben oder ob er erst einmal über die jeweiligen Gemeindeverwaltungen erfragen sollte, inwieweit die vorliegenden Adressen noch aktuell waren. Denn sicherlich war der eine oder andere in all den Jahren nochmals umgezogen. Schließlich entschied er sich, in einem ersten Schritt die ihm jetzt zur Verfügung stehenden Adressen zu verwenden. Er würde dann nur zu den Briefen die neuen Adressen erfragen, die als unzustellbar zurückkamen.

Besonders gespannt war er auf die Antwort dieses Labidi, den er selbstverständlich auch anschrieb. Fast aus Trotz schickte er auch einen Brief an Sigi. Als Adresse benutzte er die Windmühlenstraße, in der früher angeblich dieser Labidi gewohnt hatte. Vielleicht lieferte ihm die Post ja eine neue Adresse von Sigi oder etwas, das zur Klärung beitragen konnte.

Seit jenem Abend herrschte zwischen Gassners ein äußerst gespanntes Verhältnis. Irmgard sprach nur das Notwendigste mit ihm, und das war nicht viel. So sehr sich Karl auch bemühte ein Gespräch anzufangen, es misslang. Offenbar hatten Hanna und Irmgard sich inzwischen abgesprochen, denn Gerd berichtete ihm von ähnlichen Verhältnissen zwischen ihm und seiner Frau. Gott sei Dank hatte bisher keine der Frauen von Trennung oder gar Scheidung gesprochen.

Allerdings schien Gerd bereits nach wenigen Tagen wieder Oberwasser gewonnen zu haben, denn er plante sogar ein neuerliches Treffen mit seiner Butzi. Karl hingegen hatte sich vorgenommen, Evelin vorerst nicht zu treffen. Stattdessen rief er sie von Zeit zu Zeit vom Büro aus an.

Als er eines Abends nach Hause kam, eröffnete seine Frau ihm, dass sie beabsichtige, zusammen mit Hanna übers Wochenende wegzufahren. Karl traute sich nicht zu fragen, ob man nicht zu viert fahren wolle, so wie bisher. Er roch in dieser Ankündigung einen Racheakt für das bekannt gewordene Herrenwochenende in Pleizenhausen. Nur – wahrscheinlich würde es bei ihren Frauen weniger amüsant zugehen. So zumindest schätzte Karl beide ein. Sie würden die Stunden nutzen, um sich gegenseitig zu bedauern. Ob Irmgard Gründe hätte, fremdzugehen?, überlegte er. Immerhin sah er für sich selbst genügend Gründe in seiner Ehe, warum er das Verhältnis zu Evelin überhaupt begonnen und auch jetzt nicht beendet hatte. Aber Irmgard? Er gab ihr alle Freiheiten, die sie sich wünschen konnte, und sie schliefen immer noch regelmäßig miteinander. Nein, Irmgard hatte wahrlich keinen Grund sich zu beklagen.

Gleich am nächsten Tag zu Beginn der Dienstzeit suchte er Gerd in seinem Büro auf. Auch Frau Nettekoven hatte ihren Mann bereits über den beabsichtigten Wochenendausflug informiert. So beschlossen die beiden Männer, ebenfalls etwas gemeinsam zu unternehmen, mieden es aber beide geflissentlich, ein neues Treffen mit Butzi und Evelin vorzuschlagen.

Irmgard Gassner verließ am Samstag gleich nach dem Frühstück das Haus. Der Abschied fiel wie erwartet recht kühl aus und auf Karls Frage, wann er sie zurückerwarten könne, meinte sie nur: „Du wirst schon merken, wenn ich wieder hier bin.“

Da sie nur eine kleine Reisetasche gepackt hatte, rechnete er damit, sie spätestens am Sonntagabend wiederzusehen. Er räumte das Frühstücksgeschirr in die Spülmaschine und wartete den Briefträger ab. Tatsächlich trafen an diesem Samstag die ersten beiden Antworten auf seine Schreiben ein. Nur ein Brief kam als „unzustellbar“ zurück, den warf er in seine Aktentasche. Er würde am Montag das zuständige Einwohnermeldeamt in Saarlouis anschreiben, um dort die neue Adresse zu erfragen. Neugierig öffnete er die beiden Antwortbriefe. Jürgen freute sich, nach so vielen Jahren wieder einmal etwas von einem früheren Klassenkameraden gehört zu haben, und fand die Idee ein Klassentreffen zu organisieren ganz toll. Er bot sogar an, falls man sich in Trier treffen wolle, beim Organisieren behilflich zu sein. Der zweite Brief kam von Rolf, der Karl mitteilte, dass er gern an dem Klassentreffen teilnehmen würde, sich aber an ihn, Karl Gassner, nicht mehr erinnerte.

Zufrieden mit den ersten Ergebnissen faltete er die Briefe zusammen und tat sie ebenfalls in seine Aktentasche. Im gleichen Augenblick läutete das Telefon. Gerd war am Apparat. Auch Hanna hatte soeben das Haus verlassen. Sie verabredeten sich zum Mittagessen im Balkanrestaurant „Dubrovnik“ Ecke Löhrstraße und Friedrich-Ebert-Ring. So konnte Karl seinen Wagen im Löhr-Center parken und dort vor dem Treffen noch etwas für das Wochenende einkaufen. Denn Irmgard hatte den Kühlschrank leer gelassen – offenbar absichtlich, um ihn zu ärgern.

Das Wochenende der beiden Männer verlief enttäuschend. Irgendwie kam keine Stimmung auf. Am Samstagabend machten sie zunächst einen ausgiebigen Spaziergang auf dem Kühkopp, dem Hausberg von Koblenz, anschließend stellten sie den Wagen am Moselufer ab und gingen auf Streifzug durch ein paar Altstadtkneipen. Sie begannen mit einem Bierchen im Deutschen Kaiser, marschierten dann hinauf zum Florinsmarkt, wo sie im Altstädter Bier- und Schnitzelhaus St. Florin, wie sollte es anders sein, ein Bier und ein Schnitzel genossen. Es folgten ein Bierchen hier und ein Bierchen dort, bis sie schließlich kurz vor Feierabend wieder im Deutschen Kaiser ihren Absacker nahmen. Müde stiegen sie in Gassners Wagen. Karl war gewohnt zu fahren, wenn sie beide getrunken hatten und ihre Frauen nicht dabei waren. Zumindest bildete er sich ein, auch mit ein paar Bierchen im Bauch immer noch besser fahren zu können als Gerd.

Unterwegs sprachen sie nicht viel. Der erhöhte Alkoholpegel in ihrem Blut änderte nichts an der gedrückten Stimmung.

„Das legt sich wieder!“, versuchten sie sich beim Abschied einzureden, doch insgeheim hatten beide erhebliche Zweifel daran.

Wenn Karl erwartet hatte, dass seine Frau am Sonntag aufgedreht und in guter Stimmung zurückkommen würde, hatte er sich getäuscht. Irmgard machte einen abgespannten, fast nervösen Eindruck und Karl glaubte sogar eine leichte Alkoholfahne zu bemerken, obwohl seine Frau eigentlich nie Alkohol trank. Sie hielt sich nach ihrer Rückkehr auffallend lange im Badezimmer auf, schaltete sogar die Waschmaschine ein und verschwand noch vor den Tagesthemen wortlos im Schlafzimmer. Als Karl ihr eine Viertelstunde später folgte, schlief sie bereits fest oder tat zumindest so.

In der folgenden Woche kamen etliche Rückmeldungen von Klassenkameraden an. Karl sortierte sie in einen Stapel mit Antworten, die ihren Empfänger erreicht hatten, und einen mit Briefen, die als „unbekannt verzogen" oder „Empfänger unbekannt" zurückkamen. Zu diesen schickte er am nächsten Tag vom Büro aus ein immer gleich lautendes Schreiben an die jeweilige Gemeindeverwaltung, mit der Bitte, ihm die neue Adresse mitzuteilen.

Besonders gespannt war er auf die Antwort der Verwaltung in Hermeskeil, nachdem auch der Brief an Mohammed Labidi als „Empfänger unbekannt" zurückgekommen war. Doch diese Antwort ließ auf sich warten. Zumindest kam es Karl so vor.

Gerd Nettekoven hatte wie jeden Morgen im Büro als Erstes begonnen, die Rhein-Zeitung zu lesen. Als er hörte, wie Karl seine Bürotür aufschloss, stürzte er aufgeregt auf den Flur.

„Es ist etwas Schreckliches passiert!", rief er mit einer Stimme, die klang, als würde ihm jemand die Kehle zuhalten. „Butzi ist seit letztem Wochenende verschwunden."

Er hielt Karl die Zeitung hin und deutete auf eine kleine Meldung mit Foto, auf dem Karl sofort Gerlinde Odenthal erkannte. Noch auf dem Flur überflog er die Zeilen. Gerlindes Mann hatte vor zwei Tagen eine Vermisstenanzeige aufgegeben, nachdem seine Frau am Sonntag von einem Spaziergang nicht zurückgekehrt war. Ihren Wagen hatte die Polizei inzwischen auf dem Großparkplatz am Laacher See gefunden. Es folgte eine genaue Beschreibung von Butzi und der Aufruf an die Bevölkerung, zweckdienliche Hinweise oder Beobachtungen der Polizei zu melden.

„Am Sonntag...!", sagte Karl gedehnt und ließ die Zeitung sinken.

„Was meinst du damit?", stammelte Gerd erregt.

„Einfach so."

„Du wolltest damit doch etwas andeuten!"

Karl zog ihn eilig in sein Büro, da am Ende des Flurs einige andere Kollegen auftauchten. „Nichts will ich damit andeuten!", zischte er mit Nachdruck, nachdem er die Bürotür geschlossen hatte. „Ich habe nur festgestellt, dass Butzi seit Sonntag verschwunden ist."

„Mir kam der Gedanke aber auch sofort!“, stieß Gerd händeringend hervor. „Wo waren Hanna und Irmgard am Wochenende?“

Eilig legte Karl den Finger auf den Mund, denn Gerds Stimme war von Satz zu Satz lauter geworden. „Ich weiß es nicht! Aber du glaubst doch nicht wirklich, dass Irmgard oder Hanna etwas mit dem Verschwinden von Butzi zu tun haben“, versuchte er seinen Kollegen leise zu beruhigen, obwohl auch ihm der Gedanke nicht ganz abwegig erschien. „Ich werde Evelin anrufen, vielleicht weiß sie mehr!“

Er wählte ihre Nummer auf der Hardthöhe und wartete. Dann warf er einen Blick auf seine Uhr. „Wahrscheinlich hat sie sich verspätet“, meinte er und legte den Hörer wieder auf.

Gerd hatte sich inzwischen auf einen Stuhl gesetzt. Sein Gesicht war aschfahl und er atmete schwer. Gassner schluckte mit einem Rest kaltem Tee, der sich noch vom Vortag in seiner Tasse befand, seine Tablette hinunter und drückte die Taste der Gegensprechanlage. „Frau Sandmann, bitte jetzt keine Störungen. Herr Nettekoven und ich haben eine wichtige Besprechung.“

Nach dem „Okay“ von draußen drückte er die Wahlwiederholung am Telefon und wartete erneut. Als er gerade wieder auflegen wollte, wurde am anderen Ende abgehoben. Zu seinem Erstaunen meldete sich eine männliche Stimme.

„Kann ich bitte Frau Singer sprechen?“

„Frau Singer hat Urlaub, glaube ich.“

Karl zuckte zusammen. „Was heißt, *glaube ich*? Hat sie oder hat sie nicht?“

Gerd, der sofort an Karls gereizter Stimme merkte, dass etwas Unerwartetes eingetreten sein musste, blickte ängstlich zu ihm auf.

„Moment, ich werde mal nachfragen“, sagte die Stimme am anderen Ende. Karl hörte, wie die Muschel zugehalten wurde und der Mann mit irgendjemandem sprach. Dann meldete er sich wieder. „Frau Singer hat seit dem letzten Wochenende Urlaub. Aber sie hat eine Telefonnummer hinterlassen, unter der sie im Notfall erreichbar ist.“

„Es ist ein Notfall!“, betonte Karl, notierte „02652-5840“ auf seine Schreibunterlage und bedankte sich. Ohne Gerd über das Gespräch zu informieren, wählte er schnell die Nummer und lauschte gespannt.

Bereits nach dem ersten Rufton meldete sich eine junge, weibliche Stimme: „Seehotel Maria Laach, mein Name ist Mannebach, was kann ich für Sie tun?“

Für Sekunden war Karl nicht fähig sich zu bewegen oder ein einziges Wort herauszubekommen.

„Hallo! Was kann ich für Sie tun?", wiederholte die Stimme.

„Verbinden Sie mich mit Frau Singer."

„Einen Moment bitte!"

Er wartete ungeduldig und traute sich nicht, seinen Kollegen anzuschauen. Vorsichtshalber hatte er die Schachtel mit den Tabletten schon auf dem Schreibtisch liegen lassen. Vielleicht sollte er noch eine schlucken.

Es knackte in der Leitung. „Tut mir Leid, Frau Singer ist bereits am Sonntag abgereist."

Sie saßen sich fast eine Viertelstunde schweigend gegenüber und starrten vor sich hin. Beide waren nur von der einen Frage beherrscht: Hatten ihre Frauen etwas mit dem Verschwinden von Butzi und dem Aufenthalt von Evelin im Seehotel Maria Laach zu tun oder nicht? Und wenn, was war mit Butzi geschehen, wo war sie jetzt? War sie...? Diesen Gedanken fortzuführen wagte keiner von beiden.

Schließlich brach Karl das Schweigen. „Wir müssen die Polizei informieren, dass auch Butzis Freundin Evelin bis Sonntag in Maria Laach war. Vielleicht haben sich beide dort getroffen, vielleicht ist Butzi mit Evelin weitergefahren. Ich meine, vielleicht machen sie gemeinsam irgendwo Urlaub. Ich weiß es auch nicht..."

Er sah, dass er auch mit diesem Gedanken die Situation nicht entspannen konnte. Gerd starrte weiterhin vor sich auf den Boden.

„Vielleicht ist auch Evelin... verschwunden. Nur hat sie noch keiner vermisst..." Karl überfiel eine plötzliche Kälte, obwohl sein Herz wie verrückt zu rasen begann.

Wieder saßen sie stumm da, jeder in düstere Gedanken versunken. Von Zeit zu Zeit schüttelte Karl fast unmerklich den Kopf, als wolle er das alles nicht wahrhaben oder von sich abschütteln. Endlich griff er erneut zum Telefonhörer. Beim Polizeipräsidium Koblenz wurde er mit einem der Dienst habenden Beamten der Wache verbunden, dem er sein Wissen vortrug. Der Beamte versicherte ihm, die Information sofort an die zuständigen Kollegen weiterzuleiten. Er notierte sich auch Gassners Namen und Adresse, da seine Aussage unter Umständen protokolliert werden müsse.

„Und jetzt?", fragte Gerd kleinlaut, als Karl den Hörer aufgelegt hatte.

Karl holte eine halb volle Flasche Mineralwasser aus dem Schreibtisch, goss sich ein Glas ein und schluckte die zweite Tablette für heute. „Abwarten, vielleicht ist alles ganz harmlos."

Aus der Gegensprechanlage ertönte die Stimme von Frau Sandmann. „Entschuldigung, aber da ruft schon zum dritten Mal ein Herr an. Er meint, es sei dringend."

„Durchstellen!", befahl Karl sofort und hatte die Hand bereits am Hörer. Als es läutete, riss er den Hörer ans Ohr, entspannte sich aber sofort. „Mensch, Otto, du rufst in einem ausgesprochen ungünstigen Moment an! Vielleicht kannst du morgen…"

Otto war einer seiner ehemaligen Schulkameraden. Er zeigte Verständnis und versprach, am nächsten Tag wieder anzurufen.

Schon wollte Karl auflegen, als ihm noch etwas einfiel. „Halt! Sag mal, erinnerst du dich an einen Mohammed Labidi in unserer Klasse?"

Otto musste nicht lange überlegen, auch ihm sagte der Name nichts.

„Aber an Sigi Lange erinnerst du dich doch? … Stell dir vor, sein Name taucht in den Schullisten nicht auf." Karl blickte zufällig in Gerds genervtes Gesicht. „Du, ich muss jetzt wirklich Schluss machen. Morgen können wir uns ausgiebig darüber unterhalten."

Die folgenden Stunden waren für Karl wie ein Fegefeuer. Alles in ihm und an ihm brannte. Er konnte keinen klaren Gedanken fassen. Zu gern hätte er einfach alles stehen und liegen lassen, aber er befand sich mit seiner Arbeitszeit schon leicht im Minus und wusste nicht, ob er in Anbetracht der plötzlichen Situation nicht noch einmal froh sein könnte, ein paar Überstunden abzufeiern. Ans Arbeiten war allerdings auch nicht zu denken, dafür war seine innere Unruhe zu stark. So verbrachte er die meiste Zeit damit, nervös und untätig in seinem Büro auf und ab zu gehen.

Nach Feierabend setzte er seinen zwanghaften Marsch zu Hause zwischen Wohnzimmer und Küche fort. Dabei schaute er seine Frau immer wieder forschend aus den Augenwinkeln an. Auch sie oder Hanna hatten heute bestimmt die Zeitung gelesen. Und beide hatten daraufhin sicherlich miteinander telefoniert. Aber Irmgard zeigte keine Reaktion. Weder in die eine noch in die andere Richtung. Ob er sie geradeheraus auf die Pressenotiz ansprechen sollte? Irgendwie hatte er aber insgeheim Angst vor ihrer Antwort. So ließ er es bleiben und schaltete die Landesschau des Südwestrundfunks ein. Bernd Schröder moderierte an diesem Abend, aber über die Vermisste gab es keinen

Bericht in der Sendung. Kurz vor zwanzig Uhr folgte Karola Altvatter mit „Rheinland-Pfalz aktuell", den Landesnachrichten. Auch hier keine Meldung von einer Vermissten. Erst jetzt fiel Karl ein, dass Butzi in Bonn, also Nordrhein-Westfalen, wohnte und er die WDR-Nachrichten hätte anschauen müssen.

Während der Tagesschau entspannte er sich langsam. Vielleicht sahen Gerd und er nur Gespenster und der wahre Grund für Butzis Verschwinden lag ganz woanders? Plötzlich gab es da für ihn tausend Möglichkeiten: Vielleicht hatte sie sich mit ihrem Mann zerstritten? Oder sie hatte sich mit einem anderen Mann getroffen? Auch bestand die Möglichkeit, dass sie untertauchen musste, weil sie Mist im Ministerium gebaut und irgendwen mit vertraulichen Unterlagen versorgt hatte. Wie oft las man Ähnliches. Und Karl hatte immer schon das Gefühl gehabt, dass diese Frau es mit solchen Dingen nicht so genau nahm. Seine Fantasie wuchs mit jeder Sekunde.

Doch dann wurde er blitzartig auf den Boden der Wirklichkeit zurückgeholt, als im Fernsehen der Name Gerlinde Odenthal fiel – Butzi! Wolf von Lojewski las einen Fahndungsaufruf der Polizei vor und hinter ihm war ein Foto von Frau Odenthal eingeblendet.

Karls Augen wanderten aufgeregt zwischen dem Bildschirm und seiner Frau hin und her. Immer noch machte sie einen völlig unbeteiligten Eindruck. Wusste sie wirklich nicht, wer da gesucht wurde? Oder kannte sie Butzi, wusste sie gar, warum sie gesucht wurde, und spielte nur die Unbeteiligte? Dann registrierte sie jetzt, dass er versuchte, es ihr zu verschweigen! Karl stöhnte auf. Er musste die Flucht nach vorn antreten, wenn er seine Lage nicht weiter verschlimmern wollte.

„Mein Gott!", stieß er bewusst erschrocken hervor. „Das ist eine der Kolleginnen von uns aus Bonn, die wir neulich getroffen haben!"

Er schielte zu seiner Frau. Nichts! Nun wusste er auch nicht mehr weiter. Was hatte es zu bedeuten, dass Irmgard gar nicht auf seine Äußerung reagierte? Was wusste er eigentlich von dieser Frau, mit der er seit rund dreißig Jahren zusammenlebte? Sie erschien ihm Kontinente weit entfernt.

Der Fahndungsaufruf war zu Ende, es folgte die Wetterkarte.

Irmgard stand auf, zündete sich eine Zigarette an und meinte zwischen zwei Zügen: „Deine oder seine?"

Zuerst verstand Karl nicht, was sie damit meinte. Aber als er die Frage begriffen hatte, fühlte er sich schon wieder in einer Zwickmühle. Wusste sie die Antwort und wollte seine Ehrlichkeit testen? Dann hatte sie etwas mit dem Verschwinden von Butzi zu tun! Oder wusste sie die Antwort wirklich nicht? Dann waren all seine Befürchtungen nichtig.

„Wie meinst du das?“, fragte er und versuchte, möglichst naiv zu klingen und Zeit zu gewinnen.

„Nun, jeder von euch hat sich doch mit seiner Tussi getroffen. Wer also mit wem?“

Jetzt wusste Karl gar nichts mehr zu antworten. Er hatte Irmgard doch bisher in dem Glauben gelassen, dass er nur als Anstandswauwau mitgefahren sei. Woher wusste sie, dass diese Version nicht stimmte und er ein Verhältnis mit Frau Singer hatte?

„Du glaubst doch nicht…“, begann er entrüstet.

Seine Frau unterbrach ihn kühl. „Glauben? Wissen, Karl, wissen!“

„Was weißt du und von wem weißt du was?“, ging Karl sie sofort scharf an. „Nichts weißt du!“

Irmgard lachte, aber es klang aufgesetzt. „Du kannst erzählen, was du willst, es ist gelogen! Ich weiß mehr, als du ahnst!“

„Dann musst du ja auch wissen, mit wem Gerd ein Verhältnis hat!“, brüllte Karl und tastete nach der kleinen Schachtel in seinem Jackett.

„Jetzt ist es also raus!“, schrie Irmgard zurück. „Gerd hatte also ein Verhältnis mit einer der Tussis! Bisher wurde das doch von euch bestritten. Eine harmlose Geburtstagsfeier unter Kollegen, hieß es!“

Verdammt, dachte Karl, nun hatte er sich in seiner Rage verplappert. Der Schritt zur vollen Wahrheit war wohl jetzt nicht mehr weit. Er eilte an seiner Frau vorbei über die Diele ins Bad. Sein Atem ging schnell, er spürte seinen Herzschlag am Hals und in den Schläfen. Rasch drückte er eine Tablette aus der Blisterverpackung und schluckte sie mit einem Glas Leitungswasser hinunter. Dann betrachtete er sich im Spiegel. Sein Gesicht war feuerrot angelaufen, seine Lippen zitterten leicht und hatten einen violetten Schimmer.

„Mein Gott“, röchelte er und fasste sich an die Brust. Alles wurde eng und hart. Er griff rasch in die Innentasche seines Jacketts, zog den kleinen Inhalator heraus und verabreichte sich, während er einatmete, einen Sprühstoß in den weit geöffneten Mund. Dabei hielt er sich am Waschbecken fest und schloss für einige Minuten die Augen.

Irmgard hatte das leise Sprühgeräusch vernommen. Sofort eilte sie an die Badezimmertür und lauschte in die Stille hinein. Nichts war von drinnen zu hören, kein Atmen, keine Schritte, kein Stöhnen.

„Karl, mach auf! Karl, hörst du mich?“, rief sie und bemühte sich um einen freundlichen Ton. Sie wusste, wie schlimm es um seine Gesundheit stand.

Endlich bewegte sich drinnen etwas, der Schlüssel wurde umgedreht und die Tür vorsichtig geöffnet. Karl stand zitternd an die Wand gelehnt neben der Tür.

„Gib mir deinen Arm und komm ins Wohnzimmer", bat Irmgard ruhig und führte ihren erschöpften Mann zurück zu dem Sessel, von dem aus er ferngesehen hatte.

Langsam bekam er wieder eine normale Gesichtsfarbe und auch das schnelle Anheben und Absenken seiner Brust beruhigte sich. Schließlich drehte er seinen Kopf zu ihr hin. „Was weißt du über die vermisste Gerlinde Odenthal?", flüsterte er mit schwacher Stimme.

„Das, was in der Zeitung steht und eben in den Nachrichten gesagt wurde, wieso? Habt ihr etwas mit ihrem Verschwinden zu tun?"

Karls Augenlider zuckten bei ihrer Frage. Er schloss schnell wieder die Augen und schüttelte langsam den Kopf. „Wir nicht! Aber es könnte doch sein, dass Hanna und du – dass ihr mehr wisst."

„Wie meinst du das?"

„Nur so", Karl winkte ab, „ich weiß auch nicht."

Am nächsten Morgen meldete er sich beim BWB krank. Nach den Aufregungen des Vortages fühlte er sich zu schwach, um zur Arbeit zu gehen. In gewisser Weise erwies sich das als Vorteil, denn im Briefkasten lagen eine Menge Briefe, die sich alle auf das Klassentreffen bezogen. Das lenkte ihn etwas ab. Er dachte an Otto, der ihn gestern angerufen hatte. Er würde heute ein zweites Mal vergebens in Gassners Büro anläuten. Leider hatte sich Karl bei dem kurzen Gespräch am Vortag nicht die Rufnummer seines ehemaligen Klassenkameraden notiert, so dass er ihn nicht zurückrufen konnte.

Während Irmgard zu bügeln begann, öffnete Karl einen Brief nach dem anderen. Alte, vergessene Namen, Gesichter und Straßen tauchten dabei wieder vor ihm auf. Aber es gab auch Namen, die ihm fremd vorkamen. Vielleicht war es bei diesem Mohammed Labidi ebenso? Hatte er diesen Mohammed Labidi vielleicht auch einfach nur vergessen? Möglich, aber was war mit Sigi? An ihn erinnerte er sich, und Otto auch!

Ein Brief war von den Eltern eines Schülers beantwortet worden, weil sie noch immer unter der gleichen Adresse wohnten. Ihr Sohn aber war inzwischen verzogen und man teilte Karl seine aktuelle Anschrift mit.

Nachdem er alles durchgesehen hatte, legte er wiederum die Briefe zu einem Stapel zusammen, die mit dem Vermerk „Empfänger unbekannt“ zurückgekommen waren.

Er hatte sich für den Tag nichts Konkretes vorgenommen, außer, wieder zur Ruhe zu kommen. Also setzte er sich an den Wohnzimmertisch und begann auf einem Blatt Papier einen allgemein gehaltenen Brief an all die Schulkameraden zu entwerfen, die ihm bisher geantwortet hatten. Danach schrieb er ebenfalls ins Unreine einen Brief an das Einwohnermeldeamt der Stadt Trier. Morgen im Büro würde er diese Briefe mit dem Computer schreiben.

Gegen Mittag rief ihn Nettekoven an, um sich zu erkundigen, wie es ihm ging. Karls Antwort fiel sehr spärlich aus, er hatte das Gefühl, seine Frau lausche an der Küchentür. Als Gerd merkte, dass sein Freund nicht frei sprechen konnte, beendete er schnell das Gespräch. Doch zuvor teilte er Karl noch mit, dass Butzi sich immer noch nicht gemeldet habe und Hanna weiterhin nicht viel mit ihm reden würde.

Den ganzen Nachmittag grübelte Karl abwechselnd darüber nach, was hinter dem Verschwinden einerseits von Butzi und andererseits von Sigi stecken konnte. Bei Butzi fielen ihm ja einige Möglichkeiten ein, aber bei Sigi blieb es bei einem großen Fragezeichen.

„Ich werde nach Maria Laach fahren!“, flüsterte Gerd seinem Kollegen zu, als sie sich am nächsten Morgen im Amt begegneten. „Kommst du mit?“

Karl zögerte. Natürlich wollte er wissen, was geschehen war, er wollte aber nicht riskieren, die Spannungen in seiner Ehe weiter zu verschärfen. „Aber nur, wenn wir während der Dienstzeit fahren“, raunte er. „Vielleicht könnten wir nach Büchel…“

Gerd schnippte mit den Fingern. „Mach ich, Abfahrt nach der Mittagspause!“

In seinem Büro schluckte Karl wie gewohnt seine Tablette und begann dann die beiden Briefe zu schreiben, die er am Vortag entworfen hatte. Erst danach fand er den Zettel von Frau Sandmann vor, dass Otto wieder angerufen hatte, diesmal mit einer Telefonnummer, unter der er erreichbar war.

Also rief er als Nächstes Otto an. Er wohnte inzwischen in Frankfurt und arbeitete dort bei einer großen Privatbank. Sehr schnell waren sie wieder bei dem Thema Siegfried Lange und Mohammed Labidi. Otto, der noch die fünfte Klasse der Volksschule besucht hatte, glaubte sich zu erinnern, dass Siegfried nach den Schulferien nicht mehr erschienen war. Entweder war auch er damals auf eines der Trierer Gymnasien gewechselt oder die Familie hatte das Ende des Schuljahres für einen Umzug genutzt. Merkwürdig war nur, dass auch der Name Labidi im darauf folgenden Schuljahr nicht mehr in der Liste der Schule auftauchte, die Karl in Trier hatte einsehen dürfen.

Leider konnte Otto ihm ansonsten nicht weiterhelfen. Man beschloss, den nunmehr begonnenen Kontakt aufrechtzuerhalten und sich bei Gelegenheit auch unabhängig von dem geplanten Klassentreffen einmal zu besuchen.

Nach der Mittagspause begaben sich Gassner und Nettekoven wie verabredet auf die Dienstreise nach Büchel, wichen aber schon hinter der Balduinbrücke in Koblenz von der Strecke ab und fuhren über die B 9 in Richtung Maria Laach. Gerd hatte das Foto von Frau Odenthal eingesteckt, das er immer in seiner Schreibtischschublade unter Verschluss hielt.

Dieses Bild legte er bald darauf der jungen Dame an der Rezeption des Seehotels vor, die aber nur bedauernd den Kopf schüttelte. Zu viele Gäste gingen tagtäglich im Hotel ein und aus. Also begaben sich die beiden Männer in das Restaurant und zeigten dem Kellner und einer Serviererin das Bild. Der Kellner glaubte sich an die Dame erinnern zu können, war sich aber seiner Sache nicht sicher. Erst als Karl ihm ergänzend auch Evelin Singer beschrieb, erinnerte er sich, die beiden Frauen bedient zu haben.

„Ich glaube, die Größere von beiden hatte geweint, und die etwas fülligere Dame – sie rauchte übrigens, denn ich musste ihr Zigaretten ziehen gehen – hat beruhigend auf sie eingeredet. Aber die beiden haben nicht allzu lange hier gesessen. Vielleicht nur auf eine Tasse Kaffee."

Wann dies gewesen war und ob die beiden das Restaurant zusammen betreten oder verlassen hatten, daran konnte er sich nicht mehr erinnern.

„Waren denn an dem Tisch noch andere Frauen?", erkundigte sich Karl.

„Nein, da bin ich mir ganz sicher", sagte der Kellner entschieden. „Die beiden saßen allein dort an dem Fenstertisch."

Etwas enttäuscht über die mageren Erkenntnisse verließen Karl und Gerd das Hotel und machten sich auf den Weg zu dem Verkaufsladen für Bücher und Devotionalien. Aber auch dieser Besuch hatte wenig Erfolg. Keine der Verkäuferinnen konnte sich an eine der beiden Frauen erinnern. Blieb nur noch der Parkwächter.

„Bitte nicht schon wieder!“, war dessen Reaktion. „Erst der Ärger mit der Absperrung und nun kommen dauernd irgendwelche Presseheinis, die was von mir hören wollen. Nein danke, mir reicht's!“

„Ich bin der Bruder der Vermissten“, log Gerd und zeigte dem Parkwächter das Foto. „Ich möchte nur wissen, ob meine Schwester alleine hier war oder mit einer anderen Frau.“

„Das weiß ich wirklich nicht. Hier parken im Laufe eines Tages Hunderte Autos. Glauben Sie, ich schaue in jeden Wagen hinein und merke mir all diese Gesichter? Ich habe das Fahrzeug lediglich der Polizei gemeldet, nachdem es zwei Nächte hier stand.“

„Ist das etwas Außergewöhnliches?“, erkundigte sich Karl.

Der Parkwächter schüttelte den Kopf.

„Aber warum haben Sie es dann der Polizei gemeldet?“

Die beiden konnten deutlich sehen, dass diese Frage dem Parkwächter unangenehm war. Er kratzte sich verlegen am Hinterkopf und schaute sich nach der Einfahrt um, ob nicht ein rettendes Fahrzeug kommen würde, das ihn von der Beantwortung der Frage befreite. Aber weit und breit war kein Fahrzeug in Sicht.

„Also!“, drängte Karl.

„Sind Sie wirklich der Bruder?“ Der Parkwächter schaute Gerd zweifelnd an.

„Das kann ich bestätigen!“, kam Gassner seinem Kollegen zuvor. „Also, was gab es so Besonderes, dass Sie nach nur zwei Nächten die Polizei gerufen haben? Immerhin hätte der Wagen einem Hotelgast gehören können, der hier Urlaub macht.“

„Man hat mir dafür Geld gegeben…“

„Wer?“, rief Gerd laut und trat einen Schritt auf den Parkwächter zu, der seinerseits einen Schritt rückwärts machte.

„Eine Frau! Aber es war nicht die Frau, die vermisst wird…“

„Wie sah die Frau aus? Sie werden sie doch beschreiben können.“

„Also, sie hatte ein sehr selbstsicheres Auftreten. Mittelgroß, etwas füllig, mit kurzen blonden Haaren. Ich würde sie auf Mitte vierzig schätzen.“

Ohne Zweifel, er hatte Evelin beschrieben.

„Wann war das?“, bohrte Karl.

„Das muss noch an dem Tag gewesen sein, als das Fahrzeug hier abgestellt wurde. Ich kann mich zumindest nicht erinnern, dass es schon tags zuvor hier geparkt war."

„Und mit welcher Begründung hat Ihnen die Dame das Geld angeboten?", wollte Gerd wissen.

„Sie sagte, sie habe beim Einparken das Auto beschädigt, müsse aber dringend weg. Ich solle der Fahrerin ihre Adresse geben, damit sie den Schaden regulieren könne. Dann gab sie mir fünfzig Euro."

„Fünfzig?", stieß Karl erstaunt hervor.

„Das war es ja, was mir so komisch vorkam. Und als auch nach zwei Tagen immer noch keine Fahrerin aufgetaucht war…"

„Geben Sie mir die Adresse der Frau", befahl Karl, musste jedoch wieder feststellen, dass der Parkwächter auszuweichen versuchte. „Mann, was ist? Sie wissen, dass möglicherweise ein Verbrechen geschehen ist, also geben Sie mir die Adresse!"

Ein Bus näherte sich der Einfahrt zum Parkplatz. Karl hielt den Wächter am Arm fest. „Erst die Adresse!"

„Ob Sie mir glauben oder nicht, ich habe sie verloren. Das war ein Grund mehr für mich gewesen, die Polizei zu verständigen. Aber bereits bei dem Anruf teilte man mir mit, dass der Wagen ebenso vermisst gemeldet war wie die Fahrerin. Deshalb habe ich der Polizei auch nichts von alledem erzählt. Ich habe keine Lust, mit so etwas in Verbindung gebracht zu werden. Können Sie das nicht verstehen?"

Langsam ließ Karl den Mann los, der sofort auf den Bus zusteuerte.

„Merkwürdig!", meinte Gerd. „Glaubst du ihm?"

„Das Ganze ist so merkwürdig, dass er sich das kaum ausgedacht haben kann", sagte Karl nachdenklich. „Nur, was hat Evelin bewogen, dem Mann fünfzig Euro zu geben, damit er Butzi abfängt, ihr etwas von einem Schaden am Auto erzählt und ihr die Adresse gibt?"

„Der Reihe nach", meinte Gerd und lehnte sich gegen seinen Wagen. „Angenommen, Evelin kommt hierher, beschädigt den Wagen…"

„Quatsch, Evelin kennt den Wagen von Butzi. Das mit der Beschädigung war erfunden und gelogen", regte sich Karl auf.

„Also gut, die beiden Frauen treffen sich im Restaurant, verabredet oder zufällig…"

„Evelin muss gewusst haben, dass Butzi den Wagen stehen lässt. Vielleicht haben sie das sogar gemeinsam beschlossen. Nur, warum erzählt Evelin dem Parkwächter diese blödsinnige Geschichte und gibt dafür auch noch Geld aus?"

Inzwischen hatte der Parkwächter den Bus abkassiert und schlenderte wieder auf Gassner und Nettekoven zu.

„Eine Frage noch", rief ihm Karl entgegen. „Haben Sie einen Schaden am Fahrzeug gesehen?"

Der Mann schüttelte den Kopf. „Als die Frau mir das Geld gab, standen wir relativ weit von dem Auto entfernt. Und ich muss gestehen, später habe ich keinen Schaden bemerkt, der hier auf dem Parkplatz hätte passiert sein können. Es war alles recht merkwürdig, das gebe ich gern zu. Deshalb habe ich auch meinen Mund gehalten. Man will ja nicht in irgendetwas hineingezogen werden."

3.

In der darauf folgenden Nacht lag Karl wieder lange wach. Zwei Menschen waren verschwunden, einer vor fast fünfzig Jahren, der andere seit einigen Tagen. Und wenn man es genau nahm, war auch Evelin verschwunden. Sie hatte zwar offiziell Urlaub, hatte aber für Notfälle in ihrer Dienststelle die Telefonnummer des Seehotels hinterlegt und war dann doch nach nur einem Tag abgereist. War sie etwa auch…? Hatte das Gesetz der Serie zugeschlagen?

Im Fall Evelin und Butzi konnte er wohl nicht viel machen. Zum einen wegen seiner Frau, zum anderen sah er keinen Ansatzpunkt, die Spur der beiden Frauen zu verfolgen. Im Fall Sigi war die Sachlage anders. Hier wusste er einiges mehr. Zum Beispiel, dass es einen Klassenspiegel gab, in dem Sigis Name auftauchte. Außerdem hatte Otto sich genauso an Sigi erinnern können wie er. Eine innere Unruhe drängte ihn, er wollte die Antwort des Einwohnermeldeamtes nicht abwarten. Also beschloss er, nochmals nach Trier zu fahren und zu versuchen, weitere Erkundigungen über Siegfried Lange einzuholen. Vielleicht war der Tipp dieser Ladenbesitzerin gar nicht so schlecht, sich bei den Schwestern und Pflegerinnen des Altenheimes umzuhören. Und dann vor allem das Einwohnermeldeamt, die mussten doch etwas über Sigi wissen!

Plötzlich spürte er die Hand seiner Frau an seiner Schulter. „Kannst du nicht schlafen?“, flüsterte sie.

Er war so erstaunt, dass er nicht fähig war, spontan zu antworten. Es war die erste versöhnliche Geste seit dem großen Krach. Vielleicht sollte er…

„Hast du Lust mich nach Trier zu begleiten?“, fragte er ebenso leise zurück und drehte sich zu ihr um.

„Hat es etwas mit der Frau zu tun?“, hörte er seine Frau sagen.

„Nein. Es geht wirklich um unser Klassentreffen. Du weißt doch, ein Klassenkamerad von mir ist wie vom Erdboden verschwunden. Und da möchte ich noch einmal Erkundigungen einholen, weil das einfach nicht sein kann."

Es folgte eine lange Pause, in der er nur das regelmäßige Atmen seiner Frau und das Ticken des Weckers hörte. Schließlich drehte er sich wieder um und zog die Bettdecke über seine Schultern. „Du kannst es dir überlegen. Ich werde wahrscheinlich erst am Freitag fahren. Lass uns jetzt schlafen."

Der Freitag war ein grauer und verregneter Tag. Der schöne Schnee aus den ersten Januartagen war dahingeschmolzen. Karl hatte sich den Tag freigenommen. Ein verlängertes Wochenende und die Fahrt nach Trier würden ihm gut tun. Irmgard hatte angekündigt, dass sie mitfahren würde, und sogar das Wort „gern" benutzt, was natürlich so oder so ausgelegt werden konnte.

Da Karl nicht wusste, wann die Stadtverwaltung in Trier freitags für den Publikumsverkehr schloss, waren sie gleich nach dem Frühstück gestartet. An diesem Tag war die Fahrt über die Hunsrückhöhenstraße eine Qual. Tankfahrzeuge mit Milch und Langholztransporter wechselten sich ab. Zu allem Überfluss gab es vor Trier auch noch einen Unfall, der einen riesigen Stau verursachte. Als sie endlich auf dem großen Parkplatz vor der Stadtverwaltung ankamen, war es bereits nach zehn.

Karl streckte sich und schaute sich um. Rund um den Augustinerhof hatte sich seit seiner Jugend nicht viel verändert. Das Stadttheater, das Hindenburg-Gymnasium und der Hochbunker sahen noch aus wie früher. Das Gymnasium schien in letzter Zeit einen neuen Anstrich erhalten zu haben. Damals waren Gymnasium und Stadttheater erst neu gebaut worden. Das musste so um 1960 gewesen sein.

Beim Einwohnermeldeamt herrschte sehr starker Andrang und Karl musste lange warten, bis er drankam. Die Sachbearbeiterin schüttelte freundlich den Kopf, als er seinen Wunsch äußerte. „Tut mir Leid, aber da muss ich Sie vertrösten. Eine Ummeldungsauskunft aus den fünfziger Jahren nimmt einige Tage in Anspruch."

Enttäuscht ging Karl zum Auto zurück und machte sich mit seiner Frau zusammen auf den Weg zum Helenenhaus. Die Feldstraße sah noch fast wie früher aus, bis auf die neue, groß angelegte Zufahrt zum Krankenhauszentrum des Mutterhauses. Rein äußerlich hatte sich auch das Helenenhaus nicht viel verändert. Aber innen fand Karl nichts mehr, an das er sich erinnern konnte.

Sie benutzten die Seitenpforte zur Windmühlenstraße hin, wo sie zufällig einen Parkplatz gefunden hatten. Eine Schwester schaute ihnen hinter einer Glasscheibe hilfsbereit entgegen.

„Das ist ja mehr als ein halbes Menschenleben“, wunderte sie sich über Karls Wunsch, jemanden sprechen zu können, der bereits vor fünfzig Jahren hier tätig gewesen war. Doch dann telefonierte sie mit viel Geduld hin und her.

Karl und Irmgard warteten ebenso geduldig. Als er schon jegliche Hoffnung aufgegeben hatte, klopfte die Frau freudestrahlend ans Fenster und machte ihnen ein Zeichen, hereinzukommen.

„Sie müssten rüber auf die Pflegestation. Ich werde Sie dort anmelden. Fragen Sie nach Schwester Hadwiga. Sie ist leider bettlägerig. Vielleicht kann sie Ihnen weiterhelfen. Sie scheint die Einzige zu sein, die schon damals hier im Haus gearbeitet hat.“

Karl bedankte sich überglücklich und machte sich mit seiner Frau auf den Weg zur Pflegestation.

Schwester Hadwigas Alter war sehr schwer zu schätzen. Irgendwo zwischen achtzig und neunzig musste es liegen. Ihr Gesicht war blass und voll Falten, aber ihre Augen blickten den Besuchern neugierig und wach entgegen.

Die Stationsschwester hatte die beiden ins Zimmer begleitet und stellte ihnen zwei Stühle neben das Bett. „Mögen Sie einen Tee?“, erkundigte sie sich.

Karl und Irmgard lehnten dankend ab.

„Der Tee schmeckt grausig“, flüsterte Schwester Hadwiga, als die Stationsschwester die Tür hinter sich geschlossen hatte. „Es ist gut, dass Sie keinen bestellt haben. Sie hätten ihn sowieso nicht getrunken. Schauen Sie mal unten in meinen Nachttisch nach. Da müsste noch eine Flasche französischer Rotwein stehen und ein paar Gläser.“ Sie deutete mit zittriger Hand neben das Bett. „Der liebe Gott weiß, wie gern ich Rotwein trinke, und hat mir einen Beichtvater gegeben, der mir schon mal eine Flasche mitbringt. Sonst gibt es hier nur Tee oder dieses stille Wasser, bäääh.“ Sie verzog ihr faltiges Gesicht zu einer Grimasse.

Als sie merkte, dass weder Frau Gassner noch ihr Mann Anstalten machten, die Flasche hervorzuholen, richtete sie sich mit ihren dürren Armen mühsam auf. „Holen Sie die Flasche nur! Ich trinke auch gern ein Gläschen mit. Sie werden sehen, das tut gut. Auch schon vor dem Mittagessen.“

Unter diesem Aspekt entschloss sich Karl, ihrem Wunsch nachzukommen. Allerdings fand er nur zwei Gläser. „Meine Frau und ich trinken aus einem Glas!“, beschloss er.

„Ein Korkenzieher muss in der Schublade liegen!“

Tatsächlich fand Karl auch den Korkenzieher. Nachdem er eingeschenkt hatte, reichte er der Schwester ein Glas, die sofort gierig einen ersten Schluck nahm und sich dann entspannt in das Kissen sinken ließ.

„Das tut gut. Nun trinken Sie aber auch.“

Gehorsam nahm Karl einen kleinen Schluck und reichte dann das Glas an seine Frau weiter. Tatsächlich schmeckte der Wein ausgezeichnet und hatte sogar die richtige Temperatur.

Karl räusperte sich. „Ich bin gekommen, um mich nach einer Frau zu erkundigen, die vor etwa fünfzig Jahren in der Windmühlenstraße genau gegenüber dem Helenenhaus wohnte und die Sie vielleicht kannten.“

Schwester Hadwiga verdrehte lächelnd die Augen. „Mein Gott, ist das lange her! Aber der liebe Gott hat mir nicht nur einen verständnisvollen Beichtvater, sondern auch ein sehr gutes Gedächtnis geschenkt. Vor etwa fünfzig Jahren, sagen Sie? Ja, ich erinnere mich. Damals standen gegenüber dem Helenenhaus noch einige alte Häuser. Das Eckhaus war ganz mit wildem Wein zugewachsen und daneben war das Haus mit der großen Toreinfahrt und dem dunkelbraunen Holztor und dann kam…“

„Genau dieses Haus mit der großen Toreinfahrt meine ich“, unterbrach Karl die Schwester hocherfreut. „Können Sie sich daran erinnern, wer in diesem Haus wohnte?“

Schwester Hadwiga schloss für wenige Sekunden ihre lebhaften Augen, wobei sich ihre Lippen leicht bewegten. „Warten Sie mal. Nach dem Krieg wohnte da eine Familie Wieser. Später dann eine junge Frau und ein dunkelhäutiger Franzose mit ganz kurzen schwarzen Haaren und ein kleiner Junge.“

Karl hätte sich am liebsten auf die Schwester gestürzt und sie umarmt und geküsst. „Genau diese Frau und den Jungen meine ich. Er hieß Siegfried Lange!“

Die Schwester öffnete die Augen ein wenig und blickte Karl erstaunt an. „Lange?“ Sie schüttelte energisch den Kopf. „Nein, die hatten so einen ausländischen Namen. Und Siegfried hieß der Junge auch nicht. Er wurde doch in unserer Kapelle von unserem damaligen Pastor Steinsky getauft. Nein, ich kann mich noch genau erinnern. Wir haben uns alle gewundert, dass die Frau diesen Namen gewählt hatte, weil er so gar nicht christlich klang. Aber ihr Mann bestand darauf. Ich glaube, er hieß Achmed."

„Mohammed?", fragte Karl erschrocken.

„Richtig, Mohammed! Gott, mein Gedächtnis lässt doch nach. Mohammed hieß er, wie der Vater. Mohammed La..."

„Labidi!", ergänzte Karl enttäuscht.

„Richtig! Labidi! Der Vater war Algerier und, soviel ich weiß, aus der französischen Armee geflogen. Zumindest hat man das damals gemunkelt. Er trug auf jeden Fall niemals Uniform. Die Frau und das Kind konnten einem Leid tun. Ich erinnere mich noch, dass sie oft bei uns drüben war und um Milch oder Brot gebettelt hat. Ihr Mann war ein Tyrann, arbeitsscheu und Alkoholiker."

Karl verstand die Welt nicht mehr. Er war sich sicher, dass die Schwester sehr genau wusste, wovon sie sprach. Aber auch er wusste sehr genau, dass er sich in dem Haus mit Siegfried Lange getroffen hatte, um Schulaufgaben zu machen.

Er startete einen letzten Versuch. „Aber dieser Siegfried Lange mit seiner Mutter, der muss doch auch in dem Haus gewohnt haben, in der ersten Etage."

Wieder schüttelte die Schwester energisch den Kopf und schielte dabei nach dem Rotweinglas, das Karl auf dem Nachttisch abgestellt hatte. Nachdem er ihr das Glas noch einmal gereicht hatte, meinte sie: „In dem Haus wohnte nur dieses Ehepaar. Unten waren seit dem Kriegsende nur noch Lagerräume, glauben Sie mir. Ich habe die Frau auch einige Male besucht, als sie schwer krank war. Irgendwann hat ihr Mann sie verlassen, das stimmt. Da lebte sie nur noch allein mit dem Jungen. Aber der Mann kam zwischendurch immer wieder zu ihr, wenn er kein Geld mehr hatte. Und wenn sie ihm dann nichts geben konnte, es war ja schließlich nach dem Krieg und alle hatten nicht viel, hat er sie grün und blau geschlagen. Ein schrecklicher Mensch war das!"

Sie machte eine Pause und starrte nachdenklich an die weiß getünchte Decke. Dann griff sie nach Gassners Arm und packte ihn fest am Handgelenk. „Ich bin sicher, dass ich Recht habe. Sie müssen sich irren. Aber eines weiß ich auch noch: Irgendwann waren die beiden plötzlich fort. Sie hat sich nicht einmal von uns Schwestern verabschiedet. Daran erinnere ich mich noch sehr genau. Die Hausbesitzerin, eine Witwe, hatte eine Verwandte bei uns im Haus wohnen, die sie ab und zu besuchte. Als wir uns bei ihr nach Frau Labidi erkundigten, hat sie uns erzählt, dass der Mann die arme Frau und das Kind wohl gezwungen habe mitzugehen. Er sei eines Abends gekommen und man habe die halbe Nacht einen fürchterlichen Streit gehört. Am nächsten Morgen war die Frau dann zu der Hausbesitzerin gekommen, hat noch für den Monat die Miete bezahlt und sich verabschiedet. Ihr Mann wolle, dass sie sofort mit ihm nach Frankreich zögen. Wir haben damals sogar ein paar Möbel bekommen, die die Familie Labidi zurückgelassen hatte." Mit verschmitztem Lächeln blickte sie in Karls verwirrte Miene. „Glauben Sie mir, Sie irren sich!"

Karl sah die alte Frau nachdenklich an. Sie machte einen sehr wachen Eindruck und ihre Erinnerungen schienen sehr präzise zu sein. Trotzdem passte alles immer noch nicht zusammen.

Einen allerletzten Versuch wollte er noch machen. „Können Sie mir die Frau und den Jungen beschreiben?"

Schwester Hadwiga schloss die Augen und rief sich die Bilder der Vergangenheit ins Gedächtnis. „Die Frau war mittelgroß, recht schlank, hatte dunkelbraune, lockige Haare und war für die damalige Zeit oftmals etwas auffallend geschminkt. Und der Junge … er war sehr zart, fast dürr und so groß gewachsen wie sein Vater. Er hatte immer etwas Schüchternes an sich. Ich erinnere mich noch genau, wenn wir ihm einen Apfel aus unserem Garten oder eine Tafel Schokolade aus einem der Care-Pakete schenkten, dann lief sein Gesicht sofort knallrot an und er wurde sehr verlegen. Er war ein wohl erzogenes Kind, der Junge."

Karl schüttelte enttäuscht den Kopf. Schwester Hadwiga hatte Sigi und seine Mutter beschrieben. Aber wieso nannten sie sich den Schwestern gegenüber Labidi?

Er und seine Frau bedankten sich und wollten gerade gehen, als Schwester Hadwiga sie zurückrief. „Bitte stellen Sie die Flasche wieder in den Nachttisch zurück. Man sieht es nicht gern, wenn ich mir bereits morgens ein Gläschen genehmige."

Während Karl die Flasche wegstellte, spülte seine Frau die beiden Gläser in dem kleinen Waschbecken, was Schwester Hadwiga mit einem dankbaren Lächeln beobachtete.

„Gott möge Ihnen helfen, diesen Sigi zu finden. Aber ich glaube, der Junge, den Sie suchen, ist Mohammed."

Im Auto blieb Karl erst einmal schweigend neben seiner Frau sitzen und starrte hinüber auf den betonierten Hof. Da drüben hatte einst das Haus gestanden, in dem Sigi und seine Mutter lebten. Er hatte während des Gesprächs mit der alten Schwester plötzlich ein beängstigendes Gefühl bekommen, ähnlich wie in dem Moment, als er von Butzis Verschwinden erfahren hatte.

„Woran denkst du?"

Er schreckte aus seinen Gedanken auf und blickte seine Frau an. Merkwürdig, seit Beginn dieser Fahrt war sie wieder so wie zu der Zeit, als die Geschichte mit Evelin und Butzi noch nicht aufgeflogen war. Hatte sie ein schlechtes Gewissen, weil sie etwas mit Butzis Verschwinden zu tun hatte, oder was hatte diese Veränderung herbeigeführt?

Er deutete über die Straße hinweg. „Dort stand das Haus, in dem Langes wohnten, dort habe ich mit Sigi Hausaufgaben gemacht und in dem Hof habe ich mit ihm Fußball gespielt. Nur jetzt sieht alles etwas anders aus. Da, wo jetzt alles betoniert ist, stand links noch eine einfache Garage aus Holzbrettern, ringsum lauter Blumenbeete, und rechts, da stand ein großer Fliederbaum." Er schüttelte wieder den Kopf.

„Du wirst dich damit abfinden müssen, dass alles damals anders war, als du es in Erinnerung hast. Diesen Sigi scheint es nicht gegeben zu haben oder er ist vom Erdboden verschwunden."

„So wie Gerlinde!", murmelte Karl, doch seine Bemerkung ging in dem Geräusch des startenden Motors unter.

Die beiden verbrachten noch den halben Nachmittag in Trier. Irmgard nahm die Gelegenheit wahr und kaufte sich ein Paar Schuhe, während Karl wortkarg mit ihr von Geschäft zu Geschäft zog und seinen Erinnerungen an die Stadt und seine Jugend nachhing.

Nachdem der Tag so harmonisch verlaufen war, fasste sich Karl auf der Rückfahrt ein Herz. Fast beiläufig fragte er seine Frau: „Hast du etwas mit dem Verschwinden von Gerlinde Odenthal zu tun?"

Die Reaktion seiner Frau kam für ihn völlig unerwartet. Sie fing laut an zu lachen und schnappte nach Luft. Es dauerte eine Weile, bis sie sich so weit gefasst hatte, dass sie ihm antworten konnte. „Also, mit allem habe ich gerechnet, aber nicht, dass du so etwas von mir glaubst! Eher hätte ich Gerd und dir unterstellt, irgendetwas arrangiert zu haben. Wer weiß, was?" Wieder lachte sie und wischte sich ein paar Tränen aus den Augen.

Ihre Antwort schien Karl ehrlich zu sein, auch wenn ihn gleichzeitig bedrückte, dass sie ihn und Gerd verdächtigt hatte oder noch verdächtigte. Doch dann fiel ihm ein, dass seine Frau ebenso empfinden musste wie er. Immerhin hatte er sie auch verdächtigt. Also schluckte er die spitze Bemerkung hinunter, die ihm auf der Zunge lag.

Wieder fuhren sie ein Stück schweigend die Hunsrückhöhenstraße entlang. Um diese Zeit war die Straße wenig befahren, aber dafür hatte es angefangen zu regnen. Karl verspürte plötzlich das Bedürfnis, die Gelegenheit zu nutzen und sich mit seiner Frau wieder auszusöhnen. Ohne Ankündigung bog er in Buchholz von der Bundesstraße ab. Er wusste, dass er Irmgard mit dem Besuch im „Piccolo Mondo“, einem kleinen italienischen Restaurant, eine Freude machen konnte. In einem italienischen Restaurant hatten sie sich vor fünfunddreißig Jahren kennen gelernt und deshalb auch die meisten Hochzeitstage mit italienischer Küche gefeiert.

Es dauerte über eine Woche, bis der sehnlichst erwartete Brief des Einwohnermeldeamtes Trier eintraf. Hastig riss Karl den Umschlag auf und entfaltete das Blatt. Er überflog die wenigen Zeilen und spürte, wie sein Herz sofort höher zu schlagen begann.

„Ich habe die Lösung!“, rief er überglücklich aus.

Irmgard kam aus der Küche geeilt, wo sie gerade das Abendessen zubereitete. „Willst du nicht erst einmal deinen Mantel ausziehen?“

„Es gibt Sigi!“ Karl hielt ihr freudestrahlend den Brief entgegen.

Während er seinen Mantel an die Garderobe hängte, las seine Frau, was das Einwohnermeldeamt herausgefunden hatte: *An der oben genannten Adresse waren zum 1. 1. 1956 gemeldet: Mohammed Labidi, geboren am 8. 12. 1910 in Biskra (Algerien), französische Staatsangehörigkeit; Margarete Adele Labidi, geborene Lange, geboren am 6. 7. 1914 in Trier, deutsche Staatsangehörigkeit; Mohammed Siegfried Labidi, geboren am 16. 10. 1945 in Trier, deutsche Staatsangehörigkeit. Abgemeldet am 30. 4. 1956 nach Hermeskeil, Saarstraße 35.*

„Nun hast du endlich deinen Sigi!“, beglückwünschte Irmgard ihn und eilte wieder in die Küche, von wo ein Zischen zu hören war, als koche etwas über.

Karl wäre am liebsten gleich am nächsten Tag nach Hermeskeil in die Saarstraße gefahren, um Sigi aufzusuchen. Aber wer wusste, ob er heute noch dort wohnte? Besser, er schaute morgen im Büro erst mal ins Internet.

„Jetzt müsste auch noch Butzi auftauchen!“, stöhnte er leise, so dass es seine Frau nicht hören konnte.

Bereits kurz vor halb acht am nächsten Morgen saß Karl vor seinem Computer und suchte nach Mohammed Siegfried Labidi, doch die Freude vom Abend zuvor wurde sehr schnell getrübt. Wo und wie Karl auch die Suche begann, nirgends und in keiner Variante tauchte der Name auf. Sigi war weiterhin spurlos verschwunden. Also blieb ihm wieder nur der mühsame Weg über das Einwohnermeldeamt in Hermeskeil. Aber vielleicht konnte er einen Hausbewohner in der Saarstraße 35 ausfindig machen, der sich noch an die Familie Labidi erinnerte? Immerhin hatte er in Trier im Helenenhaus auch jemanden gefunden, der ihm Auskunft gegeben hatte.

Also ging er erneut mit dem Computer auf die Suche. Zu seiner Verwunderung stellte er fest, dass sich an der angegebenen Adresse ein evangelisches Pfarramt befand. Wie unter innerem Zwang wählte er die Nummer. Es dauerte eine ganze Weile, bis am anderen Ende abgehoben wurde. Eine Frauenstimme meldete sich mit „Diederich“ oder „Dietrich“. Karl war so aufgeregt, dass er nicht richtig hinhörte.

„Bin ich mit dem Pfarramt in Hermeskeil verbunden?“

„Mit dem evangelischen Pfarramt!“, bestätigte die Frau.

„Können Sie mir etwas über Familie Labidi sagen?“

Zunächst erhielt er keine Antwort, doch dann hörte er wieder die Stimme: „Ich glaube, Sie sind falsch verbunden. Hier ist das evangelische Pfarramt.“

„Richtig“, beeilte sich Karl, „aber bei Ihnen wohnt oder hat doch einmal eine Familie Labidi gewohnt, ich meine vor ... vierzig oder fünfzig Jahren.“

Am anderen Ende erklang ein vergnügtes Auflachen. „Tut mir Leid, aber damals war ich noch nicht hier. Wer soll denn das gewesen sein, ein Pastor oder eine Pastorin oder ein Mitarbeiter?“

Karl konnte sich kaum vorstellen, dass Mohammed Labidi ein evangelischer Pastor war und die Mutter von Sigi mit Sicherheit auch nicht. Oder?

„Ich weiß es wirklich nicht“, gestand er. „Ich weiß nur, dass die Familie 1956 nach Hermeskeil in die Saarstraße 35 gezogen ist.“

Wieder schwieg die Frau am anderen Ende eine Weile. Dann meinte sie: „Es tut mir wirklich Leid, der Name sagt mir überhaupt nichts. Ich wüsste auch nicht...“ Plötzlich schien ihr etwas einzufallen.

„Fragen Sie doch einfach mal im Altenzentrum St. Klara nach. Das ist hier gleich nebenan. Ich kann Ihnen auch die Telefonnummer geben. Dort wohnt ein ehemaliger Gärtner, Herr Schumacher, der, soviel ich weiß, früher oft für die Kirche gearbeitet hat. Vielleicht kann er Ihnen weiterhelfen."

Karl notierte den Namen und bedankte sich.

Nach dem Gespräch schlug er wütend mit der Faust auf seinen Schreibtisch. Warum kam er bei der Suche nach Sigi einfach nicht voran? Er spürte wieder dieses leichte Frösteln und das ungute Gefühl in seinem Bauch. Irgendwie kam ihm die Suche nach Sigi inzwischen unheimlich vor. Rasch stand er auf, griff nach seiner Packung Tabletten und eilte über den Flur zu Gerd. Ohne anzuklopfen stieß er die Tür auf.

Gerd Nettekoven schaute erschrocken von einer Akte auf. „Was ist denn in dich gefahren?", herrschte er seinen Freund an. „Was wäre, wenn ich jetzt gerade eine kesse Mieze statt einer verstaubten Akte auf dem Schreibtisch liegen hätte? Ein bisschen Anstand muss doch gewahrt bleiben!"

Karl murmelte so etwas wie eine Entschuldigung und ließ sich auf dem Stuhl neben dem Schreibtisch nieder. „Ich laufe mal wieder gegen Beton!"

„Wieder der Alte oben?", grinste Gerd.

„Nee!", wehrte Karl ab. „Ich suche noch immer meinen Klassenkameraden."

Gerd lachte. „Der wird ebenso auftauchen wie Butzi."

„Butzi?! Hat sie sich gemeldet?"

Das Gesicht von Gerd wurde wieder ernst. „Das nicht, aber je länger ich darüber nachdenke, umso sicherer bin ich mir, dass wir alle nur unserer Fantasie aufsitzen. Übermorgen ist Evelins Urlaub zu Ende. Wetten, dass dann auch Butzi wieder auftaucht und sich köstlich amüsiert, welche Sorgen sich alle gemacht haben?"

„Aber die Polizei..."

„Quatsch. Entweder spinnt ihr Alter oder sie hat nicht darüber nachgedacht, welche Folgen es haben kann, wenn sie einfach abhaut."

Karl versuchte sich in Butzi zu versetzen. Für so einfältig hielt er sie nicht, dass sie sich nicht alles genau überlegt hätte. Aber ihn beschäftigte jetzt Sigi!

„Meinst du, wir können mal eine Dienstfahrt nach Hermeskeil machen? Sonst sind allmählich meine Urlaubstage für dieses Jahr reichlich angeknabbert!"

Er blickte Gerd fast flehend an. Normalerweise hatte er etwas gegen diese fingierten Fahrten, um private Dinge zu erledigen. Gerd war da schon großzügiger und deshalb auch sofort einverstanden.

„Gleich morgen! Dann haben wir wieder ein Verlängertes!“ Er reckte sich und gähnte. „Hast du heute schon die Rhein-Zeitung gelesen?“

Karl verneinte.

„Irgendeiner aus unserm Haus hat sich wieder wichtig getan und muss gequatscht haben, von wegen Aufteilung und Entlassungen. Riesenbericht über die Veränderungen im BWB, aber alles alter Kaffee.“

Gassner interessierte sich nicht dafür, was über die Umstrukturierung gesagt, gedacht oder geschrieben wurde. Er würde auf seinem Posten bleiben. Das hatte man ihm zugesichert. Außerdem war er zu alt, um sich jetzt noch in neue Bereiche einzuarbeiten.

„Kommst du denn wenigstens mit dem anderen Kram klar?“

Er brauchte einige Sekunden, um zu begreifen, was Gerd meinte. „Ja, die anderen Adressen der Klassenkameraden bekomme ich so langsam zusammen. Es sind nur ganz wenige, die es weiter fortgetrieben hat. Einer scheint allerdings im Ausland zu sein.“ Er stand schwerfällig auf. „Mach's gut. Ich hol dich nachher zum Essen ab.“

Nach einigem Bergauf und Bergab hatten sie die Saarstraße in Hermeskeil gefunden, ebenso das Hochwaldaltenzentrum St. Klara. Ottfried Schumacher mochte etwa im Alter von Schwester Hadwiga aus dem Helenenhaus in Trier sein, aber er war noch sehr rüstig. Er lief Gassner und Nettekoven im Flur über den Weg, als er gerade ein Tablett mit dem Frühstücksgeschirr in die Teeküche brachte, und schien sehr erfreut zu sein, Besuch zu bekommen.

„Lassen Sie uns etwas an die frische Luft gehen!“, schlug er vor und meinte, ohne das Gesicht zu verziehen: „Hier riecht es so nach alten Leuten und Tod, das macht einen so schwermütig.“

Der Mann erinnerte Karl an den Schauspieler Fritz Rasp in der Rolle des Faktotums in der frühen Curt-Goetz-Verfilmung des „Dr. med. Hiob Prätorius“. Nur dass Schumacher braun gebrannt war, was auf einen häufigen Aufenthalt in der Sonne schließen ließ. Aber er war ebenso schmal und groß und auch seine Nase und die kleinen, runden Augen sahen denen des Schauspielers zum Verwechseln ähnlich.

„Labidi…“, sagte Schumacher lang gezogen. Er schüttelte leicht den Kopf und sein langes weißes Haar schwang mit. „Nein, der Name sagt mir nichts. Damals gab es noch nicht so viele Ausländer hier in Hermeskeil. Ich könnte mich sicherlich daran erinnern. Aber heute, da trifft man kaum noch auf einen deutschen Namen." Er lachte wieder, ohne das Gesicht zu verziehen, und rieb sich die Nase.

„Erinnern Sie sich denn an eine Familie mit einem elfjährigen Jungen, die im Pfarrhaus gewohnt hat?"

Schumacher blieb stehen und stemmte die Arme in die Hüfte. „Ich erinnere mich, da war eine hübsche Frau mit einem Jungen. Aber sie war elend dran. Ihr Mann war unmittelbar zuvor gestorben. Sie weinte ständig und ließ niemanden an sich und den Jungen heran. Aber im Pfarrhaus gewohnt haben sie nie. Gut", korrigierte er sich sofort, „vielleicht ein paar Tage, bevor sie hier irgendwo untergekommen sind. Das wurde mit vielen Obdachlosen oder Heimkehrern so gemacht. Die Gemeinde hat der Frau damals natürlich auch geholfen. Dafür hat sie die Kirche geputzt. Ich habe sie einige Male dort gesehen, wenn ich Blumenschmuck gebracht habe. Sie verweilte anschließend immer und betete ... und weinte. Eine hübsche Frau!"

„Können Sie sich auch noch an den Namen der Frau erinnern?" Karl spürte wieder sein Herz und griff automatisch in seine Jackentasche. Ohne Wasser schmeckten die Tabletten grauenhaft. Er würgte eine hinunter.

„Warten Sie, die Frau hieß Adele..."

Karl schluckte noch einmal, um den bitteren Geschmack loszuwerden, es half nichts. Adele! So stand es auch in der Auskunft des Einwohnermeldeamtes. „Und weiter!"

„Adele Lange!"

Karl warf Gerd einen triumphierenden Blick zu. Endlich! Nun wurde ihm einiges klar. Adele Lange hatte diesen Mohammed Labidi geheiratet, vielleicht weil sie schwanger war, vielleicht auch aus Liebe. Der Junge erhielt den Vornamen seines Vaters und zusätzlich einen deutschen. Und aus irgendeinem Grund hatte sie dann den Jungen mit ihrem Mädchennamen und dem deutschen Vornamen in der Schule angemeldet oder gebeten, ihn dort so einzutragen, denn ursprünglich hatte ja sein richtiger Name in der Schulliste gestanden.

„Sind Sie sicher, dass ihr Mann gestorben war?", fragte Karl in die entstandene Pause hinein.

„Sicher?" Schumacher dachte erneut nach und nickte abermals, diesmal heftiger. „Ja, da bin ich mir absolut sicher. Sie hat mir sogar ein paar Kleidungsstücke von ihm geschenkt." Er lächelte kurz. „Die waren mir zwar viel zu weit, aber damals war man froh, wenn man überhaupt etwas hatte." Er schaute Gassner und Nettekoven von oben bis unten an. „Sie haben diese Zeit wohl kaum so richtig erlebt, oder?"

„Doch", erinnerte sich Gerd. „Ich bin als Junge auch meist nur in bereits getragenen Sachen herumgelaufen, die dann hier und dort umgenäht oder geflickt worden waren."

„Sie hat Trier aber zusammen mit ihrem Mann verlassen." Karl hing noch seinen Gedanken nach. Hatte Schwester Hadwiga nicht berichtet, dass Herr Labidi gekommen sei, es einen Streit gegeben hatte und dann die Familie Hals über Kopf weggezogen sei? Vom Tod des Mannes war keine Rede. Und den hätte Schwester Hadwiga bestimmt nicht vergessen. „Was ist dann aus der Frau und dem Jungen geworden?"

Der geheimnisvolle Gesichtsausdruck von Schumacher verfinsterte sich noch mehr. „Das ist eine ganz traurige Geschichte", meinte er. „Die Frau lernte nach ein oder zwei Jahren einen Mann hier aus Thiergarten kennen, das liegt nicht weit entfernt von hier, bei Malborn. Sie haben recht schnell geheiratet. Danach hieß sie mit Familiennamen Fuchs. Ich glaube, der Mann hat den Jungen sogar adoptiert. Doch bereits kurze Zeit später fand man Adele tot in ihrer Wohnung. Sie hatte eine Überdosis Schlaftabletten genommen. Seither waren ihr Mann und der Junge auch verschwunden, spurlos. Man hat alles Mögliche damals gemunkelt. Das können Sie sich ja vorstellen."

„Und dann?" Karl war stehen geblieben und schaute Schumacher erwartungsvoll an.

„Nichts! Da sie keine Verwandten und kein Vermögen hatte, wurde sie auf Staatskosten beerdigt. Und ihr Mann und der Junge sind niemals wieder aufgetaucht. Man ist schließlich davon ausgegangen, dass die beiden entweder auch den Freitod gewählt haben oder ins Ausland geflüchtet sind – aus Angst, sie könnten verdächtigt werden, am Tod der Frau mitgewirkt zu haben. Man hat aber weder ihre Leichen gefunden noch jemals wieder etwas von ihnen gesehen oder gehört."

„Das war also etwa 1957 oder 1958?", wollte Gerd wissen, den diese Geschichte langsam auch zu interessieren begann.

Schumacher nickte und rieb sich wieder die Nase. „Mir hat die Frau unendlich Leid getan. Ich erinnere mich noch, dass ich damals das Gefühl hatte, sie hat den Tod ihres ersten Mannes niemals überwunden und sich deshalb auch umgebracht. Denn der Fuchs war kein sonderlicher Kerl. Den hat sie meiner Meinung nach nur wegen des Jungen geheiratet, damit er wieder einen Vater hatte."

Irgendwie hatte es Schumacher trotz des permanenten Bergauf- und

Bergabgehens in der Stadt instinktiv geschafft, den Spaziergang so anzulegen, dass sie wieder vor dem Altenstift anlangten. Gassner und Nettekoven bedankten sich, nicht ohne Schumacher die Zusicherung abzunehmen, dass man sich nochmals an ihn wenden dürfe, wenn weitere Fragen auftauchten.

Karl fiel ein Stein vom Herzen, als er Evelins Stimme am Telefon hörte. Er war bereits das vierte Mal an diesem Sonntag „an die frische Luft" gegangen, wie er seiner Frau vorgab, um bei Evelin anzurufen. Bevor er die Telefonzelle betrat, hatte er sich jedes Mal gründlich vergewissert, dass Irmgard ihm nicht gefolgt war.

„Wo ist Butzi?", stieß er als Erstes hervor.

Er konnte förmlich hören, wie Evelin schluckte. „Das… das kann ich dir am Telefon nicht erklären. Woher weißt du…?"

„Na, hör mal, es stand doch in der Zeitung … und dann das Fernsehen, alle Welt sucht sie!"

„Bitte?!" Die Überraschung in Evelins Stimme war echt. „Wieso wird sie gesucht und wer sucht sie?"

„Die Polizei!", brüllte Karl in den Hörer. Mein Gott, warum tat Evelin so naiv?

„Aber … wieso die Polizei?"

Beide schienen im Moment nicht zu wissen, wo sie anfangen sollten zu erzählen oder zu fragen.

„Können wir uns heute noch treffen? Wir beide alleine?" Evelin hatte als Erste den Faden wieder gefunden.

„Nein, um Gottes Willen, nein!" Karl schaute sich unwillkürlich auf der Straße um. Doch dann fiel ihm ein, dass Irmgard heute mit einer Nachbarin auf eine Karnevalssitzung gehen wollte, zu der die Nachbarin zwei der begehrten Karten ergattert hatte. Die Sitzung würde um zwanzig Uhr elf beginnen, also war er am Abend alleine und konnte etwas planen. „Also, wenn wir uns auf halber Strecke treffen können, vielleicht", meinte er zögernd.

„Wo?"

Karl überlegte. Evelin wohnte in Meckenheim, hatte es also nicht weit zur A 61. „Maria Laach?"

Er hörte einen leisen Aufschrei des Erstaunens. „Dann weißt du aber schon sehr viel! Wann?"

Karl schaute auf seine Armbanduhr. „In vier Stunden!"

4.

Er hatte seine Frau und die Nachbarin zur Karnevalssitzung gefahren und angeboten, sie nach der Veranstaltung auch wieder abzuholen. Doch Frau Bastian, die Nachbarin, wusste nicht genau, wann die Sitzung zu Ende war. Dies hänge sicherlich von der Länge der Vorträge und der Stimmung im Saal ab, meinte sie. Deshalb entschied man, sich im Weinhaus Hubertus am Florinsmarkt zu treffen, was Karl noch angenehmer war. Dadurch hatte er mehr zeitlichen Spielraum für seinen heimlichen Ausflug nach Maria Laach.

Als er kurz nach acht auf den großen Parkplatz zwischen Kloster und See fuhr, entdeckte er sofort Evelins Wagen. Evelin war ausgestiegen. In ihrem Pelzmantel lehnte sie mit dem Rücken gegen den kleinen Fiesta und rauchte. Nachdem Karl den Motor abgestellt hatte, trat sie die Zigarette aus, ging um sein Fahrzeug herum und nahm auf dem Beifahrersitz Platz.

Karl gab ihr einen flüchtigen Kuss, doch sie hatte blitzschnell ihre Hand in seinem Genick und küsste ihn leidenschaftlich und lange. Dann lehnte sich in ihrem Sitz zurück.

„So“, meinte sie, „jetzt erzähl mal.“

Sie hörte ihm teils interessiert, teils amüsiert zu. Immer dann, wenn er von seinen Schwierigkeiten mit seiner Frau berichtete, strich sie ihm tröstend über den Oberschenkel und schaute ihn mitfühlend lächelnd an.

„Und jetzt du“, stöhnte Karl, nachdem er mit seiner Erzählung zu Ende war. „Ich hoffe, es klärt sich alles als völlig harmlos auf.“

Evelin schaute ihn prüfend von der Seite an. „Nicht ganz!“, antwortete sie, was Karl sofort zu dem Griff in seine Jackentasche veranlasste. Doch sie packte seine Hand und zog sie wieder heraus. „Stopp, so schlimm ist es nicht! Das ist ja schon fast zu einer Manie geworden mit deinen Herzkasperltabletten!“

Eine Weile schwiegen beide. Schließlich räusperte sie sich, holte tief Luft und begann zu erzählen. „Ich wollte wirklich hier am See Urlaub machen, ganze vier Wochen. Hatte mir vorgenommen, mich nicht mit einer langen Autofahrt oder einem Flug zu stressen. Aber wie du weißt, kam alles anders. Bereits am Samstagabend, ich war gerade einen Tag hier und hatte den Schnee und die wunderschöne, in Raureif getauchte Landschaft genossen, tauchte Gerlinde auf. Verheult, mit einem blauen Auge und einer tiefen Schramme an der Stirn. Herbert, ihr Mann, hatte sie fürchterlich zugerichtet. Die erste halbe Stunde war kaum ein vernünftiges Wort mit ihr zu wechseln. Es war mir peinlich im Hotel. Wir sind deshalb auf mein Zimmer gegangen, und da hat sie ausgepackt."

Sie öffnete das Fenster und zündete sich eine Zigarette an. Karl warf ihr einen missbilligenden Blick zu, er hasste es, wenn man in seinem Wagen rauchte. Doch sie nahm es nicht wahr und kuschelte sich tiefer in ihren Pelzmantel.

„Gerlinde hat im Herbst auf einer Nato-Tagung in Brüssel einen wirklich gut aussehenden italienischen Dolmetscher kennen gelernt und sich Hals über Kopf in ihn verliebt", fuhr sie fort. „Sie hat mir Fotos gezeigt – ein süßer Bengel, um einiges jünger als sie. Eigentlich wollte sie schon an ihrem Geburtstag Gerd und dir reinen Wein einschenken, aber dann kam doch alles anders."

Evelin zog hastig an ihrer Zigarette und blies den Rauch aus dem offenen Fenster. Doch der aufkommende Abendwind drückte ihn zurück in den Wagen. Daraufhin öffnete auch Karl sein Fenster, so dass der Qualm auf seiner Seite abziehen konnte. Damit wurde es zwar reichlich kalt, aber Irmgard durfte auf keinen Fall merken, dass jemand in seinem Wagen geraucht hatte. Das würde sofort einen neuen Verdacht aufkommen lassen.

Evelin bemerkte nichts von seinen Überlegungen. Ihr Blick war weit weg in den Abendhimmel gerichtet. „Ich habe Gerlinde vor meinem Urlaub geraten, entweder mit Fabrizio Schluss zu machen oder ihrem Mann reinen Wein einzuschenken. Ich meine, ihre Ehe bestand sowieso nur noch auf dem Papier." Vielsagend schaute sie Karl an. „Oder glaubst du, sonst wäre das mit Gerd so lange gegangen? Gerlinde ist sicherlich keine Nonne, aber auch keine Hure. Solche Dinge sind immer Zeichen für Risse im Ehegebäude."

„Meine Ehe ist noch intakt!", warf Karl vorwurfsvoll ein.

Evelin reagierte mit einem spöttischen Blick. „Deshalb gehst du auch seit einiger Zeit mit mir ins Bett! Wenn ich das schon höre: *Meine Ehe ist intakt!* Abgewirtschaftet wäre wohl das treffendere Wort. Die Luft ist raus nach dreißig Jahren."

„Bei uns ist das etwas anderes“, verteidigte sich Karl fröstelnd.

„Ich weiß, das geheime und durchtriebene Abenteuerleben eines nach außen ach so braven BWB-lers!“ Sie lachte laut auf. „Mir musst du doch nichts vormachen, Karl. Zu Hause ist inzwischen alles instand, da braucht man mal eine Frischedusche, vor allem, wenn man sich im zweiten Frühling befindet. Kann ich auch alles verstehen. Macht mir ja auch Spaß mit dir. Ich bin halt die lustige Witwe, den Schuh zieh ich mir an.“ Sie packte ihn an der Schulter. „Nur, ich bin die Einzige im Viererclub, die wirklich ungebunden ist. Ich bin niemandem gegenüber verpflichtet und fahre damit recht gut. Aber das ist jetzt nicht unser Thema!“

Karl roch ihre stark parfümierte Handcreme und schob vorsichtig ihre Hand von seiner Schulter. Irmgard hatte eine feine Nase für so etwas!

Evelin quittierte die Geste mit einem wissenden Lächeln. „Machen wir es kurz“, fuhr sie fort. „Gerlinde ist schwanger, und das mit dreiundvierzig!“

Karl wusste nicht, was er auf diese unerwartete Eröffnung sagen sollte. Er starrte Evelin nur an.

„Pech! Habe ich auch gedacht“, sagte sie und zog eine Grimasse. „Es blieb Gerlinde also nichts anderes übrig als abzutreiben oder ihrem Mann alles zu beichten. Denn das Kind konnte kaum von ihm sein, wenn sie schon seit Jahren nicht mehr miteinander schlafen, wie sie immer behauptet.“ Sie machte erneut einen Zug an ihrer Zigarette. „Gerlinde hat also an besagtem Samstag mit ihrem Mann gesprochen. Das heißt, sie hat es versucht. Er muss über sie hergefallen sein wie ein wildes Tier. Auf jeden Fall sah sie krankenhausreif aus, als sie hier im Hotel bei mir auftauchte.“

„Und dann?“, fragte Karl mit einem flüchtigen Blick auf seine Armbanduhr und drehte frierend die Scheibe wieder hoch.

„Wir haben beschlossen, gemeinsam zu diesem Fabrizio nach Italien zu fahren. Ich hatte ja Urlaub und Gerlinde konnte unter diesen Umständen auf keinen Fall wieder nach Hause zurück. Ich sollte mein Urteil über diesen Schönling abgeben und hielt dies für eine vernünftige Idee. Du weißt, Gerlinde ist sehr leicht zu beeinflussen und dann nicht unbedingt bei der Sache.“

„Aber die Vermisstenanzeige ...?“

Evelin lachte auf. „Ha! Die hat sich Gerlindes Mann ausgedacht, um zu erfahren, wo sich Gerlinde aufhält. Er wusste zwar nicht, wo Gerlinde war, allerdings konnte er sich denken, was nach der Prügelei hinter ihrem Fernbleiben steckte. Allerdings haben wir nichts davon mitbekommen, wir waren nach wenigen Stunden schon über die Grenze und in Italien."

„Und die Sache mit dem Lackschaden hier auf dem Parkplatz?"

„… war eine saublöde Idee von mir. Ich konnte ja nicht ahnen, dass der Wagen wegen einer Vermisstenanzeige gesucht würde. Ich wollte einfach, dass der Parkwächter ein besonderes Auge auf den Wagen wirft, wenn der ein paar Tage über Nacht hier steht. Wir sind doch nicht davon ausgegangen, dass wir so lange wegbleiben, und erst recht nicht, dass sie überhaupt vorerst in Italien bleiben wird."

Es entstand eine lange Pause, in der Karl versuchte, alles in sein bisheriges Wissen um die Dinge einzuordnen. Er schämte sich jetzt für seinen Verdacht, Irmgard und Hanna könnten etwas mit Gerlindes Verschwinden zu tun haben.

„Und jetzt?", fragte er schließlich.

Evelin schnippte die Zigarette aus dem Fenster und versuchte ein letztes Mal vergeblich den Rauch ins Freie zu blasen. „Jetzt? Jetzt gilt es Schadensbegrenzung herbeizuführen. Wenn ich zur Polizei gehe und sage, dass Herbert, ich meine Gerlindes Mann, wider besseren Wissens die Anzeige aufgegeben hat, sieht es für ihn schlecht aus. Irreführung der Beamten, Verschweigen von Hintergrundinformationen. Ich weiß nicht, was alles auf ihn zukommen kann. Es wird das Beste sein, alles erst einmal so laufen zu lassen. Keiner außer dir und mir weiß, dass wir uns getroffen haben. Irgendwann wird Gerlinde wieder auftauchen, es wird eine Vernehmung geben. Ich werde die Verletzungen von ihr bestätigen müssen, die ihr Mann ihr zugefügt hatte und die zu ihrer Flucht aus der ehelichen Wohnung führten. Dann wird man weitersehen. Blöd ist es nur mit ihrer Stelle. Die ist weg. Aber Leute wie Gerlinde finden immer etwas. Und wenn sie bei Fabrizio bleibt, ist das sowieso kein Thema."

Karl warf wieder einen Blick auf seine Uhr, den Evelin allerdings diesmal registrierte. „Du musst nach Hause?"

„Nee, aber Irmgard ist mit unserer Nachbarin auf einer Karnevalssitzung und ich habe versprochen, beide in einem Weinlokal abholen."

Evelin beugte sich zu Karl rüber und gab ihm einen Kuss auf die Wange. „Dann fahr mal los und knöpf dir morgen Gerd vor. Ich erwarte irgendwann einen Anruf von euch."

„Evelin…"

Sie war bereits im Begriff auszusteigen, hielt aber inne und warf einen Blick zurück.

„Wir sollten uns vielleicht vorerst nicht sehen. Das alles hat viel Staub aufgewirbelt ... bei mir und bei Gerd."

Evelin ließ sich zurück auf den Sitz fallen. „Das tut mir Leid. Das wollten wir nicht. Gerlinde hat den Kosmetikkoffer bestimmt nicht absichtlich im Hotel stehen lassen. Halte es ihrer seelischen Verfassung zugute."

„Alles unglückliche Umstände", murmelte Karl und seine Gedanken wanderten ungewollt zu Sigi Lange.

Gerd Nettekoven war kreidebleich. Bewegungslos saß er hinter seinem Schreibtisch, mit Schweißperlen auf der Stirn.

„Und es ist sicher, dass dieser Fabrizio der Vater ist?" Seine Stimme zitterte ein wenig.

Dieser Gedanke war Karl bisher gar nicht gekommen. Aber Gerd hatte Recht. Wer sagte, dass nicht er der Vater des Kindes war? Schnell rechnete er rückwärts. Es war Anfang Februar. Um Neujahr herum musste Butzi von ihrer Schwangerschaft erfahren haben, wenn sie es bei ihrem letzten Treffen bereits gewusst hatte. Wahrscheinlich war sie nach dem Ausbleiben ihrer Regel zum Arzt gegangen, nochmals zurückgerechnet – das musste etwa Oktober oder November gewesen sein. In der Zeit hatten sich Butzi und Gerd mindestens zweimal getroffen und genügend Zeit und Gelegenheit gehabt.

„Ruf Evelin an und lass dir die Telefonnummer von Butzi geben. Bei diesem Fabrizio wird sie zu erreichen sein. Dann kläre alles direkt mit ihr", empfahl er.

Doch Gerd saß weiterhin regungslos da, unfähig etwas zu unternehmen. „Ruf du an", bat er.

„Wen?"

„Butzi!"

„Ich weiß nicht –" Karl zögerte. Erst musste er sowieso Evelin anrufen, wegen der Nummer. Aber dann – nein, das war zu viel verlangt. Sicher würde zunächst dieser Fabrizio am Telefon sein. Er war Dolmetscher, sprach also wahrscheinlich Deutsch, denn Butzi konnte kein Italienisch. Sollte er dann etwa sagen, er sei der Freund eines Freundes von Gerlinde und wollte sich nur mal erkundigen, ob man wisse, wer von ihnen der Vater des Ungeborenen sei? Vielleicht wusste Fabrizio bisher auch noch nicht einmal etwas von der Schwangerschaft?

„Ich glaube, die Idee ist nicht gut", sagte Karl langsam. „Vielleicht solltest du erst einmal darüber schlafen und dann selbst mit Evelin sprechen."

„Gib mir eine von deinen Tabletten", röchelte Gerd.

„Mit Medizin spaßt man nicht. Wer weiß, ob du sie verträgst. Ich will nicht verantwortlich sein, wenn dir etwas zustößt. Wenn du dich nicht wohl fühlst, geh zum Arzt."

Gerd schnaubte gequält durch die Nase und ließ den Kopf auf die Brust fallen.

„Soll ich dir ein Glas Wasser holen?", fragte Karl besorgt. So hatte er Gerd noch nie erlebt.

Doch der machte nur eine verneinende Handbewegung. „Lass mich allein. Es wird schon gehen. Ich muss das alles nur erst verarbeiten."

Karl stand auf, ging langsam um den Schreibtisch herum und beugte sich zu seinem Freund hinunter. „Es kommen auch wieder bessere Zeiten, Gerd. Ich habe heute Morgen mal in meiner Tagebuch-Kladde zurückgeblättert: Eigentlich haben wir doch mit Evelin und Butzi schon viel Spaß gehabt und mit Irmgard und Hanna auch! Wenn ich da an diese Adele Lange denke ... Ein Kind – gewollt, geplant? Ein Ehemann, der seine Frau verprügelt, wenn er gesoffen hat. Eine Mutter, die sich offenbar schämt, weil ihr Kind den Namen eines Ausländers trägt. Sie verschwindet mit dem Kind, taucht ohne Ehemann wieder auf, behauptet, er sei gestorben. Heiratet wieder, vielleicht sogar Bigamie, wahrscheinlich auch nicht aus Liebe, sondern nur wegen des Kindes und des Namens – dann bringt sie sich um und Mann und Kind verschwinden für immer, wahrscheinlich auch tot. Da kann man doch nur froh sein, wie gut es einem geht, oder?"

„Du hast Sorgen!", stöhnte Gerd.

Am Abend fand Gassner zwei weitere Briefe von ehemaligen Klassenkameraden vor. Besondere Aufmerksamkeit widmete er dem eines Mitschülers namens Walter, denn der erwähnte zufällig Sigi in seinem Brief: er sei noch immer im Besitz eines geliehenen Buches von Sigi, schrieb er, und wolle ihm dies nach fast fünfzig Jahren als Gag beim Klassentreffen überreichen!

Fast hätte Karl gleich am Abend von zu Hause aus Walter angerufen. Als er aber feststellte, dass es Walter inzwischen nach Berlin verschlagen hatte, beschloss er, das Telefonat doch am nächsten Morgen vom BWB aus zu führen. So verbachte er den frühen Abend zunächst damit, alle bisher eingegangenen Briefe neu zu ordnen und hinter die alten Adressen aus der Schulliste die neuen zu schreiben, soweit sie ihm inzwischen bekannt waren.

Nach dem Abendessen setzte er sich zu seiner Frau, die ihr Strickzeug hervorgeholt hatte, und schaute fern. Plötzlich erkundigte sich Irmgard, ob „die vermisste Frau“, wie sie Gerlinde nannte, wieder aufgetaucht sei.

Unwillkürlich zuckte Karl zusammen. Wusste sie etwas oder war es nur Zufall oder eine Assoziation durch die Tagesschau, die gerade lief? Er tat so, als wolle er aufmerksam den Kommentar zu einer wirtschaftspolitischen Äußerung von Edmund Stoiber zu Ende hören. In Wirklichkeit aber dachte er fieberhaft darüber nach, ob Irmgards Frage wieder eine Falle oder ein Test sein könne. Nachdem ihm aber nichts Verdächtiges einfiel, verneinte er.

„Ob sie noch lebt?“

Wieder zuckte Karl zusammen. Wieso machte sich Irmgard so viele Gedanken über Butzi? Ihr war doch klar, dass sie Gerds Freundin war und nicht seine, und überhaupt …

„Wie kommst du denn auf so etwas?“, fragte er und versuchte gleichgültig zu klingen, obwohl er seine Frage ernst meinte.

„Es gibt plötzlich so viele verschwundene Menschen in deinem Umfeld“, erklärte Irmgard achselzuckend. „Dein Schulkamerad, seine Familie und dann diese Frau …“

Merkwürdig, dass auch ihr diese Parallelen aufgefallen waren! Also waren seine Gedanken in diese Richtung nicht ganz abwegig. Fast unter Zwang fragte er: „Fährst du am Wochenende noch mal mit mir nach Trier?“

Statt einer Antwort kam die Frage: „Was interessiert dich denn so an diesem…?“

„Siegfried?“

„Ja!“

Da hatte sie ihm eine Frage gestellt, mit der er selbst sich in den letzten Tagen und Wochen oft beschäftigte. Merkwürdig. Nachdem er von der Volksschule abgegangen war, hatte er Sigi weder gesehen noch irgendwie vermisst. Sozusagen aus den Augen, aus dem Sinn, wie seine Großmutter einst zu sagen pflegte. Andererseits war es auch kein Wunder, dass ihm Sigi damals nicht mehr über den Weg lief, wenn er mit Abschluss des Schuljahres nach Hermeskeil gezogen war. Anders verhielt es sich da mit Rolf Steil und Hartmut Brandt, die mit ihm aufs gleiche Gymnasium gewechselt waren … Er begann sich die Zeit auf dem Gymnasium in Erinnerung zu rufen. Dabei fiel ihm auf, dass er sich kaum noch an Klassenkameraden der Sexta, Quinta oder Quarta erinnern konnte. Nur die Mitschüler, die von der Volksschule mit abgegangen waren, tauchten noch in seinen Erinnerungen auf. Aber dann begegnete ihm doch noch das Gesicht eines weiteren Mitschülers: Bernd Schüring. Wieso gerade Bernd? Ach ja, sie hatten sich einmal in der Klasse vor allen Mitschülern kräftig verprügelt. Weshalb, wusste Karl heute nicht mehr. Eine winzig kleine Narbe an seinem Nasenbein erinnerte heute noch an diese Schlägerei. Bernd hatte ihn dort bei einem unkontrollierten Tritt mit der Schuhspitze getroffen. Und später hatte Karl Bernds Fahrrad mal nach Hause ins Nonnenfeld gefahren, weil Bernd kurz vor Schulbeginn beim Einbiegen in den Schulhof einen Unfall hatte und sich mit der Flügelschraube am Oberschenkel eine Fleischwunde zugezogen hatte. Er erinnerte sich an Bernd also wegen dieses einprägsamen Ereignisses. War es ein anderes aufregendes Erlebnis, die Einschulung und die ersten Schuljahre beispielsweise, dass er sich im Vergleich zum Gymnasium noch an so viele Mitschüler der Volksschule erinnern konnte? Warum aber lag ihm gerade so viel an Sigi? War es nur, weil er vier Jahre sein Banknachbar gewesen war, oder war da noch etwas?

Plötzlich merkte er, dass seine Frau aufgehört hatte zu stricken und ihn anschaute.

„Was ist?“, fragte er verunsichert.

„Ich habe dich gefragt, warum du dich gerade für diesen Siegfried so interessierst?“

Karl schaute durch seine Frau hindurch und meinte abwesend: „Das habe ich mich auch gerade gefragt.“

Die Woche war für Karl rasend schnell vergangen. Gerd Nettekoven war tatsächlich noch am gleichen Tag zum Arzt gegangen, der ihm einen Kreiskollaps attestiert und ihn deshalb krankgeschrieben hatte. Einen Tag später fand tagsüber eine interne Sitzung mit einigen Kollegen im BWB statt, wegen der Neuaufteilung der Zuständigkeiten und Kompetenzen, und abends traf man sich noch im kleinen Kreis zu einem Bier. An beidem nahm Gassner teil. Am nächsten Tag meldete sich zu allem Übel Frau Sandmann, seine Mitarbeiterin, wegen einer starken Erkältung krank, so dass er auch noch einen Teil ihrer unerledigten Arbeit übernehmen musste. Vielleicht kostete sie auch nur die Karnevalstage voll aus und hatte einen verständnisvollen Arzt zur Hand...

Erst an diesem Tag fand Karl Zeit, Walter in Berlin anzurufen. Er hatte Walter als einen ruhigen, etwas unbeholfenen Schüler in Erinnerung, doch der Mann schien sich völlig verändert zu haben. Er redete wie ein Wasserfall und innerhalb eines fast halbstündigen Telefonats bekam Karl dessen komplette Lebensgeschichte zu hören. Endlich kam Karl zu Wort und konnte nach dem im Brief erwähnten Buch von Siegfried fragen.

Und schon hatte Walter ein neues Thema gefunden. „Es ist ein lächerliches Buch aus der Reihe der Spur-Bücher, die Sigi und ich damals verschlungen haben. Handelt von französischen Pfadfindern. Kennt heute keiner mehr, vermute ich. Unbedeutend in der Jugendliteratur, aber damals, na, wir haben doch alles gelesen, von Erich Kästner bis Karl May, von Enid Blyton bis Herbert Kranz. Er war schon ein bisschen merkwürdig, dieser Sigi. Aber das weißt du sicherlich besser als ich. Immerhin hast du doch die ganzen Jahre neben ihm verbracht, und dann sein plötzliches Verschwinden!"

Karl, der während des langen Telefonats einige Male abgeschaltet hatte, wurde hellhörig. „Wieso Verschwinden?", hakte er sofort nach.

„Na, ich bitte dich! Das war doch alles mehr als merkwürdig. Pass auf: Vom Fenster des Schlafzimmers meiner Eltern, in dem auch mein Bett stand, konnte ich hinunter in die Windmühlenstraße schauen. Meine Eltern sind fast jeden Abend noch auf ein Bier im Weißen Ochsen gewesen, oder wie die Kneipe an der Ecke Johannisstraße/Feldstraße hieß. Und da habe ich immer Ausschau gehalten, ob sie endlich kommen, weil ich allein in der dunklen Wohnung oft Angst hatte. Und da habe ich alles beobachtet. Die Frau Lange kam mit einem Leiterwagen aus der Einfahrt und Sigi hat von hinten schieben geholfen. Muss sehr schwer gewesen sein, was sie da transportiert haben. Auf jeden Fall war alles mit einer Decke oder Plane zugedeckt. Die haben so getan, als hätten sie Angst, beobachtet zu werden, und haben sich immer merkwürdig umgeschaut, als hätten sie etwas geklaut und wären dabei, die Beute wegzuschaffen. Ich bin dann in unser Wohnzimmer gelaufen und habe von dort aus beobachtet, wie sie die Feldstraße hinaufgezogen sind. Und das nach Mitternacht! Mensch, Kalle, ich kann dir sagen, das erschien mir ganz unheimlich! Man kommt als Kind auf alle möglichen abenteuerlichen Überlegungen, wenn man so viele Bücher gelesen hat wie wir damals, wie? Gespenstergeschichten, von Dieben, Schmugglern und anderen Gaunern. Und am nächsten Tag, weißt du, am nächsten Tag, da sind die beiden mit dem gleichen Leiterwagen, beladen mit Koffern, losgezogen rüber zu den Mergelsbergs. Du weißt schon, das Taxiunternehmen in der Johannisstraße. Da haben sie umgeladen, haben den Leiterwagen dort stehen gelassen und sind mit dem Taxi weggefahren. Auf Nimmerwiedersehen. Der ist auch nicht mehr in die Schule gekommen, der Sigi. Wir waren doch mit der Schule in die Dietrichstraße neben den Frankenturm gewechselt, erinnerst du dich? Und der Glandien, unser Lehrer damals, hat ein paar Mal nach Sigi gefragt. Also ich bin ja wirklich gespannt, was aus ihm geworden ist."

Karl überlegte, ob er Walter erzählen sollte, was er in Erfahrung gebracht hatte, ließ es dann aber doch sein, weil er befürchtete, dass das Telefongespräch sonst mindestens eine weitere halbe Stunde dauern würde.

An diesem Tag bekam Gassner überhaupt nichts mehr erledigt. Er blätterte in seiner Kladde, die er im Schreibtisch aufbewahrte, und versuchte sich aus all dem, was er bisher in Erfahrung bringen konnte, einen einigermaßen realistischen Ablauf der Dinge damals auszumalen. Sigi hatte also zur gleichen Zeit die Volksschule verlassen wie er und war mit seiner Mutter nach Hermeskeil gezogen. Vorher hatten sie noch etwas versteckt, vielleicht auch etwas versilbert, was ihnen nicht gehörte – vielleicht, um es dem tobenden Vater zu geben, der mal wieder wegen Geld gekommen war, oder um sich von ihm zu lösen und eine gewisse Zeit überbrücken zu können? Für Letzteres sprach, dass sie sich bei der Abreise ein Taxi geleistet hatten. Mit der Abreise war aber auch Sigis Vater verschwunden und, wie es schien, nie wieder aufgetaucht. Man hatte Sigi nicht von der Schule abgemeldet, aber beim Einwohnermeldeamt hatte man den Umzug gemeldet …

Je länger er darüber nachdachte, desto sicherer war sich Karl, dass es die Flucht vor dem Vater war, die Mutter und Sohn nach Hermeskeil getrieben hatte. Und die Ummeldung war wahrscheinlich erst später erfolgt, als man hoffte, dass Sigis Vater nicht mehr nach ihnen suchte. Man hatte ja bei einem Ortswechsel einen gewissen Spielraum mit der Ummeldung.

Karl merkte plötzlich, dass seine Gedanken immer wieder bei diesem offenbar letzten Abend von Sigi in Trier hängen blieben. Es schien ihm wichtig zu sein, diesen Abend minutiös rekonstruieren zu können. Wenn er nur wüsste, was unter der Plane auf dem Leiterwagen gewesen war! Hatte Sigis Vater etwas mitgebracht, das verschwinden musste? Schwester Hadwiga hatte von einem Streit gesprochen – das musste aber in derselben Nacht gewesen sein, in der Walter die Beobachtung mit dem Leiterwagen gemacht hatte. Vielleicht hatte es deswegen auch den Streit gegeben?

Mit einem Schlag erstarrte Karl. Plötzlich warfen seine Gedanken alles über den Haufen. Seine bisherigen Theorien schienen ihm lückenhaft, ja absurd. Es gab eigentlich nur eine plausible Erklärung: Bei der lautstarken Auseinandersetzung zwischen Sigis Mutter, seinem Vater und vielleicht auch Sigi selbst hatte es einen Verletzten gegeben! Da Walter die Frau und den Sohn gesehen hatte, konnte es sich dabei nur um Sigis Vater handeln, den man mit dem Leiterwagen in ein Krankenhaus schaffte. Aber das nächstgelegene Krankenhaus wäre das Mutterhaus gewesen. Man hätte folglich mit dem Leiterwagen die Krahnen- und nicht die Feldstraße genommen. Also blieb im Grunde nur eine Möglichkeit übrig: Unter der Plane hatte kein Verletzter gelegen, sondern ... ein Toter! Und dabei hatte es sich um Sigis Vater gehandelt. Es machte keinen Sinn, anzunehmen, dass Frau Labidi oder Lange einen Verletzten im Leiterwagen transportierte, statt den Krankenwagen zu rufen. Denn Krankentransporte funktionierten auch in der Nachkriegszeit in Trier problemlos. Er, Gassner, war selbst 1950 oder 1951 wegen eines perforierten Blinddarms in einem solchen ins Krankenhaus transportiert worden.

Sigis Vater, dieser Monsieur Labidi, war also tot ... wahrscheinlich getötet worden – in dieser Nacht ... aber von wem? Hierfür kamen nur zwei Personen infrage: Sigis Mutter oder Sigi selbst.

Plötzlich glaubte Karl, das damalige Geschehen klar vor Augen zu haben: Sigis Vater war wieder einmal nach Trier gekommen, um Geld zu holen, war vermutlich betrunken gewesen. Es war zu einem Streit zwischen ihm und seiner Frau gekommen. Dann lag er da, besoffen, erschlagen oder erstochen, sicherlich *nicht* erschossen. Denn einen Schuss hätte man in der Nachbarschaft gehört. Mutter und Sohn hatten den Toten auf den Leiterwagen gelegt, zugedeckt und mitten in der Nacht abtransportiert. Morgens waren sie wieder da, hatten in aller Eile gepackt. Frau Labidi war zu der Hausbesitzerin gegangen, hatte die Miete bezahlt und gesagt, sie müsse mit ihrem Mann nach Frankreich gehen. Man hatte ja den Streit gehört. Alles war glaubhaft. Dieses Taxiunternehmen hatte Mutter und Sohn zum Bahnhof gebracht. Dann war man mit dem Zug oder Bus nach Hermeskeil gefahren, hatte im Pfarramt Unterschlupf gefunden. Von dort aus hatte man später das Amtliche erledigt, die Ummeldung mit der Adresse des Pfarrhauses und die Umschreibung der Papiere wieder auf den Mädchennamen der Mutter.

Karl zitterte vor Aufregung und schluckte mit einem Rest kalten Tees seine Tablette. Er war sich sicher, dass es so gewesen war. Nur so. Frau Labidi oder Lange machte in Hermeskeil nicht den verstörten Eindruck, weil ihr Mann tot war, sondern weil sie einen Mord begangen hatte, der auf ihr lastete. Hatte sie ein oder zwei Jahre später durch Selbstmord ihrem Leben ein Ende gesetzt, weil sie die Schuld nicht mehr ertragen konnte?

Karl nutzte sein wiedergewonnenes kleines Gleitzeitguthaben und verließ bereits kurz nach drei Uhr am Nachmittag das BWB. Am liebsten wäre er geradewegs nach Trier gefahren, um sich im Archiv des Trierischen Volksfreunds, der großen regionalen Tageszeitung, den Jahrgang 1956 vorzunehmen. Vielleicht fand er in der Zeitung etwas, das auf den Mord hindeutete? Jetzt hatte ihn das Jagdfieber gepackt. Vergessen das Klassentreffen, der eigentliche Anlass seiner Nachforschungen, und vergessen Evelin, Butzi und all die Probleme.

„Vergiss all diese Dinge!", riet seine Frau beim Abendessen, nachdem Karl vor Nervosität bereits zum dritten Mal das Messer aus der Hand gefallen war. „Du regst dich zu sehr auf. Sieh nur, wie deine Hand zittert! Vielleicht war es ja so, wie du es dir vorstellst. Vielleicht aber auch ganz anders, viel harmloser. Mach du dein Klassentreffen und sonst nichts. Vielleicht weiß der eine oder andere Klassenkamerad noch etwas, wer weiß?"

Karl antwortete nicht.

„Also gut, Sigi Lange hieß amtlich Mohammed Siegfried Labidi und seine Mutter meldete ihn mit ihrem Mädchennamen in der Schule an", fasste Irmgard seufzend zusammen. „Sie wollte wohl nicht, dass man ihn als Ausländer hänselte oder sie als Liebchen französischer Soldaten dastand. Was dann alles geschah … Du weißt nur, dass Sigi nach ihrem Tod mit seinem Stiefvater untergetaucht und nie wieder aufgetaucht ist. Damit haben sich wahrscheinlich damals die Behörden intensiv beschäftigt und sind erfolglos geblieben. Das musst du akzeptieren, Karl!"

„Niemals!", murmelte Karl leise, so leise, dass seine Frau es nicht hören konnte, und biss in seine Brotscheibe.

5.

Bereits am nächsten Tag rief Karl im Pressezentrum des „Trierischen Volksfreunds“ an. Eine junge Frauenstimme erklärte ihm aber, man könne lediglich bestimmte Zeitungsausgaben kaufen, eine Einsicht in ganze Jahrgänge sei nur im Trierer Stadtarchiv möglich. Dort hebe man die Zeitungen mikroverfilmt auf. Karl ärgerte sich. Musste denn alles immer so kompliziert sein?

Dann aber wartete er geduldig, bis sich am Telefon des Stadtarchivs ein Mann meldete, der ihm die Öffnungszeiten durchgab. Karl entschied sich sofort für den Donnerstag, da das Stadtarchiv an diesem Tag ganztägig geöffnet hatte. Nun befand er sich wieder in einer Zwickmühle: Wenn er das Stadtarchiv donnerstags besuchen wollte, musste er wieder einen Urlaubstag opfern oder eine Dienstfahrt organisieren. Er entschied sich nach langem Hin und Her für die Dienstfahrt, allerdings ohne Gerd. Es wäre zu auffällig, wenn sie beide in so kurzen Abständen ständig gemeinsame Dienstfahrten anmeldeten. So musste wieder einmal die wehrtechnische Dienststelle Fm 70 herhalten, aber er nahm sich vor, diesmal auch wirklich dort vorbeizuschauen.

Karl saß schon am darauf folgenden Donnerstag, dem Valentinstag, in seinem Wagen in Richtung Trier. Als er an der Abfahrt zum Jagdschloss Pleizenhausen vorbeikam, fiel ihm wieder Butzi ein, die er unter seinen Nachforschungen nach Sigi fast völlig verdrängt hatte. Außerdem umgab das Verschwinden Butzis nichts Geheimnisvolles mehr. Sie lebte, und das war das Wichtigste. Was hatte er mit ihren Eheproblemen, der Schwangerschaft und dem neuen Liebhaber zu tun? Obwohl er auch hier sofort wieder Parallelen zum Fall Lange erspürte.

Er erschrak. Hatte er tatsächlich *Fall* Lange gedacht? War er sich inzwischen so sicher, dass sich alles so verhielt, wie er es sich ausgedacht hatte? Eines stand fest: In der Ehe von Sigis Mutter hatte es Probleme gegeben, auch hier hatte eine Schwangerschaft mit hineingespielt. Nur – einen neuen Liebhaber gab es wohl nicht... Wieso aber war Sigis Mutter so Hals über Kopf gerade nach Hermeskeil geflüchtet? Hatte sie dorthin bereits irgendwelche Kontakte? Sie hätte genauso gut nach Saarburg, Wittlich oder überallhin ziehen können. Warum gerade Hermeskeil? Dieser Frage würde er als Nächstes nachgehen.

Das Suchen im Stadtarchiv erwies sich als äußerst schwierig und langwierig, da Karl keine konkreten Vorstellungen hatte, wonach er eigentlich suchte. Er begann mit den Zeitungsausgaben zwei Wochen vor Ostern 1956, denn alles musste sich während der Osterferien abgespielt haben. Dabei konzentrierte er sich ausschließlich auf den regionalen Teil der Zeitung. Nach etwa einer Stunde hatte er grob das System erkannt, in welcher Reihenfolge die Redaktion regionale Nachrichten brachte, was seine Arbeit etwas erleichterte. Trotzdem blieb sein Tun ermüdend, und in zunehmendem Maße stellte er fest, dass er manche Überschriften übersah oder aber las und trotzdem nicht wahrnahm. Das Einzige, was ihn aufmunterte und bei der Strange hielt, waren Überschriften von Ereignissen, an die er sich noch erinnern konnte. Zu gern hätte er diese Artikel gelesen, aber dazu reichte seine Zeit nicht. Er wollte schließlich etwas über das Verschwinden von Sigi, dessen Mutter oder Vater erfahren!

Fast wie ein Schlafwandler arbeitete er sich durch die gedruckten Buchstaben, bis seine Augen zu brennen begannen. Er war mittlerweile bereits bei den Oktoberausgaben des Jahres 1956 angekommen. Auf einmal stieß er einen Schrei aus und erschrak dabei über sich selbst. Blitzschnell schob er den Mikrofilm zurück und las: *Menschliches Skelett im Eurener Wald gefunden.* Seine Augen huschten gierig über den Text. Pilzesammler hatten in der Nähe des Ausflugslokals Waldfrieden etwas abseits des offiziellen Weges das Skelett einer männlichen Leiche gefunden. Erste Untersuchungen ergaben, dass es sich möglicherweise um einen Franzosen oder Luxemburger handeln könne, was man aus den französischsprachigen Etikettenresten der teilweise bereits vermoderten Kleidungsstücke des Mannes schloss. Das Skelett wies keine erkennbaren Verletzungen auf, so dass es sich nicht unbedingt um ein Verbrechen handeln müsse, wie die Zeitung schrieb.

Mit zitternder Hand machte sich Karl ein paar Notizen und suchte eifrig in der nächsten Ausgabe des „Trierischen Volksfreunds" nach einer Folgemeldung. Erst in der Zeitung von drei Tagen später fand er sie. Man hatte das Skelett untersucht und weiter festgestellt, dass es sich um einen Mann zwischen dreißig und vierzig Jahren von kräftiger

Statur gehandelt haben muss. Seine Größe wurde mit etwa einem Meter fünfundachtzig angegeben. Am Fundort seien außer den erwähnten Resten seiner Kleidung keine Anhaltspunkte für eine Identifizierung gefunden worden. Auf Grund des Zustandes des Skeletts und der meteorologischen Verhältnisse der vergangenen Monate gingen die Gerichtsmediziner davon aus, dass der Mann bereits etwa ein halbes Jahr im Eurener Wald gelegen haben müsse. Zum Schluss folgte der Hinweis, dass es keine diesbezügliche Vermisstenmeldung gebe und die Bevölkerung um Hinweise gebeten werde, die zur Aufklärung führen könnten.

Karl forstete noch die Ausgaben von mehreren Wochen des „Trierischen Volksfreunds" durch, fand aber keinerlei weitere Berichte mehr zu dem Leichenfund. Einerseits glücklich, andererseits erschöpft lehnte er sich zurück. Saß er wieder seiner Fantasie auf oder hatte sich mit dieser Meldung seine Annahme bestätigt? Für Augenblicke spielte er mit dem Gedanken, zum Ausflugslokal Waldfrieden zu fahren und dort nach irgendetwas zu suchen, das ihm weiterhelfen konnte. Doch sehr schnell wurde ihm klar, wie abwegig dies war. Immerhin waren seit jener Zeitungsmeldung rund fünfundvierzig Jahre vergangen! Vielleicht gab es das Lokal gar nicht mehr. Außerdem konnte er nicht die ganze Gegend absuchen. Jeder weitere Gedanke in diese Richtung war Zeitverschwendung.

Er verließ das Stadtarchiv und bummelte zufrieden zu Fuß die Weberbach hinunter, über den Constantinplatz, durch die Fußgängerzone der Brotstraße bis hin zum Marktplatz. Im Café Bley in der Steipe wollte er sich zur Belohnung für seine anstrengende Arbeit einen koffeinfreien Kaffee und ein Stück Kuchen genehmigen, musste jedoch feststellen, dass es das Café gar nicht mehr gab. Nur der Schriftzug Bley war noch vorhanden. Verärgert schlenderte Karl über den Markt. Der alte Brunnen und das Marktkreuz, mit Goldbronze angemalt, erschienen ihm plötzlich kitschig und hässlich. Schließlich landete er, immer noch missgelaunt, auf der ersten Etage bei McDonald's. Eigentlich hasste er diese Fast-Food-Läden, in denen alles so nüchtern und oft hektisch ablief. Aber da er Hunger verspürte und wusste, dass viele Gaststätten ihre Küche zwischen vierzehn und achtzehn Uhr geschlossen hielten, war die Auswahl nicht groß. Vor allem hatte er keine Lust, noch weiter zu suchen. Während er einen Hamburger Royal verzehrte, beobachtete er draußen das Treiben rund um den Marktplatz. Vieles kam ihm fremd vor, irgendwie hatte er nicht mehr das Gefühl, in seiner Heimatstadt zu sein.

Unwillkürlich wanderten seine Gedanken wieder zu Sigi Lange und seiner Mutter. Wie würde er am günstigsten der Frage nachgehen, was Frau Lange nach Hermeskeil geführt hatte? Er ließ sich an der Theke ein Telefonbuch geben und begann zu blättern. Tatsächlich stieß er auf den Namen Mergelsberg, vielleicht sogar Verwandte des damaligen Taxiunternehmers, aber sicherlich heute keine Informationsquelle mehr für all seine Fragen. Wohin hatte das Taxi 1956 Mutter und Sohn gebracht? Und – immerhin war man indirekter Nachbar gewesen – über was mochte man gesprochen haben? Aber jener Fahrer von damals war sicherlich längst tot oder konnte sich an die Fahrt und vor allem an solche Details nicht mehr erinnern. Auf welch merkwürdige Ideen er kam! Karl schüttelte den Kopf über sich selbst und brachte das Telefonbuch zurück.

Gedankenversunken schlug er seinen alten Schulweg ein. Er schlenderte die Dietrichstraße hinunter, überquerte den Justizplatz, der jetzt Nikolaus-Koch-Platz hieß, ärgerte sich über das hässliche Parkhaus, wo früher ein großes Gärtnereigelände war, und vermisste In der Olk das Gebäude der Tabakfabrik Heinz van Landewyck und den Tabakduft, den er aus seiner Jugend kannte. An der Johannisstraße angelangt, lenkten ihn seine Schritte fast automatisch wieder zu dem kleinen Molkereiladen. Durch die Schaufensterscheibe konnte er sehen, wie die Besitzerin, Frau Elis, gerade damit beschäftigt war, ein Regal aufzufüllen. Als sie ihn erblickte, machte sie ihm ein Zeichen, hineinzukommen. Karls Herz begann höher zu schlagen.

„Na“, sie lächelte ihn freundlich an, „haben Sie sich inzwischen davon überzeugen können, dass Sie nach Frau Labidi suchen?“

„Wir hatten beide Recht“, beharrte Karl. „Frau Labidi hieß mit Mädchenname Lange, und so nannte sich auch ihr Sohn in der Schule. Inzwischen weiß ich auch, dass Frau Lange oder Labidi, wie Sie wollen, von hier aus nach Hermeskeil gezogen ist.“

Er überlegte, ob er mehr erzählen sollte, vor allem von seinen Vermutungen, beschränkte sich dann aber auf die Frage, ob Frau Elis sich vorstellen könne, wieso Frau Lange gerade nach Hermeskeil umgezogen sei.

Die Geschäftsfrau dachte nach, aber auch ihr fiel keine Antwort ein. Enttäuscht verließ Karl den Laden und machte sich auf dem kürzesten Weg zu seinem Auto. Wenn er wirklich noch die wehrtechnische Abteilung aufsuchen wollte, musste er sich beeilen.

Am nächsten Morgen erwartete Gerd ihn schon im Flur. Er tat sehr geheimnisvoll, zerrte Karl förmlich in sein Büro und flüsterte: „Ich habe mit Butzi telefoniert!“

„Und?“

„Alles paletti!“, strahlte Gerd. „Sie überlegt nur noch, wie sie das der Hardthöhe gegenüber verkaufen kann, ohne den Job zu verlieren, dann kommt sie zurück.“

„Und dieser Fabrizio?“, erkundigte sich Karl, amüsiert über den schnellen Gemütswandel seines Freundes.

„Scheint auch nicht das Gelbe vom Ei zu sein!“ Gerd rieb sich vergnügt die Hände. „Aber Butzi wird die Scheidung einreichen, sobald sie zurück ist.“

„Und das Kind?“

Gerd zuckte mit den Schultern. „Butzi scheint sich sicher zu sein, dass es von diesem Italiener ist. Sie will es auf keinen Fall abtreiben lassen, sagt sie.“

„Mutig, mutig“, wunderte sich Karl und wandte sich zum Gehen.

„Stopp! Was ist mit deinem Sigi? Ich habe gehört, du warst gestern wieder dienstlich in Trier!“ Gerd zwinkerte mit den Augen. „Hättest mich auch mitnehmen können!“

„Tut mir Leid. Ich habe gar nicht daran gedacht“, log Karl und beeilte sich, das Büro zu verlassen.

Nachdem er kurz Frau Sandmann begrüßt hatte, die wieder im Dienst war, trug Karl schnell seine neuen Erkenntnisse in seine Kladde ein und schloss sie gewissenhaft wieder in der Schreibtischschublade ein. In den letzten Tagen war einiges an Arbeit liegen geblieben, das er aufarbeiten wollte. Doch so richtig in Schwung kam er nicht. Er erwischte sich permanent dabei, mit seinen Gedanken in Trier und Hermeskeil zu sein, bei Sigi, seiner Mutter und jenem Franzosen, der möglicherweise ein halbes Jahr später als Skelett gefunden worden war.

Irgendwann zwischen zwei Aktenvorgängen beschloss Karl zu versuchen, auch die verloren gegangene Spur in Hermeskeil aufzufinden. Er würde noch einmal diesen alten Gärtner aufsuchen. Das konnte er an einem Wochenende machen. Irgendeinen Anhaltspunkt musste es doch dafür geben, was aus Sigi und dem Stiefvater geworden war!

Das Telefon läutete. Zu seiner Verwunderung meldete sich Evelin am anderen Ende. Unwillkürlich warf Karl einen Blick auf die Verbindungstür zu Frau Sandmann. Sie schien fest verschlossen. Trotzdem sprach er leise. „Was gibt es Neues?“

„Butzi hat mit Gerd telefoniert…“

„Weiß ich! Sie kommt nach Bonn zurück."

„Deshalb rufe ich an. Ich muss dich dringend sprechen, ohne Gerd!"

Karl hätte rundweg abgelehnt, wäre Evelins Stimme ihm nicht so flehend vorgekommen. Was hatte Gerd ihm verschwiegen? Was war in Italien geschehen? Laut sagte er: „Ich weiß nicht so recht … zwischen Irmgard und mir ist so weit wieder alles ausgestanden …"

„Es muss sein. Ich bringe auch keinen Kosmetikkoffer mit, den ich stehen lassen kann!" Evelin lachte gequält.

„Geht es kurzfristig?"

„Du weißt, ich bin frei und flexibel!"

„Alles klar. Ich melde mich!" Karl war froh, schnell den Hörer auflegen zu können, denn im gleichen Moment klopfte es an seine Bürotür und Frau Sandmann trat ein.

„Ich habe da ein Problem!", begann sie vorsichtig.

„Und ich mehrere", antwortete Karl trocken.

„Draußen sind zwei Herren von der Kriminalpolizei und wollen Sie sprechen. Ein weiterer Beamter ist drüben beim Kollegen Nettekoven."

Karl wurde bleich. Was sollte denn das schon wieder? Er versuchte, sich entspannt zu geben. „Und wo ist dabei das Problem?"

Frau Sandmann warf einen kurzen Blick zurück und überzeugte sich, ob die Tür hinter ihr auch richtig geschlossen war. „Sie haben mir so merkwürdige Fragen nach zwei Kolleginnen aus Bonn gestellt und ob ich etwas von Telefonaten und Dienstreisen von Ihnen und Herrn Nettekoven wüsste."

„Bitte?!" Karl blieb die Spucke weg. Unentschlossen stand er auf und starrte Frau Sandmann an. „Und?"

„Aber ich weiß doch von nichts! Was hätte ich den Herren denn sagen sollen?"

Aus Karls anfänglichem Frösteln entwickelte sich jetzt eine Hitzewallung. „Bringen Sie mir bitte eine Flasche Mineralwasser und bitten Sie die Herren herein."

Kommissar Fuß hielt Gassner unaufgefordert seinen Dienstausweis entgegen. „Und das ist mein Kollege, Kriminalhauptmeister Wagner", stellte er seinen Begleiter vor. „Sie wissen, warum wir hier sind?"

„Wie sollte ich?", erwiderte Karl und spürte noch den bitteren Geschmack der soeben eingenommenen Tablette in seinem Mund. Rasch spülte er ihn mit einem weiteren Schluck Mineralwasser hinunter.

„Es geht um eine Vermisstenanzeige, die bei der Kripo erstattet wurde“, erklärte der bärtige Zwei-Meter-Mann vor ihm. „Eine gewisse Gerlinde Odenthal wird seit einigen Wochen vermisst. Soweit die Unterlagen stimmen, haben Sie dazu noch einige Hinweise beigetragen. Die Kollegen in Bonn haben uns um Amtshilfe gebeten, da Sie offensichtlich in letzter Zeit auch häufigeren Kontakt zu der Vermissten hatten.“

Karl atmete tief durch. Was sollte er dem Kommissar erzählen? Und vor allem, was erzählte Gerd in diesem Moment dem anderen Beamten, von dem Frau Sandmann gesprochen hatte? „Ich kenne Frau Odenthal…“, begann er wahrheitsgemäß.

„Wie gut kennen Sie Frau Odenthal und wann haben Sie die Frau das letzte Mal gesehen oder gehört?“, fragte Kommissar Fuß sofort.

Karl versuchte möglichst gleichgültig zu wirken. „Frau Odenthal arbeitet auf der Hardthöhe, aber das werden Sie ja bereits wissen. Wir haben von Zeit zu Zeit miteinander zu tun.“

„Aber Frau Odenthal arbeitet doch weder im Bereich Wehrtechnik noch Beschaffung“, hakte Fuß nach. „Bitte erklären Sie mir das etwas genauer, ich kenne da die Zusammenhänge nicht so detailliert.“

Karl suchte zeitschindend auf seinem Schreibtisch herum. „Nun – es kommt immer mal vor, dass man auch aus anderen Bereichen Informationen benötigt“, meinte er schließlich. „Wir hier in Koblenz ebenso wie die drüben in Bonn. Da muss es sich nicht immer direkt um Wehrtechnik oder Beschaffung handeln. Frau Odenthal arbeitet im Personalbereich. Da tauchen schon da und dort bereichsübergreifende Fragen oder Probleme auf. Übrigens habe ich deutlich mehr Kontakt zu Frau Odenthals Kollegin, Frau Singer, auf die sich auch mein telefonischer Hinweis bezog.“

Er machte eine Pause. Die beiden Beamten schauten ihn erwartungsvoll an. Karl fiel die noch im Raum stehende Frage des Kommissars wieder ein. „Tja, wann habe ich Frau Odenthal das letzte Mal gesehen? Das wird so vor … vier oder fünf Wochen gewesen sein. Ich führe darüber nicht Buch“, versuchte er zu scherzen.

„Erinnern Sie sich noch, welches Problem oder Thema der Anlass war?“

Karl zog seine Stirn in Falten und wartete einen glaubhaften Moment lang. „Nein, es sind ständig andere Dinge.“

„Vielleicht kann ich Ihren Erinnerungen etwas auf die Sprünge helfen“, meinte der Kommissar mit einem wissenden Lächeln. „Ihre letzte Begegnung mit Frau Odenthal war in einem Hotel in Pleizenhausen am ..." Er blätterte in seinem Notizbuch.

Karl kam ihm zuvor. „Also gut, es gab da schon gelegentliche private Kontakte. Wir haben im Jagdschloss Pleizenhausen Frau Odenthals Geburtstag gefeiert, ich meine, mein Kollege Nettekoven, Frau Singer und ich."

„Mit Frau Singer sind Sie näher bekannt?"

Karl spürte, dass er rot anlief, und griff vorsichtshalber in seine Jackentasche.

Die beiden Beamten ließen ihn nicht aus den Augen. „Und Sie sind sicher, dass Sie Frau Odenthal nach diesem Treffen nicht mehr gesehen oder etwas von ihr persönlich gehört haben, ein weiteres Treffen, ein Telefonat?", bohrte nunmehr Kriminalhauptmeister Wagner weiter.

„Da bin ich mir ganz sicher!", bestätigte Karl.

„Aber Sie wissen, wo sich Frau Odenthal jetzt aufhält?"

Verdammt, was sollte er darauf antworten? Hatte Evelin nicht gesagt, man wolle zunächst einmal alles so laufen lassen? Außerdem wusste er den genauen Ort wirklich nicht. Also antwortete er schnell und wahrheitsgemäß mit „Nein".

„Was wissen Sie von Streitigkeiten zwischen Frau Odenthal und ihrem Mann?", setzte der Kommissar die Befragung fort.

Karl schnaubte hörbar durch die Nase. „Nichts, gar nichts! Ich weiß nur, dass Frau Odenthal verheiratet ist, mehr nicht. Von Eheproblemen oder dergleichen weiß ich nichts."

„Auch nicht von Verletzungen, die Frau Odenthal bei einer letzten Auseinandersetzung davongetragen haben soll?"

Karl zögerte. Warum hatte Evelin bei ihrem Anruf nicht wenigstens etwas angedeutet? „Ich habe etwas davon gehört, aber nur über Dritte."

„Sie meinen Frau Singer?"

Karl nickte. Es hatte keinen Zweck, alles zu leugnen. Hoffentlich machte Gerd drüben keine Dummheiten mit falschen Angaben und ritt sich dadurch in etwas hinein!

Die beiden Kriminalbeamten warfen sich abstimmende Blicke zu. „Ich glaube, das wäre es vorläufig", erklärte Kommissar Fuß. „Sollten Sie etwas verschwiegen haben, machen Sie sich möglicherweise mitschuldig an einer Straftat, sofern eine vorliegt. Zumindest wäre es eine bewusste Behinderung der Ermittlungen, was grundsätzlich auch zu einer Anzeige führen kann."

Er blickte Karl abwartend an und machte dann seinem Kollegen ein Zeichen, worauf beide mit einem kurzen Kopfnicken das Büro verließen.

Karl lehnte sich in seinem Schreibtischsessel zurück und schloss die Augen. Was hatte das alles zu bedeuten? Draußen auf dem Flur waren Stimmen zu hören. Er versuchte herauszubekommen, wie viele Männer da sprachen. Aber der leichte Hall im Flur machte es unmöglich. Alle Stimmen klangen gleich.

Nach ein paar Minuten war es still. Karl wartete noch eine Weile, dann stand er vorsichtig auf und öffnete die Tür zum Flur einen Spalt weit. Es schien niemand mehr draußen zu sein. Entschlossen ging er hinüber in Gerds Büro. Nachdem drinnen keine Stimmen zu hören waren, klopfte er an und erhielt auch sogleich Antwort.

Gerd saß wie ein Häufchen Elend in seinem Sessel und hatte den Kopf in die Hände gestützt. „Waren Sie auch bei dir?", fragte er tonlos.

„Was hast du ihnen gesagt?", zischte Karl.

Gerd schaute seinen Freund und Kollegen mit müden Augen an. „Alles!"

„Auch dass Butzi schwanger und in Italien ist?"

Gerd richtete sich empört auf. „Das natürlich nicht!"

Karl atmete erleichtert auf. „Gott sei Dank!", meinte er. „Evelin hat Sekunden vor dem Besuch angerufen. Sie will mich unbedingt treffen."

„Ich komme mit!"

„Nein, eben nicht!", antwortete Karl schnell. „Sie hat ausdrücklich gesagt, sie wolle mich alleine treffen."

Gerd war plötzlich wieder putzmunter. Er sprang auf und ging auf Karl zu. „He, was soll das? Wollt ihr mich hinhängen?"

„Quatsch!" Karl stieß seinen Kollegen, dessen Nase fast die seine berührte, mit einem freundschaftlichen Schubs zurück. Dabei stolperte Gerd rückwärts, fiel mit einem hohlen Knall zu Boden und verdrehte die Augen.

„Um Gottes Willen, Gerd!" Gassner beugte sich erschrocken über seinen Kollegen. „Gerd!", rief er nochmals laut, als dieser keine Anzeichen einer Reaktion machte, sondern ihn nur anstarrte.

Karl sprang auf und rannte über den Flur zum Büro seiner Assistentin. „Einen Notarzt!", rief er heiser. „Schnell, Kollege Nettekoven…!"

Schon kniete er wieder neben Gerd und schlug ihm leicht gegen die Wangen. Gerd zeigte immer noch keine Reaktion. Inzwischen hatte sich unter seinem Kopf eine kleine Blutlache gebildet. Er musste beim Fallen mit dem Hinterkopf auf die Schreibtischplatte geschlagen sein.

Karl merkte, dass Unruhe auf dem Flur aufkam. Stimmen und Rufe. Eine Kollegin schob ihn unsanft beiseite und kontrollierte mit einer Taschenlampe die Pupillen von Nettekoven. „Er muss sofort ins Krankenhaus." Sie lockerte vorsichtig Gerds Krawatte, knöpfte sein Hemd auf und legte ihr Ohr an seine Brust.

Karl wurde erneut unsanft zur Seite gedrängt. „Hier ist der Notfallkoffer", keuchte ein junger Mann und stellte einen schwarzen Pilotenkoffer neben Nettekoven ab, den die Frau sofort öffnete. Sie entnahm ihm ein Blutdruckmessgerät, während der junge Mann vorsichtig versuchte, Nettekoven von seinem Jackett zu befreien.

Karl spürte, wie ihm die Knie weich wurden. Das hatte er doch alles nicht gewollt! Er hatte Gerd doch kaum berührt. Schwankend machte er ein paar Schritte rückwärts und landete schließlich an einem Schrank, gegen den er sich lehnte.

„Soll ich Ihnen Ihre Tabletten holen?"

Er erblickte Frau Sandmann neben sich. Im gleichen Moment verspürte er einen eisernen Ring um seine Brust. Zitternd griff er in die Innentasche seines Jacketts und zog den kleinen Inhalator heraus. Er sah noch, wie zwei Kollegen auf ihn zusprangen, und spürte im gleichen Moment den Spraystoß in seinem Mund. Dann wurde es schwarz um ihn.

„Was ist mit Gerd?", war seine erste Frage, als er wieder zu sich kam. Er erblickte eine Menge Apparaturen um sich herum und seine Frau, die einen weißen Kittel trug.

„Dem geht es schon wieder besser, besser als dir", antwortete sie beruhigend. „Er hat eine kräftige Platzwunde am Kopf und musste genäht werden. Und eine leichte Gehirnerschütterung."

„Ich habe es nicht gewollt", flüsterte Karl.

Irmgard strich ihrem Mann über die Hand, soweit es der Schmetterling zuließ, an dem die Infusion angeschlossen war. „Ich weiß. Das hat Gerd auch sofort gesagt, als er wieder ansprechbar war. Dich trifft keine Schuld."

Karl schloss die Augen. „Wo bin ich?"

„Im Bundeswehrlazarett. Aber es ist halb so schlimm, wie es am Anfang ausgesehen hat."

„Kein Infarkt?", fragte Karl und schlug die Augen wieder auf.

Irmgard schüttelte den Kopf und Karl sah eine Träne über ihre Wange laufen.

Drei Tage später durfte Gassner das Bundeswehrzentralkrankenhaus wieder verlassen. Seine Frau holte ihn mit dem Wagen ab. Sie fuhr einen kleinen Umweg über die Karthause, weil ihr Mann unbedingt Gerd besuchen wollte, der sich auch noch im Krankenstand befand.

Bereits in der Diele fielen sich die beiden Freunde in die Arme und nur ihre körperliche Schwäche beendete die Umarmung. Die Frauen führten ihre Männer am Arm ins Wohnzimmer und halfen ihnen, sich zu setzen.

„Wie geht es dir?", erkundigte sich Gerd.

„Das Gleiche frage ich dich. Ich bin wohl gerade noch mal davongekommen, und du?"

„Mein Schädel brummt noch ab und zu, vor allem darf ich meinen Kopf nicht schnell bewegen, sonst wirbelt es noch in mir. Aber ansonsten kann ich mich nicht beklagen."

Hanna stellte ein Glas Apfelsaftschorle vor Karl auf den Tisch. „Mal ehrlich, Karl, was war der Anlass für den Unfall? Gerd will nicht so recht mit der Sprache heraus. Hattet ihr Streit?"

Karl schaute Hanna fest in die Augen. „Überhaupt nicht, es war tatsächlich ein Unfall."

„Kein Streit um eure Liebschaften? Wie zu hören war, ist doch die Kripo kurz vorher bei euch beiden gewesen."

Die Kripo! Natürlich, die Kripo war zuvor bei ihnen gewesen. Aber war es deshalb zu diesem kleinen Schubs gekommen, der die Ursache des Unfalls wurde?

„Das hatte damit gar nichts zu tun!", antwortete Karl selbstsicher. „Gerd war aufgestanden, um mir etwas zu zeigen, und stolperte auf mich zu. Ich schubste ihn leicht zurück … und dabei ist es passiert."

Hanna machte nicht den Eindruck, als schenke sie seiner Aussage Vertrauen. Doch sie ließ es dabei bewenden und stellte auch ihrem Mann ein Glas Apfelsaftschorle hin.

Zu Hause fand Gassner eine Menge Post vor. Inzwischen hatten sich fast alle ehemaligen Klassenkameraden gemeldet. Die meisten freuten sich, dass nach so vielen Jahren jemand die Initiative für ein Klassentreffen ergriffen hatte.

Während seines Krankenstandes hatte Karl nun genügend Zeit die Briefe zu beantworten, auch wenn er dazu seine alte Schreibmaschine hervorholen musste, denn er selbst besaß keinen Computer. Bereits bei dem ersten Brief stellte er fest, wie mühsam doch die alte Technik war. So entschloss er sich zu einem Standardbrief, den er um die Ecke im Supermarkt kopierte. Er musste dann nur noch die individuellen Adressen einsetzen.

Am Schluss des Briefes bat er seine Klassenkameraden, ihm baldmöglichst Informationen über Siegfried Lange zukommen zu lassen, falls solche vorhanden seien. Er habe Sigis Adresse bisher nicht ermitteln können. Immer noch hegte er die Hoffnung, dass einer der anderen Kontakt zu Sigi behalten hatte und ihm vielleicht so einen weiteren Hinweis geben konnte.

Einmal in der Woche musste er zur Nachuntersuchung, zunächst noch ins Bundeswehrzentralkrankenhaus, dann zum Hausarzt.

„Sie dürfen sich nur sehr langsam wieder in den üblichen Arbeitsprozess einbringen!", ermahnte ihn der Krankenhausarzt beim letzten Besuch und stellte ihm unter dieser Voraussetzung nach sechs Wochen eine Wiederherstellung seiner vollen Arbeitskraft in Aussicht. Ansonsten aber sei jede Tätigkeit zulässig, sofern er sich dabei nicht überanstrengte und immer wieder Pausen einlegte.

„Ich darf also nach Hermeskeil fahren und einen Bekannten besuchen?", fragte Karl hoffnungsvoll.

„Dem steht nichts im Wege. Aber lassen Sie lieber jemand anderen fahren, für den Fall, dass Sie die Fahrt zu sehr anstrengt!"

Auf der Heimfahrt hielt Karl an einer Telefonzelle an und meldete sich bei Evelin.

„Na, ihr kostet einen ja Nerven!", begrüßte sie ihn. „Nachdem du dich nicht mehr gemeldet hast, habe ich beim BWB angerufen und erfahren, was geschehen ist."

Karl erzählte ihr in kurzen Worten, wie es um ihn und Gerd stand. „Ich hätte mich schon längst gemeldet, aber es gab keine Gelegenheit, erst recht nicht für ein Treffen mit dir."

„Schwamm drüber, Hauptsache ist, du bist wieder über den Berg."

„Wir könnten uns aber jetzt treffen, wenn du willst. Ich muss nach Hermeskeil, immer noch wegen des Klassentreffens. Der Arzt meint, ich solle nicht alleine fahren. Wenn du willst, können wir zusammen fahren."

Er merkte, wie Evelin zögerte. „Und wenn dir etwas zustößt?"
„Was soll mir zustoßen? Ich fühle mich wieder in Ordnung, muss halt nur etwas langsamer machen. Und dich zu sehen, wird sicherlich auch ein positiver Beitrag zu meiner Genesung sein."
Evelin musste lachen. „Und wann soll es losgehen?"
„Übermorgen?"
Er hörte, wie Evelin mit jemandem im Hintergrund sprach. Dann meldete sie sich wieder. „Also gut. Übermorgen, und wo?"
„Wir können uns auf dem Parkplatz des Autohofs in Metternich treffen, dann fahren wir ein kleines Stück die Mosel entlang und dann hoch in den Hunsrück."
Evelin war einverstanden.

Es regnete so stark, dass die Scheibenwischer es kaum schafften, freie Sicht zu geben. So konnten Karl und Evelin nur sehr langsam fahren. Evelin saß am Steuer.
„Warum hast du mich eigentlich im Büro angerufen und wolltest dich unbedingt mit mir treffen?", erkundigte sich Karl.
„Gerlinde hatte mich kurz vorher angerufen. Und die Polizei hatte auch mich vernommen. Wegen dieser Vernehmung wollte ich mich mit dir abstimmen, aber es war offenbar schon zu spät. Und wegen Gerlinde wollte ich dich auf etwas vorbereiten, was Gerd treffen wird…"
„Die Vaterschaft?!"
Evelin verringerte die Geschwindigkeit noch mehr und schaute Karl erstaunt von der Seite an. „Bist du Hellseher?"
„Nee, aber ich habe schon so etwas befürchtet. Ich kann ja rechnen."
„Und Gerd?" Aus den Augenwinkeln sah sie, wie Karl in seiner Jackentasche wühlte. „Frisst du schon wieder eine Pille nach der anderen? Das kann doch nicht gesund sein!"
Karl überhörte die Bemerkung und schob eine seiner Tabletten in den Mund. Für solche Fälle hatte er immer eine kleine Plastikflasche Mineralwasser dabei. „Gerd hatte anfänglich Zweifel, geht aber derzeit davon aus, dass er wahrscheinlich nicht der Vater ist", sagte er. „Es wird ihn schwer treffen, wenn er das erfährt."
„Und seine Frau?"
„Hanna?" Karl drückte seinen Kopf gegen die Stütze und starrte auf den grauen Velours der Fahrzeugdecke. „Da hängt viel von Butzi ab. Aber ich denke, es wird die Scheidung für Gerd bedeuten."

„Scheiße!“, entfuhr es Evelin.
„Weiß es der Italiener schon?“
„Noch nicht!“
„Muss sie es ihm denn sagen?“ Karl legte die Wasserflasche zurück ins Handschuhfach und betrachtete die Regenbäche am Seitenfenster, die vom Wind rauf und runter getrieben wurden.
„Das wollte ich ja mit dir besprechen, sozusagen im Auftrag von Gerlinde. Von unserem Gespräch will sie alles abhängig machen.“
„Die macht sich das einfach!“, brummte Karl. „Was sollen wir dabei entscheiden? Ob Gerd die Wahrheit verkraftet? Und was dann aus ihm und seiner Familie wird, oder was?“
„So ungefähr.“
„Warum konnte nicht alles so bleiben, wie es war? Mussten dieser blöde Kosmetikkoffer und dieser Dolmetscher alles zerstören?“
Trotz des prasselnden Regens und der Motorengeräusche hörte er Evelin leise auflachen. „Eifersucht, Feigheit oder nur Wut?“
Karl ließ die Worte nochmals an sich vorüberziehen. *Eifersucht, Feigheit oder nur Wut?* Irgendwie kam ihm dieser Satz bekannt vor. Vielleicht nicht so wörtlich, aber sinngemäß. Wie auch immer, jetzt war nicht der richtige Zeitpunkt darüber nachzudenken. Was war für Butzi, Gerd und sie alle die beste Lösung?
„Hast du wenigstens deinen Besuch schon angekündigt?“, fragte Evelin in das Schweigen hinein.
„Du meinst in Hermeskeil? Nein, Schumacher ist praktisch an das Heim gebunden. Wo sollte er sonst sein?“

Er behielt Recht. Ottfried Schumacher war auf seinem Zimmer, das er mit einem anderen Mann teilte. Die beiden spielten mit einem Zimmernachbarn Skat, als Karl und Evelin den Raum betraten.
Schumacher erkannte Karl sofort. „Lassen Sie uns das Spiel noch zu Ende spielen!“, rief er ihnen zu.
Unter großem Jubel sammelte er wenig später nicht nur die Karten, sondern auch ein Häufchen blinkender Cent ein.
„Ottfried gewinnt immer, weil er am besten reizen kann!“, krächzte einer der Mitspieler.
„Red nicht so einen Unsinn, hol lieber noch zwei Stühle“, wehrte Schumacher ab. Und zu den Besuchern gewandt stellte er seine beiden Mitspieler vor. „Das ist Oskar, mein Zimmergenosse, und unser Nachbar Hubertus.“

„Und bring ein paar Bierchen mit!“, rief Oskar dem Zimmernachbarn hinterher, der sich anschickte, Stühle zu besorgen.

„Ist das nicht ein scheußliches Wetter?“ Schumacher warf einen Blick aus dem Fenster. „Sind Sie hierher geschwommen?“

„So ungefähr!“, meinte Karl und rückte Evelin den Stuhl zurecht, den Schumacher für sie freigemacht hatte.

„Wissen Sie, dass Sie ausgesprochenes Glück haben?“

Karl wusste mit Schumachers Frage nichts anzufangen.

„Ich habe Oskar und auch einigen anderen hier aus dem Stift von Ihrem Besuch erzählt. Da sind doch noch manche Erinnerungen zusammengekommen.“

Auf diese unerwartete Eröffnung war Karl nicht vorbereitet. Er spürte sofort wieder, wie sich in seinem Brustkorb etwas zusammenzog. Vielleicht war es doch noch zu früh gewesen, nach Hermeskeil zu fahren. Er wurde durch das Heranschaffen der Stühle abgelenkt. Dann verschwand Hubertus erneut, offenbar um Bier zu besorgen.

„Oskar war früher Bäcker, musste aber seinen Beruf aufgeben, weil er eine Mehlallergie bekam oder so etwas Ähnliches, nicht wahr, Oskar?“

Der Angesprochene nickte. Er schien jünger als Schumacher, aber körperlich und geistig lange nicht mehr so fit.

„Oskar hat deshalb eine Zeit lang alles an Arbeit angenommen, was ihm angeboten wurde. Er hat Zeitungen ausgetragen, Autos gewaschen und Mülltonnen geleert.“

„Was hat das alles mit Frau Lange zu tun?“

Schumachers kleine, runde Augen huschten von Karl zu Evelin, hinüber zu Oskar und zurück. „Viel, sehr viel! Denn er konnte sich auch sofort an die arme Frau erinnern und er kannte den Fuchs, Sie wissen, den Mann aus Thiergarten, den die Frau Lange geheiratet hat.“

Karl griff unwillkürlich nach Evelins Hand. Er spürte, wie sein Herz wieder zu rasen begann. Hoffentlich hielt er durch. Nicht auszudenken, wenn er mit Evelin in Begleitung hier in Hermeskeil erneut eine Herzattacke erleiden würde.

Mit Gepolter und einer vollen Plastiktasche kam Hubertus ins Zimmer. „Komm, nimm mal ab!“, japste er.

Schumacher eilte ihm zur Hilfe und verteilte die Bierflaschen auf dem Tisch. Es dauerte eine Weile, bis die Gläser eingeschenkt waren und jeder mit jedem angestoßen hatte. Die drei Heimbewohner tranken direkt aus der Flasche.

„Und weiter?“, forschte Karl, nachdem er den ersten Schluck genommen hatte.

„Komm, Oskar, erzähl!“, munterte ihn Schumacher auf.

Etwas unbeholfen schaute Oskar die Besucher an und lächelte verlegen. Es schien ihm unangenehm zu sein, plötzlich im Mittelpunkt zu stehen. „Dat is woahr“, begann er. „Eich hänn damols allet gemaach, wie dän Otti schon gesäät hätt. Un dat Frauleut loa, die Fuchsens, die hann eich gekannt un dän Lui, ihre Maan, och. Dat wor en Saubär, gruuß un usgekocht. Eich woar mit häm off der Schull, eich waaß dat!“

Karl hing an Oskars Lippen, nicht nur, weil er sich mit dem Dialekt schwer tat, sondern auch, weil er spürte, dass er in diesem Moment dem Geheimnis um Sigi ein gutes Stück näher kommen würde.

„Eich hann och off der Kirmes geschafft, un wenn en Zirkus da wor. Dat Uff- und Abbaue, wissens Ihr? Un damols, als dat Fuchsens sich umbracht hätt, da hann eich och beim Zirkus geschafft. Mir hann abgebaut un gelaaden…“

Schumacher fiel Oskar ins Wort. „Oskar ist sich sicher, dabei damals den Jungen in einem der Wohnwagen gesehen zu haben.“

„Und der Fuchs, ich meine, sein Stiefvater?“, erkundigte sich Karl erregt.

Schumacher strahlte wie ein Sieger über das ganze Gesicht. „Warten Sie es ab!“ Er nahm einen Schluck aus der Bierflasche und deutete dann mit dem Daumen zur Tür. „Hubertus, ruf doch mal den Jupp. Er soll mal für einen Moment herüberkommen.“

Gehorsam stand Hubertus auf und verließ den Raum.

„Eich hann dän Jung sugor zwaamol gesiehn“, begann Oskar wieder. „Aamol, als mer gelaaden hann, und obends, als die Wagen losgefohren sinn.“

„Aber Siegfried und sein Stiefvater galten doch als vermisst?“, wollte Karl wissen.

„Eich hann damols mei Schniss gehaale, mät der Polente wollt eich nix zu duun hann. Un watt dän Fuchs aangiet, waaß eich nix. Datt wor suwiesu en Saubär, gruuß und ausgekocht. Äwwer dä Jung, dat wor en liewes Kärlchen.“

„Was für ein Zirkus war es, bei dem Sie damals ausgeholfen haben?“

Oskar warf einen Hilfe suchenden Blick zu Schumacher, der auch sofort für ihn einsprang. „Genau das ist es! Oskar hat bei so vielen geholfen, dass er sich nicht mehr genau erinnern kann. Aber ich habe damals auch schon mal Heu und Stroh für die Tiere geliefert und meine, es kann nur einer der Großen gewesen sein. Krone, Althoff, Busch oder Sarrasani."

„Krone, Althoff, Busch oder Sarrasani!", wiederholte Karl und war in seinen Gedanken bereits dort auf der Suche nach Sigi. Natürlich, nur so konnte er untertauchen! Jeder wusste, dass man es beim Zirkus nicht so genau nahm mit Papieren und sich sicherlich auch einiges besorgen konnte.

Die Tür öffnete sich und Hubertus schob ein kleines Männchen mit einer auffallend dicken Brille vor sich ins Zimmer.

„Jupp!", stellte Schumacher ihn vor. „Mit ihm muss man langsam sprechen, damit er alles versteht!" Er beugte sich vor. „Setz dich, Jupp!"

Das Männchen trippelte zu einem der Betten und ließ sich leicht wie eine Feder darauf nieder.

„Das hier ist ein Freund von mir!", Schumacher deutete auf Karl. „Freund! Verstehst du?"

Das Männchen nickte und glotzte Gassner mit seinen durch die dicken Brillengläser vergrößerten Augen an.

„Jupp war damals bei der Forstverwaltung tätig. Nicht wahr, Jupp, du warst bei der Forstverwaltung?"

Wieder nickte das Männchen.

„Ich habe mit dir doch neulich über den Ludwig Fuchs aus Thiergarten gesprochen, was hast du mir dabei erzählt?"

Es dauerte eine Weile, bis sich der Mund des Männchens öffnete und ein zirpendes, eunuchenhaftes Stimmchen zu hören war. „Der Lui, der war plötzlich verschwunden, als seine Frau tot war. Alle haben geglaubt, der ist mit dem Jungen vor Angst ins Ausland geflüchtet oder sie haben sich auch umgebracht. Und so war es auch. Aber erst viel später haben wir in einem alten Bombentrichter im Wald Knochen gefunden und einen kaputten Schädel. Die Polizei hat damals behauptet, es wäre der Lui. Aber von dem Jungen…" Das Männchen zuckte mit den Schultern.

„Der Junge konnte ja auch nicht gefunden werden", betonte Schumacher, „wenn die Beobachtungen von Oskar richtig sind."

Karl hörte den Satz schon nicht mehr. In Gedanken sah er alles plastisch vor sich. Adele Lange oder Fuchs hatte sich umgebracht, weil ihr Gewissen sie nicht in Ruhe ließ. Vielleicht hatte dieser Ludwig Fuchs oder ihr Sohn Sigi sie gefunden und beschlossen zu flüchten, um nicht als Mörder in Verdacht zu geraten, oder aus Scham und Angst vor den Folgen. Immerhin war es für Sigi schon der zweite Mord, den er miterleben musste. Sigi hatte sich dann beim Zirkus versteckt und sein Stiefvater hatte sich umgebracht. So oder ähnlich musste es gewesen sein. Jetzt galt es, die Spur von Sigi bei den Zirkussen Krone, Althoff, Busch oder Sarrasani zu verfolgen.

Auf der Rückfahrt hing jeder seinen Gedanken nach. Karl überlegte, wie er nun bei seiner weiteren Suche nach Sigi vorgehen sollte, während Evelin darüber nachdachte, wie sie Gerlinde helfen konnte. Erst als sie nach langem Schweigen Karls Hand auf ihrem Oberschenkel spürte, fiel ihr ein, dass sie sich eigentlich ein wenig mehr von diesem Treffen erhofft hatte … Wortlos bog sie bei der nächsten Gelegenheit in einen schmalen Waldweg ein, der von der Straße aus nicht einzusehen war, und stellte den Motor ab.

„Also dann!", lachte sie und ließ die Lehne des Sitzes und sich selbst nach hinten gleiten.

Karl tat das Gleiche, beugte sich über sie und küsste sie. Dabei wurde ihm bewusst, dass sich seine Herzregion plötzlich ausgesprochen gut anfühlte.

6.

Den nächsten Vormittag verbrachte Gassner damit, über die Telekomauskunft die Adressen der großen Zirkusse herauszubekommen. Teilweise erwies sich die Suche als schwierig, da einige Zirkusfamilien sich getrennt, andere sich zusammengeschlossen und dritte sich in verschieden ausgerichtete Firmen aufgelöst hatten. Dieser Oskar war sich aber sicher gewesen, dass es sich damals um einen der großen Zirkusse handelte. Also konzentrierte sich Gassner in erster Linie auf Sarrasani, Krone und Althoff, die ihm auch aus seiner Jugend noch gut in Erinnerung waren.

Noch wusste er nicht, wie er seine Nachforschungen bei den Zirkussen angehen sollte. Evelin hatte ihm auf der Rückfahrt geraten, seinen Krankenstand zu nutzen und die Verwaltungen der Unternehmen persönlich aufzusuchen. Bei Sarrasani in Wiesbaden sah Gassner diesbezüglich keine großen Schwierigkeiten, aber beim Zirkus Krone, der seinen Hauptsitz in München hatte, und erst recht bei Althoff, der sich inzwischen in Williams-Althoff-Edwards in Stolberg und Giovanni Althoff in Osnabrück formiert hatte, sah es schon komplizierter aus. Wer würde sich bei so vielen Veränderungen in der Firmenstruktur noch an 1957 oder 1958 erinnern können?

„Hast du eine Idee?“, erkundigte sich Karl bei seiner Frau.

Irmgard legte die Illustrierte beiseite, in der sie während seiner Telefonate geblättert hatte. „Ich glaube, du verrennst dich da in eine fixe Idee“, seufzte sie. „Das ist doch alles sehr vage! Jeder glaubt etwas zu wissen oder gesehen zu haben. Aber konkrete Hinweise hast du keine.“

Karl warf ihr einen missmutigen Blick zu. „Ich werde das Klassentreffen durchziehen und ich werde Sigi finden, tot oder lebendig!“, murmelte er verbissen und starrte wieder auf das Blatt mit den Adressen vor sich.

Irmgard stand auf und warf über seine Schulter hinweg ebenfalls einen Blick auf das Blatt. „Konnte sich dieser alte Mann in Hermeskeil denn nicht wenigstens an den Schriftzug oder die Farbe der Wagen oder Ähnliches erinnern?“, forschte sie. „Immerhin gibt es doch traditionelle Wiedererkennungsmomente der Zirkusse wie rote Wagen, weiße Wagen, gebogene Schriftzüge ... So etwas prägt sich doch ein! Ich erinnere mich noch genau an die Krone auf allen Wagen des Zirkus Krone. Selbst dort, wo kein Name draufstand.“

Karls Miene hellte sich augenblicklich auf. Wieder zog er den Telefonapparat zu sich und wählte die Nummer des Altenstifts St. Klara. Natürlich hatten Schumacher und Oskar kein Telefon auf ihrem Zimmer. Deshalb ließ sich Karl mit der Station verbinden. Es dauerte eine Weile, bis man herausgefunden hatte, dass die beiden Männer nicht auf ihrem Zimmer waren. Karl hinterließ Schumacher, der ihm am pfiffigsten erschien, eine Nachricht und die Bitte um Rückruf.

Am liebsten wäre er neben dem Telefon sitzen geblieben, um ja nicht den Rückruf zu verpassen. Aber am frühen Nachmittag musste er zur Nachuntersuchung bei seinem Hausarzt. Er wartete bis zum letzten Moment und eilte schließlich aus der Wohnung, in der Hoffnung, dass die Untersuchung zügig vonstatten ging und er rechtzeitig wieder zurück wäre.

Doch diesmal war das Schicksal gegen ihn. Als er wieder nach Hause kam, erwartete ihn seine Frau mit verheultem Gesicht. „Du schämst dich wohl überhaupt nicht!“, schrie sie ihn ganz gegen ihre gewohnte Art an.

„Bitte?“ Karl konnte sich wirklich nicht vorstellen, was während seiner Abwesenheit geschehen war.

„Dieser Mensch aus Hermeskeil hat angerufen. Und als Erstes hat er gefragt, ob wir eine gute Rückfahrt gehabt hätten. Wir, verstehst du?!“

Karl spürte, wie sein Herz wieder anfing, unregelmäßig zu schlagen. Er schob seine Frau beiseite und eilte ins Badezimmer.

„Komisch, dass dir beim Fremdgehen nie die Puste ausgeht, du alter Hurenbock!“, brüllte Irmgard hinter ihm her.

Verdammt, damit hatte Karl nicht gerechnet. Der Schluck kalten Wassers tat ihm in diesem Moment gut und auch die Tablette zeigte schnell ihre Wirkung.

Als er aus dem Badezimmer kam, hatte sich seine Frau wieder gefangen. „Ich werde mich scheiden lassen“, meinte sie ruhig. Ihre Augen waren wieder trocken, wenn auch noch stark gerötet.

Karl wusste, dass es keine Ausrede gab. Selbst wenn er die Wahrheit gesagt hätte, dass man sich wegen Butzi, Gerd und der Vaterschaft getroffen hatte, und dabei das Schäferstündchen auf der Rückfahrt ausgelassen hätte, die Situation wäre für ihn nicht besser geworden. Er hatte seiner Frau gegenüber alle Glaubwürdigkeit verloren. Das war ihm klar.

Nach dem Abendessen, das schweigend verlaufen war, verließ Irmgard die Wohnung. Karl wagte nicht zu fragen, wohin sie ging oder wann sie zurückkommen würde. Fast war er sich sicher, dass sie sich mit Hanna traf. Aber er traute sich auch nicht bei Gerd anzurufen, denn das hätte ihm Irmgard sicherlich als Kontrollanruf ausgelegt.

Nun wusste er nicht einmal, was Schumacher seiner Frau mitgeteilt hatte. Daher rief er noch vor der Tagesschau erneut in Hermeskeil an.

„Ihre Frau war sehr ungehalten am Telefon. Habe ich etwas falsch gemacht?“, erkundigte sich Schumacher sogleich.

Karl beruhigte ihn und entschuldigte sich für seine Frau, die heute viel Arbeit und einen schlechten Tag gehabt habe. Schumacher gab sich mit dieser Erklärung zufrieden. Endlich konnte Karl sich erkundigen, ob Oskar noch etwas über Farbe oder Schriftzug des Zirkus in Erinnerung geblieben sei.

„Dass mir die Idee nicht gekommen ist!“, wunderte sich Schumacher. „Natürlich bleibt einem so etwas besser in Erinnerung, zumal Oskar ja beim Auf- und Abbauen geholfen hat. Er meint, die Wagen seien weiß gewesen. Das hilft Ihnen wahrscheinlich nicht viel weiter, denn es wird viele weiße Zirkuswagen geben. Aber ihm ist noch etwas anderes eingefallen. Der Zirkus hatte eine Elefantendame, an die er sich noch sehr gut erinnern kann, weil sie immer half, die Planen und Streben zu transportieren. Ihr Name soll Lola gewesen sein, da ist er sich ganz sicher.“

Enttäuscht legte Karl schließlich auf. Schumacher hatte Recht, weiße Zirkuswagen gab es sicherlich reichlich, und wer würde sich heute noch an eine Elefantenkuh namens Lola erinnern? Trotzdem notierte er sich den Namen, schaltete das Fernsehen ein und sah sich die Tagesschau an. Doch so richtig auf die Meldungen konzentrieren konnte er sich nicht. Irgendwie lief im Moment für ihn wieder alles schief. Da war die Sache mit Sigi, das aufgeflogene Treffen mit Evelin, das Verschwinden von Butzi und ihre Schwangerschaft, die Veränderungen beim BWB, die ihm insgeheim doch zu schaffen machten, und nicht zu vergessen seine gesundheitlichen Probleme, die sich unter dem Druck der Ereignisse stark verschlimmert hatten. Es war wirklich kein Zustand, dass der geringste Anlass ihm Herzprobleme bereitete, so dass er täglich mehrmals zur Tablette greifen musste.

An diesem Abend beschloss Gassner, sein Leben grundlegend zu ändern und neu zu ordnen. Zunächst einmal würde er das Verhältnis zu Evelin tatsächlich beenden, sofern Irmgard auf die Scheidung verzichtete. Andernfalls würde er sich umgehend eine eigene kleine Wohnung suchen und umgekehrt die Beziehung zu Evelin intensivieren. Darüber hinaus nahm er sich vor zu prüfen, ob im Rahmen der Umstrukturierung des BWB oder auf Grund seines Gesundheitszustands eine frühzeitige Pensionierung möglich war. Jedenfalls würde er auf eine weitere Suche nach Sigi verzichten und sich nur noch auf die Vorbereitung des nun einmal angeleierten Klassentreffens konzentrieren. Hier wollte er sich nun doch keine Blöße gegenüber seinen ehemaligen Klassenkameraden geben. Schließlich fielen ihm noch Gerd und Butzi ein. Aber warum sollte er sich deren Probleme zu Eigen machen? Jeder musste schon selbst sehen, wie er zurechtkam.

Über diesen Gedanken schlief er auf der Couch ein. Er merkte nicht, wie kurz nach Mitternacht seine Frau nach Hause kam, den Fernseher abschaltete und ihn mit einer Wolldecke zudeckte. Erst gegen Morgen wachte er fröstelnd auf und wunderte sich als Erstes über die Wolldecke. Damit war für ihn klar, das seine Frau zu Hause war und dass sich ihre Stimmung verbessert hatte. Er drehte sich um und schlief weiter.

Als er wieder erwachte, war es draußen bereits taghell. Er lauschte in die Stille der Wohnung, offenbar schlief seine Frau auch noch. Leise stand er auf, faltete die Wolldecke zusammen und machte sich auf den Weg in die Küche. In der Diele entdeckte er auf dem Teppichboden einen Umschlag, der ihn nichts Gutes ahnen ließ. Sofort eilte er ins Schlafzimmer und fand seine spontane Befürchtung bestätigt. Das Ehebett war unberührt, Irmgard war nicht da.

Also hob er den Umschlag auf und öffnete ihn. Irmgard hatte nur ein paar Zeilen geschrieben: dass sie vorerst bei einer Freundin wohnen und die Scheidung einreichen werde und dass er auf seine Gesundheit achten solle. Sie hinterließ ihm eine Telefonnummer, unter der sie zu erreichen sei, bat ihn aber zugleich, nicht zu versuchen, sie von der nun einmal beschlossenen Scheidung abzubringen.

Karl ließ Brief und Umschlag auf den Boden fallen und ging ins Wohnzimmer zurück. Die Ereignisse nahmen also ihren Lauf. Nach einem Blick auf die Uhr rief er Gerd an, der sich ebenfalls noch im Krankenstand befand. Als sich Hanna am anderen Ende meldete, legte er jedoch auf. Er hatte keine Lust, seine Situation auch noch mit Hanna zu diskutieren. Auch hier bahnte sich wohl das Ende einer langjährigen Freundschaft an, je nachdem, wie Gerd sich verhalten oder entscheiden würde.

Gedankenverloren starrte er auf den Zettel vor sich, der noch vom Tag zuvor auf dem Couchtisch lag. Ein wenig Ablenkung konnte jetzt nicht schaden, er musste einfach auf andere Gedanken kommen ... Schon wählte er die Wiesbadener Telefonnummer des Zirkus Sarrasani. Eine ältere Frauenstimme meldete sich. Karl erkundigte sich, wer ihm Auskunft über eine Elefantenkuh namens Lola geben könne, die Ende der fünfziger Jahre im Zirkus aufgetreten sei. Obwohl die Frau die Frage nicht richtig verstand, wurde Karl mit einem Mann verbunden, der ihm sofort versicherte, soweit er wisse, sei niemals ein Elefant dieses Namens bei Sarrasani aufgetreten. Außerdem wechsle man häufig die Darbietungen und die meisten Dompteure brächten ihre eigenen Tiere mit, weil Tier und Mensch dabei eine Einheit seien.

Automatisch wählte Karl die nächste Telefonnummer auf dem Blatt, allerdings wohlweislich mit einer 01051 davor, um das Ferngespräch möglichst günstig führen zu können. Dieses Mal meldete sich die Zentrale des Zirkus Carl Krone in München. Auch hier wurde Karl verbunden und musste lange warten, bis sich ein Mann meldete, der den Eindruck erweckte, wenig Zeit für ein Telefongespräch zu haben.

„Wie kommen Sie ausgerechnet auf Lola?“, erkundigte sich die Stimme.

„Nun, mir wurde berichtet, dass eine Elefantenkuh mit diesem Namen Ende der fünfziger Jahre in einem großen Zirkus hier in Deutschland aufgetreten sei.“

„Wollen Sie diesen Elefanten kaufen? Dann sind Sie hier falsch. Oder was steckt hinter Ihrer Frage?“

„Nein, ich suche einfach den Zirkus, in dem Lola aufgetreten ist. Vielleicht erinnert sich noch jemand bei Krone an eine solche Elefantenkuh...“

„Also, wir haben eine Lola, aber sie tritt kaum noch auf, höchstens mal im Schlussbild zum Füllen. Lola ist über sechzig Jahre, also schon sehr alt. Ob sie schon so lange bei uns ist, weiß ich nicht. Der Letzte, der mit Lola gearbeitet hat, war Thittai Ramesh, aber der ist auch seit letztem oder vorletztem Jahr nicht mehr bei uns. Ich verbinde Sie mal mit dem Artistenmanagement.“ Schon hatte der Mann aufgehängt.

Die Verbindung ließ lange auf sich warten. Endlich meldete sich eine weibliche bayerische Frohnatur, wodurch Karls Stimmung sich sofort verbesserte. „Ach, der Ramesh, joa mai, dem sei Adress hoab i glei. Warten S' bitt schön oanen Moment."

Karl hörte, wie die Frau am anderen Ende eine Tastatur bediente und dabei vor sich hin summte.

„San S' noch doa?", rief sie in den Hörer. „Also, Thittai Ramesh woar oder is sei Künstlername. Oaber i glaub allwei, der tritt nimmi auf. In Wirklichkeit hoaßt Ramesh Otto Gerstmair, mit a-i und ohne e. Seine letzte Adresse woar Titting."

Karl schrieb eifrig mit, was ihm die Bayerin diktierte. Dann bedankte er sich und legte auf. Ihn fröstelte und er spürte wieder dieses Zittern, das durch seinen Körper ging. Warum hatte er eigentlich wieder begonnen anzurufen, obwohl er noch gestern Abend beschlossen hatte, nicht weiter nach Sigi zu suchen? Und jetzt? Jetzt schien es sogar eine Möglichkeit zu geben, einen Schritt weiterzukommen! Es gab eine Elefantenkuh namens Lola! Und sie war so alt, dass sie 1957 oder 1958 bereits hätte auftreten können. Plötzlich war Irmgard vergessen, die Scheidungsdrohung auch, einfach alles um ihn herum. Schnell tippte er die Telefonnummer von Otto Gerstmair ein und wartete.

„Ja, bitte?", meldete sich Gerstmair.

Über Karls Frage nach Lola schien er sich zu freuen. Er erzählte begeistert von dieser Elefantenkuh, mit der er die letzten acht Jahre gearbeitet hatte. Allerdings wusste er nicht, ob Lola bereits als Jungkuh bei Krone gewesen sei. Er selbst habe sie seinem Vorgänger, einem echten Inder namens Subhash Sharma, abgekauft. Da sei Lola bereits fünfundfünfzig Jahre alt gewesen. Er habe damals in seinem Vertrag mit Krone vereinbart, dass Lola ihr Gnadenbrot vom Zirkus erhalte, wenn er aus Altersgründen einmal aufhören müsse oder sterbe. Ersteres sei nun eingetreten, deshalb sei Lola noch bei Carl Krone.

Über eine Stunde lang erzählte Gerstmair von seinen Erlebnissen mit Lola, von ihren Kunststücken und wie das Publikum tobte, wenn die Elefantenkuh mit ihren knapp fünf Tonnen Gewicht für einige Sekunden auf der rechten Vorderhand gestanden und dabei trompetet habe.

Karl war sich bewusst, auch wenn er den günstigen Minutentarif gewählt hatte, dass immerhin er diesmal die Telefoneinheiten bezahlen musste, die sonst das BWB trug. Daher drängte er auf die Beantwortung seiner Frage, wer ihm wohl etwas über Lola in den fünfziger Jahren sagen könne. Doch zunächst musste er sich noch die traurige

Abschiedsszene zwischen Lola und Otto Gerstmair anhören. Erst dann begann der Dompteur über Karls Anliegen nachzudenken.

„Rufen Sie doch noch mal beim Zirkus an“, schlug er schließlich vor. „In meinem ersten Jahr mit Lola gab es bei Krone einen alten Tierpfleger, den alle nur ‚Käuzchen‘ nannten, weil er immer solche Töne ausstieß. Der hat die Elefanten betreut, auch Lola. Vielleicht kann er Ihnen weiterhelfen.“

Karl bedankte sich schnell und versprach, sich wieder zu melden, wenn er mehr über Lolas Jugend erfahren habe.

Als er sich zurücklehnte, war von Frösteln nichts mehr zu spüren. Seine Wangen glühten fiebrig, aber das Zittern war immer noch in seinem Körper zu spüren. Es war ihm gleichgültig. Jetzt zählte nur noch, dass er unmittelbar davor stand, auf der Suche nach Sigi wieder einen Schritt weiterzukommen.

Er ließ sich bei Krone gleich mit dem Artistenmanagement verbinden und hatte wieder die freundliche Bayerin am Apparat. „Mai, dös freit mi oaber, dass der Otto Ähnen weiterhälfa kunnt. Oaber einen, den mer Käuzchen genannt hat, dän känna i nett. Oaber warten S’, i werd amol rumfroag’n.“

Schon war die Leitung wieder unterbrochen und Karl hörte Musik, bis sich die Bayerin wieder meldete. „I hoab ihn!“ Er konnte förmlich spüren, wie sie strahlte. „Also, schreibn S’ oallwei: Igor Kosslowsky, mit zwoa s und oanem y, hier in Mincha im Caritas-Oaltenhoam Sankt Antonius, in der Filchnerstroaßen 42, Telefon…“

Wieder hatte Karl mitgeschrieben. Altenheim klang gut! Damit war dieser Igor Kosslowsky also schon mal mindestens so alt wie Lola, und Karl flehte inständig um jedes Jahr, das dieser Mann älter sein möge als die Elefantendame.

In der Zentrale des Altenheims meldete sich eine freundliche, aber etwas betuliche weibliche Stimme. Sie bestätigte, dass ein Igor Kosslowsky Bewohner des Heimes sei, aber er sei nicht imstande, ein Telefonat zu führen, da er schlecht höre. „Es wäre das Beste, wenn Sie hierher kommen würden. Geistig ist Herr Kosslowsky trotz seiner dreiundachtzig Jahre noch sehr rege und er wird sich sicherlich freuen, Besuch zu bekommen!“

„Tja, Herr Gassner, ich gratuliere Ihnen, Sie haben alles noch mal gut überstanden. Am Montag können Sie wieder arbeiten gehen. Aber passen Sie in Zukunft besser auf sich und Ihr Herz auf!“

Karl traf fast der Schlag. Damit hatte er nicht gerechnet. Fast hätte er sich schon auf der Fahrt zur Nachuntersuchung eine Bahnfahrkarte nach München gekauft. Nun schien sein Traum, endlich mehr über Sigi zu erfahren, wieder in weite Ferne gerückt zu sein.

Er schaute seinen Hausarzt kumpelhaft von der Seite an. Immerhin kannten sie sich schon fast zwanzig Jahre und auch Irmgard war Patientin der Praxis. „Sie wissen, dass sich meine Frau ... von mir getrennt hat?"

Der Arzt blickte erstaunt auf und schüttelte den Kopf. „Gab es dazu einen Anlass?"

„Wenn das unter die ärztliche Schweigepflicht fällt: ja! Ich meine, es war meine Schuld. Und das hätte ich gern vor Antritt meiner Arbeit noch geregelt, damit ... Wissen Sie, das belastet mich sehr ... und ich glaube, es würde auch zur Stabilität meines Zustandes..."

„Wie lange?" wurde er vom Arzt unterbrochen.

„Noch eine Woche?"

Der Arzt löschte die Eingabe im Computer, die er gerade ausdrucken wollte, und begann neu zu schreiben. „Länger kann ich Sie aber nicht krankschreiben. Sie hatten sowieso schon eine verhältnismäßig lange Rekonvaleszenzzeit. Man sollte es nicht übertreiben."

„Danke, Herr Doktor!" Karl versuchte die Freude über seinen gelungenen Coup zu verbergen und knöpfte schnell sein Hemd zu. „Drücken Sie mir bitte die Daumen, dass meine Frau einsichtig ist."

Der Arzt warf einen kurzen Blick auf seinen Bildschirm. „Vielleicht kann ich ja etwas dazu beitragen. Ich sehe gerade, dass Ihre Frau für kommenden Dienstag einen Termin bei mir hat." Er streckte Gassner zum Abschied die Hand entgegen, die dieser dankbar schüttelte.

Die Fahrt im IC schien endlos lange zu dauern. Aber alleine die weite Strecke mit dem Auto zurückzulegen oder gar Evelin zu bitten, ihn nach München fahren, hatte Karl sich nicht getraut. Nun hatte er unterwegs hinreichend Zeit sich über sein weiteres Leben Gedanken zu machen. Er hatte am Wochenende einmal alles durchgerechnet. Wenn er zur Jahresmitte aus dem Amt ausscheiden würde, standen ihm zusammen mit seinen Rücklagen genügend finanzielle Mittel zur Verfügung, um mit Irmgard einen bescheidenen, aber sorglosen und ruhigen Lebensabend zu verbringen. Vielleicht würde es sogar für eine Eigentumswohnung auf Mallorca reichen...

Unsicherheiten gab es nur, wenn es tatsächlich zur Scheidung kommen würde. Er konnte nicht einschätzen, welche Ansprüche Irmgard über den Versorgungsausgleich hinaus stellen würde. Immerhin würden ihn die dreißig Jahre eine Stange Geld kosten. Dies hing sicherlich auch von dem Anwalt ab, der sie beriet. Im ungünstigsten Fall, hatte er errechnet, war er tatsächlich darauf angewiesen, dass Evelin, wenn sie zusammenziehen würden, weiterhin mitverdiente. Er dachte dabei ganz pragmatisch. Das bedeutete also gleichzeitig, dass er entweder zu Evelin nach Meckenheim ziehen oder umgekehrt sich Evelin in Koblenz eine neue Stelle suchen musste. Vielleicht gab es in den neu geplanten Bereichen des BWB gute Chancen für sie. Und die Lebenshaltungskosten waren in Koblenz eindeutig günstiger als im Großraum Bonn. Evelin konnte ihre Eigentumswohnung in Meckenheim verkaufen. Das Geld, gut angelegt, würde ihrer beider Lebensabend hinreichend absichern, egal welche Forderungen Irmgard stellte. Außerdem gab es da ein Sparbuch, von dem sie nichts wusste und das er Gott sei Dank bei einem anderen Bankinstitut angelegt hatte als sein Gehaltskonto. Den Tipp hatte ihm damals Gerd geben.

Ach ja, Gerd! Er hatte Karl wissen lassen, dass er inzwischen mit Butzi in Italien telefonischen Kontakt aufgenommen hatte. Gerd wusste jetzt auch, dass er wahrscheinlich der Vater war, obwohl Butzi weder von ihm noch von Fabrizio verlangt hatte, sich einem Vaterschaftstest zu unterziehen. Hatte sie ihrem Fabrizio bisher überhaupt etwas von ihrer Schwangerschaft erzählt? Karl schob die Gedanken beiseite. Meine Güte, warum beschäftigte er sich immer wieder mit den Problemen anderer? Hatte er mit seinen eigenen nicht genug zu tun?

In München versuchte Gassner vergeblich herauszubekommen, wie er mit S-Bahn, Bus oder Straßenbahn in die Filchnerstraße kam. Also leistete er sich ein Taxi dorthin.

Igor Kosslowsky war ein einfacher Mann polnisch-russischer Abstammung, der sein Leben lang in seiner Arbeit für die Tiere aufgegangen war. Er war im russischen Nationalzirkus aufgewachsen, wo sein Vater als *Der stärkste Mann* der Welt aufgetreten war.

„Du kommst extrra wäägän mirr von Köln hierrhärr?“, fragte er mit heiserer Stimme. Seine braun gebrannte, etwas lederne Haut erinnerte Karl an Schumacher. Beide waren wohl viel an der frischen Luft gewesen. Nur dass Igor statt langer weißer Haare eine glänzend polierte Glatze hatte, über die er sich von Zeit zu Zeit strich.

„Ich komme aus Koblenz!“, korrigierte Karl und sah, dass Igor ihn nicht verstanden hatte. Deshalb wiederholte er den Satz noch einmal lauter.

„Jässass, Kobbälänz! Da habbän wirr auch äinige Malä gastierrt. Däitschäs Eck, Ährenbräitstäin. Habbä ich alläs gäsähän!“

Karl zog sich von dem kleinen Esstisch einen Stuhl ans Bett, so dass er gegenüber Igor zu sitzen kam. Igors Zimmergenosse schlummerte friedlich, trotz der Lautstärke des Gesprächs.

„Ich habe Ihnen eine Flasche Moselwein mitgebracht!“ Karl zog aus seiner Aktentasche eine Flasche, die Igor sofort wie einen Schatz betrachtete.

„Schadä“, sagte er, strahlte aber trotzdem über das ganze Gesicht. „Ich verrtrragä käinän Wäin mährr, mäin Magän! Abärr hierr im Häim kann man gut tauschän. Ich wäiß schon, mit wäm ich die Flaschä gägän Tabbakis tauschän wärrdä!“

Karl betrachtete sein Gegenüber. Man sah ihm sein Alter nicht an, einmal von den Händen abgesehen, die völlig verkrüppelt waren.

Igor sah Gassners Blick und meinte: „Frühärr warän äss mal schänä Händä, die sogarr Gäigä spielän konntän. Ich habbä mäinän Tierrän oft Gäigä vorrgäspielt. Ziegän mochtän käinä Gäigänklängä, abärr Schämpansän, Pfärdä und Äläfantän.“

Damit hatte Karl den Ansatz zu seinem Gespräch gefunden. „Ich komme wegen Lola!“, sagte er schnell.

„Lola?“ Wieder strahlte Igor über das ganze Gesicht. „Lola war äin intälligentäs und starrkäs Tierr.“

„Lola hat früher oft beim Zeltaufbau geholfen!“, bemerkte Karl laut, worauf Igor ihn erstaunt anblickte.

„Wohärr wäißt du das?“

Karls Herz schlug sofort bis zum Hals. Also schien diese Lola aus dem Zirkus Krone tatsächlich die Elefantenkuh zu sein, die er suchte! „Das hat mir jemand erzählt, der früher oft geholfen hat, das Zelt auf- und abzubauen.“

Igor nickte nachdenklich. „Jässäs, Lola hat oft gäholfän, bis sie Mama wurrdä. Dann hat sie sich ämmär nur um ihrä Kläinän gäkimmärrt und wurrdä wiedärr Mama.“

Karl überlegte, wie er am schnellsten zu seinem Ziel kommen konnte. Seine Gespräche mit den alten Menschen in den letzten Wochen hatten ihm immer wieder gezeigt, wie gern diese in Erinnerungen schwelgten und sich darin verloren. Dazu hatte er aber jetzt nicht die

Zeit, er wollte nicht in München übernachten und musste zumindest den letzten Zug erreichen, der ihn noch vor Mitternacht nach Koblenz brachte. „Sie waren auch einmal in Hermeskeil!", sagte er aufs Geradewohl.

Igor tauchte aus seinen Gedanken auf. „Herrmäskäil?", wiederholte er stirnrunzelnd.

„Im Hunsrück!"

„Hunsrrück?!" Igors Gesicht erhellte sich wieder. „Natärrläch, mit däm kläinen Zält warrän wirr dorrt. Abärr das ist schon sährr langä härr."

„Sagt Ihnen der Name Siegfried Lange auch etwas?", schrie Karl so laut, dass er selbst erschrak und der Schlafende sich zu bewegen begann.

Igor schien das nicht aufzufallen. „Siegfrried Langä? Näin, werr soll das gäwäsän säin?"

„Ein Junge von zwölf oder dreizehn Jahren, damals, 1957 oder 1958. Er ist von Hermeskeil aus mit dem Zirkus mitgefahren."

„Sascha! Rronaldo!", rief Igor begeistert aus.

Karl schaute Igor verwirrt an.

„Jässäs, natärrläch, derr kläine Sascha, derr im Krriesch säinä Eltärrn verrlorrän hattä und von Paola Callutti aufgänommän wurrdä. Sascha, abärr natärrläch! Gott, war derr dürr damals. Und häitä…"

„Heute?" Karl horchte auf.

„Rronaldo warr derr Starr allär Kindärr." Igors Augen begannen zu leuchten. „Rronaldo zog sie immärr in säinän Bann."

„Wir sprechen von Sascha, dem kleinen Jungen!", entgegnete Karl.

„Jooo! Und ich von Rronaldo, däm grroßarrtigän Clown. Das warr die Maskä von Sascha. Selbst derr grroße Charrlie Rriväl hat ihn bäwundärrt."

„Sascha war Ronaldo, verstehe ich das richtig?"

Igor stand auf und machte eine tiefe Verbeugung vor Karl. „Nuu, so trrat Rronaldo immärr auf. Dabäi verrlorr err säinän grrosssän Hut. Derr ärstä Lachärr derr Kindärr. Und dann wolltä err dän Hut aufhäbbän und jäddäs Mal schubstä err mit derr Spitzä säinärr grrosssän Schuhä dän Hut wäitärr und immärr wäitärr, bis err im Pubblikum landätä. Applaus! Und wenn man ihm nicht soforrt dän Hut zurrückgab, wäintä Rronaldo Bächä von Trränän. Die Looschänbäsuchärr wurrdän immärr ganz nass."

„Woher kam Sascha?"

Unwillig tauchte Igor aus seinen Erinnerungen auf. „So etwas frragtä man nicht bäim Zärkus. Zumindäst frrühärr nicht. Da warr das alläs noch äinä Familiä, äin fahrrändäs Volk, wie man so schän sagtä. Da gab äss noch käin Management odärr Marrkäting, käinä Laserrshow odärr Fullplayback. Für jäddän standän die Türrän offän. Werr kam, bäkam Arrbäit und Brrott. Und werr etwas konntä, bäkam äinä Nummärr in derr Manäschä. Sascha bäkam säinä Nummerrr, äbän Rronaldo!"

„Aber die Papiere, ich meine, die Arbeitserlaubnis…"

Igor schaute Karl mitfühlend an. „Sie sind sichär Bäamtär odärr so etwas Ähnlichäs? Sie habbän noch nie Zärrkusluft gäatmät? Das ist äinä andärrä Welt. Werr zu uns kam, warr äin unbäschriebbänäs Blatt. Und äss stand ihm frräi, zu errzählän, wohärr err kam und wohin err wolltä." Igors Blick wurde plötzlich traurig. „Häitä ist das alläs andärrs. Du brrauchst äinä Aufänthaltsgänähmigung, äin Führrungszäignis, äinä Arrbäitserrlaubnis, äinä Sozialverrsichärrungskarrtä, äinä Krrankänkassänkarrtä, äinä Lohnstäierrkarrtä…" Igor blähte die Backen und prustete. „Frühärr brrauchtä man Talent, nur Talent! Und Sascha hattä Talent, grrosssäs Talent. Paola Callutti führrtä damals im Zärrkus Schimpansän vorr. Sascha sasss zwischän ihnän und ahmte die Tierrä nach. Alläs brrülltä vorr Lachän. Und dann stecktä sie ihn in äin Clownskostüm, maltä ihm säin Gäsicht an und Rronaldo warr gäborrän."

„Wie lange war Ronaldo beim Zirkus?"

„Bis zu säinäm Tott", antwortete Igor und strahlte wieder über das ganze Gesicht.

Karl griff erschrocken in seine Jackentasche und drückte eine Tablette aus dem Blister. „Wann ist Ronaldo gestorben?", fragte er kreidebleich und schob sich die Tablette in den Mund.

Igor zog unter seinem Bett eine Flasche mit stillem Wasser hervor. „Kannst du rruhig trrinkän. Ich habe käin Aids", meinte er und reichte Karl die Flasche.

Karl nahm sie entgegen und spülte seine Tablette hinunter. „Wann ist Sascha gestorben?", wiederholte er atemlos.

„So gänau wäisss ich das nicht mährr. Abärr ich wärrdä ihn frragän, wenn du willst. Err bäsucht mich äin odärr zwäimal im Jahrr!"

Im letzten Moment fing Igor die Flasche auf, die Karl aus der Hand gerutscht war. „Ich denke, Sascha ist tot?"

Die Überraschung seines Gegenübers schien Igor ein himmlisches Vergnügen zu bereiten. „Rronaldo ist tott, Sascha läbbt!"

„Das verstehe ich nicht", stöhnte Karl.

„Bittä, ich habbä dich nicht verrstandän. Du musst lautärr mit mirr rräddän. Ich hörrä schlecht."

„Ich sagte, wieso ist Ronaldo tot und Sascha besucht Sie?"

Igor setzte sich wieder auf die Bettkante und legte die Beine übereinander. „Als Sascha bäim Zärrkus aufhörrtä, ist Rronaldo gästorrbän. Sascha ist säithär nie wiedärr in die Rollä däs Rronaldo gäschlüpft, verrstähst du? Sascha läbbt, sogarr irrgändwo in däinärr Nähä. Kennst du äinän Orrt namäns Kaställaun?"

„Kastellaun!", rief Karl. Fast hätte er ein zweites Mal in seine Jackentasche gegriffen. „Natürlich kenne ich Kastellaun!"

„Da läbbt Sascha." Er hüpfte vom Bett, ging an den kleinen Esstisch und schrieb in ungelenken Buchstaben Saschas Adresse auf eine Papierserviette. „Bittäschän!"

Karl hielt die Serviette in der rechten Hand und stützte diese mit der linken Hand, um sein Zittern zu verbergen.

Doch Igor war ein guter Beobachter. „Warrum bist du so aufgärrägt?"

„Ich suche schon so lange nach ihm. Und jetzt … Ich bin mit ihm in Trier in die Volksschule gegangen."

Das Lächeln von Igors Gesicht verschwand. Sein Blick wurde traurig und selbst seine Glatze schien ihren Glanz zu verlieren. „Dann suchst du nicht Sascha!", behauptete er. „Sascha warr äin Findälkind, das käinä Volksschulä in Trrierr bäsucht hat."

Karl sprang von seinem Stuhl auf. „Ich werde noch wahnsinnig!", brüllte er so laut, dass selbst der schwerhörige Igor zusammenzuckte und sein Zimmergenosse aufwachte und erschrocken die Augen aufriss. „Igor, jetzt erzählen Sie mir bitte, wie Siegfried, ich meine, dieser Sascha zum Zirkus kam."

Etwas verängstigt wegen des unerwarteten Gefühlsausbruchs seines Besuchers begann Igor in seinen Erinnerungen zu suchen. „Nimm wiedärr Platz!", bat er leise und ergriff die Hand des nach ihm tastenden Bettlägerigen, um ihn zu beruhigen.

Nachdem sich Karl wieder gesetzt hatte, begann Igor zu erzählen. „Ich errinnärä mich noch särr gutt. Sascha und ich wurrdän särr schnell Fräindä. Denn wir bäidä verrährrtän Paola, Gott habbä sie sälisch." Für den Bruchteil einer Sekunde huschte eine düstere Wolke über Igors Gesicht. „Äss warr schon dunkäl, als wirr endlich aufbrrachän. Äss muss in däm Ort im Hunsrrück gäwäsän säin. Herrmäskäil! Alläs hattä sich wägän äinäs Sturms verrzögärrt. Außerrdäm warr an däm Tag viel Polizäi in däm Orrt, das macht Zärrkusläitä immärr etwas nerrvöss. Polizäi in derr Nähä bädäitet nie etwas Gutäs. Paola sasss mit auf däm Trraktorr, derr ihrrän Wohnwaggän zog. Da stand plötzlich Sascha näbbän däm Trraktorr, frrierränd mit verrwäintän Augän, übbärrall mit Blutt verschmierrt. Man hattä ihn färrchtärrlich zugärrichtät. Paola ließ anhaltän und nahm ihn mit in dän Waggän. Zuärrst äinmal musssste err sich waschän und sie hat ihm frrischä Wäschä und Kläidung gägäbbän. Äss warrän Kläiderr von mirr, allä viel zu grosss fürr ihn, abbärr saubärr und schön warrm."

„Woher wissen Sie das alles so genau?"

Igor schaute verlegen zur Seite. „Ich läbbtä damals mit Paola zusammän wie Mann und Frrau. Wenn ich die Tierrä verrsorrgt hattä, fuhrr ich in ihrräm Waggän mit oder fuhrr dän Trraktorr, so wie an diesäm Tag. Wirr setztän damals um nach Birrkänfeld. Das liegt nicht wäit weg. Ich sagtä schon, das warr die Tourr mit däm kläinän Zelt. Das grrossse warr von Trrierr gläich nach Saarrbrrückän gägangän. In derr Zwischänzäit gastierrtän wirr im Hunsrrück auf däm Land."

„Und weiter!", drängte Karl, bevor sich Igor wieder in seinen Erinnerungen verlieren konnte.

„Wäitärr? Nichts wäitärr. Von Stundä an gähärrtä Sascha zu uns. Err wolltä bäim Zärrkus bläibän, also blieb err."

„Und die Papiere, Ausweis?"

Igors Glatze begann wieder zu glänzen. „Die wurrdän ihm bäsorrgt!", grinste er vielsagend. „Err hattä ja käinä Eltärrn, käin Zuhausä."

„Aber man bekommt doch nicht so einfach Papiere!", empörte sich Karl.

Igor strich sich über seine Glatze. „Du läbbst in äinär anderrän Welt! Äss gab gärradä damals immärr wiedärr verrständnisvollä Pfarrär, die dirr äinän Taufschäin ausstelltän, und Patän, die däinä Gäburrt bäzäigtän, glaub mirr, nichts äinfachärr als das. Und damit bäkommst du auch Papierrä. Ärrst Errsatzpapierrä und spätärr rrichtigä, äigänä. Dann warrst du wiedärr äin Mensch."

„Und so wurde aus Siegfried Lange ein Sascha…?"

„Sascha Callutti. Paola hat dän Jungän adoptierrt, spätärr, als err Papierrä hattä." Igor lächelte wieder geheimnisvoll und senkte seinen Blick auf den Boden. „Err warr äin grosssärr Kinstlärr, derr Sascha."

„Und dann?"

„Dann –" Unvermittelt vergrub Igor sein Gesicht in seinen verkrüppelten Händen. Karl hatte den Eindruck, der alte Mann weinte. Endlich richtete Igor sich wieder auf. Er rutschte von dem Bett herunter und fasste Karl an der Hand. „Bittä!“, flüsterte er, „gäh jetzt.“

Karl stand auf und schaute den kleinen Mann verstört an. Hatte er etwas Falsches gesagt? Er ließ sich zur Tür führen, doch er war entschlossen, diese nicht zu öffnen, bevor Igor ihm eine Antwort gegeben hatte. „Was geschah dann?“, wiederholte er seine Frage.

Igor wendete sein Gesicht ab. „Paola und ich habbän uns spätärr gätrrennt.“

„Und Sascha?“

„Err blieb bäi Paola, abärr nicht als Sonn, sondärrn als Mann.“

7.

Hätte Karl auf der Rückfahrt etwas dazu beitragen können, dass der Zug schneller wieder in Koblenz einfuhr, er hätte es gerne getan! Voll Ungeduld fieberte er der Begegnung mit Sigi entgegen. Immer wieder zog er die Papierserviette aus der Jackentasche, auf der Igor die Adresse von Sigi, der sich heute Sascha nannte, notiert hatte. So hatten sich all seine Anstrengungen letztendlich doch noch gelohnt!

Siegfried musste ein spannendes Leben geführt haben. Erst der Mord an seinem Vater, den er verkraften musste, wissend, dass seine Mutter die Mörderin war. Dann der Freitod seiner Mutter, gefolgt vom Freitod seines Stiefvaters. Oder wusste er nicht einmal, dass dieser ebenfalls tot war? Ihre Wege hatten sich offenbar noch am gleichen Tag getrennt, an dem Sigi Abschied von seiner Mutter nehmen musste. Dann ein neues Leben mit Paola und Igor im Zirkus. Immer wieder eine neue Stadt, quer durch Deutschland und Europa, vielleicht auch Übersee. Er würde sich von Sigi alles genau erzählen lassen. Und auch er konnte einiges erzählen, von seiner Suche, seinen Misserfolgen und deren Folgen … Nach Kastellaun waren es von Koblenz aus kaum vierzig Kilometer. Würde er Sigi wiedererkennen? Er hatte völlig vergessen, Igor zu fragen, ob Sigi jemals geheiratet hatte!

Bei diesen Gedanken fiel ihm wieder Irmgard ein. Er ließ noch einmal ihre gemeinsamen Jahre an sich vorbeiziehen. Ihre Ehe war kinderlos geblieben, war vielleicht deshalb so eintönig, ohne Höhen und Tiefen. Wahrscheinlich auch durch seinen Beruf, denn auch hier gab es wenig Abwechslung. In den ersten Jahren hatte Irmgard noch als Krankenschwester mitverdient. Aber dann kam die Sache mit ihrem Rücken, ein Sturz bei Glatteis, mitten auf der Löhr, zwischen all den Fußgängern. Zwei Wirbel waren angebrochen. Und in den Urlauben? Man war nach Italien gefahren, Österreich, Jugoslawien, Spanien, Mallorca. Einmal hatten sie eine Reise in die Türkei gebucht, aber da war Irmgards Vater gestorben und man hatte die Reise abgesagt. Gerd war da anders. Er flog grundsätzlich allein in Urlaub. Mal war es Afrika, mal Bangkok, Rio …. Manchmal hatte Karl ihn beneidet. Auch Gerds Ehe war kinderlos geblieben. Wenn jetzt Butzi tatsächlich von ihm schwanger war, lag die Kinderlosigkeit wohl an Hanna. Hoffentlich erfuhr sie es nie!

Karl hatte die halbe Nacht nicht geschlafen. Immer wieder fragte er sich nach dem Grund. Nun hatte er doch Sigi gefunden, eigentlich hätte er also zufrieden einschlafen können! Vielleicht lag seine Unruhe daran, dass ihm immer noch nicht klar war, warum er sich gerade so um den Kontakt zu Sigi bemühte? Für keinen anderen Klassenkameraden hätte er all das auf sich genommen, da war er sich absolut sicher. Vielleicht würde die Begegnung mit Sigi ihm diese letzte offene Frage beantworten?

Er stand früher als gewöhnlich auf und suchte im Telefonbuch nach einer Nummer von Sascha Callutti, fand aber keine, obwohl er vorsichtshalber auch unter Fuchs und Lange nachschaute. Sigi verfügte offenbar über keinen Telefonanschluss oder hatte sich nicht eintragen lassen. Gegen zehn fuhr Karl in Richtung Kastellaun. Für die kurze Strecke lohnte es sich kaum, über die Autobahn zu fahren, also blieb er auf der Hunsrückhöhenstraße. Vorsorglich hatte er vor seiner Abfahrt eine Tablette genommen. Er war sich sicher, dass ihn das Wiedersehen nach rund fünfzig Jahren sehr bewegen würde, und er wollte nicht in der letzten Woche seines Krankenstandes noch einen Rückschlag erleben.

Kastellaun mit seiner Burgruine über der Stadt und den Fachwerkhäusern in den engen Gässchen vermittelte Karl immer etwas Mittelalterliches und Beschauliches. Die Lessingstraße befand sich etwas außerhalb im neueren Teil. Hinter einem kleinen, leicht ansteigenden Vorgarten lag das Haus, in dem Sigi wohnte. Karl fand zwei Klingeln vor, die beide nicht beschriftet waren. In der Annahme, dass Sigi der Hausbesitzer sei, drückte er den unteren Knopf. Eine freundliche ältere Dame öffnete die Tür einen Spalt.

„Frau Callutti?“, fragte Karl höflich.

Die Dame schüttelte den Kopf und lächelte. „Es gibt nur einen Herrn Callutti, und da müssten Sie die obere Schelle nehmen. Aber ich glaube, er ist überhaupt nicht da.“ Sie drehte sich um und rief laut in den Hausflur: „Herr Callutti, Besuch für Sie!“

Keine Antwort. Sie blickte wieder durch den Türspalt, der von einer Vorhängekette gehalten wurde. „Er ist sicher im Café Claus in der

Bahnhofstraße. Dort frühstückt er manchmal. Oder kann ich ihm etwas ausrichten?“

„Danke, lassen Sie nur. Ich werde ihn dort suchen.“ Karl machte eine leichte Verbeugung und drehte sich um.

„Warten Sie!“, rief ihm die Dame hinterher. Sie verschwand wieder im Haus und kam mit einem Brief zurück, den sie Karl durch den Türspalt entgegenhielt. „Bitte geben Sie ihm den Brief, der ist eben gekommen, und ich weiß, dass er auf ihn gewartet hat.“

Das Café Claus hatte Gassner schon auf der Hinfahrt gesehen. Um diese Zeit war es bis auf einen Tisch leer. Der Gast saß mit dem Rücken zu Karl. Langsam näherte sich Karl dem Tisch und überlegte, ob er Sigi von hinten einfach die Augen zuhalten sollte, so wie er es als Kind gern getan hatte. Nein, diese Zeiten waren vorbei. Er entschied sich, erst einmal an dem Tisch vorbeizugehen und Sigi dann von vorne anzusprechen. Kaum hatte er den Tisch passiert, sah er, dass der Gast eine Frau war. Sie hatte kurzes, dunkles Haar und rote Wangen.

„Entschuldigung, ich habe Sie mit jemandem verwechselt“, murmelte Karl, nahm etwas umständlich am Nachbartisch Platz und wartete auf die Bedienung, die ihn mit „Wollen Sie noch ein Frühstück?“ und einem Blick auf ihre Armbanduhr begrüßte.

„Nur eine Tasse Kaffee, bitte!“

Kurze Zeit später wurde ihm das heiß dampfende Schwarz gebracht.

„Ich hatte gehofft, Herrn Callutti hier zu treffen. War er nicht hier?“, fragte Karl.

„Herr Callutti? Wer soll das sein?“

„Man hat mir gesagt, dass er öfter hier frühstückt.“

Das Gesicht der Bedienung hellte sich auf. „Ach, Sie meinen sicher unseren Zirkusclown! Wie heißt der?“

Karl zögerte, er wusste nicht, welchen der vielen Namen er nennen sollte. „Callutti“, wiederholte er schließlich.

„Ja, wenn das der Zirkusclown ist, war er heute schon hier. Wir nennen ihn alle nur den Zirkusclown, weil er immer und überall als Clown auftritt, wenn etwas los ist. Beim Bürgerfest, bei privaten Veranstaltungen, im Kindergarten … Heute ist er zum Beispiel im Kindergarten. Er hat sich von uns etwas Gebäck mitgenommen. Das verteilt er dann immer unter den Kindern, zur Belohnung, wenn sie bei der Vorstellung artig waren.“

Die Ladentür wurde geöffnet und die Serviererin wandte sich ab. „Tut mir Leid, ich muss bedienen“, entschuldigte sie sich.

Karl nippte an seinem immer noch dampfenden Kaffee. Sigi trat also doch noch auf, hatte Ronaldo nicht sterben lassen, wie Igor ihm erzählt hatte. Oder nannte er sich hier im Hunsrück anders?

Karl merkte nicht, dass seine Tischnachbarin ihn bereits seit einiger Zeit anschaute. Als sich ihre Blicke kreuzten, lächelte sie Karl an. „Sie kennen den Zirkusclown?“, fragte sie.

Karl setzte seine Tasse ab und räusperte sich. „Nun, kennen ist vielleicht zu viel gesagt. Ich kannte ihn, als er noch kein Clown war.“

„Schade!“, seufzte die junge Frau. „Er macht auf mich immer so einen einsamen Eindruck.“

Karl dachte über die Bemerkung nach. „Sind Clowns nicht immer traurig und einsam?“, meinte er dann.

„In ihrer Maske vielleicht, aber auch so als Mensch? Ich weiß nicht. Vor allem wirkt er immer so verängstigt oder scheu. Ich weiß nicht, wie ich mich ausdrücken soll.“

Karl ergriff seine Untertasse. „Sie gestatten?“ Er erhob sich und setzte sich, nachdem die Frau keinen Einwand erhoben hatte, zu ihr an den Tisch. „Können Sie mir von Ihrem Zirkusclown, wie Sie ihn nennen, mehr erzählen? Ich habe ihn nämlich ungefähr fünfzig Jahre nicht mehr gesehen.“

„So lange? So alt sehen Sie aber noch gar nicht aus.“

„Danke für das Kompliment!“ Karl lächelte geschmeichelt. „Sigi ist etwa genauso alt wie ich!“

„Sigi?“

„Tja, ich weiß selbst nicht, wie ich ihn anreden soll, wenn ich ihn treffe. Er hat inzwischen so viele Namen … aber das ist eine lange Geschichte.“

Der Blick der Frau verriet, dass sie mehr von dieser langen Geschichte erfahren wollte. Aber konnte er einer wildfremden Frau Sigis Geschichte erzählen? Ein Trick fiel ihm ein. „Ich vergaß mich Ihnen vorzustellen, mein Name ist Karl, Karl Gassner, und ich komme aus Koblenz.“

Die Frau hielt ihm über den Tisch hinweg ihre Hand entgegen. „Angenehm, mein Name ist Erika Steffen. Aber ich wohne nicht hier in Kastellaun, sondern in Mastershausen. Ich kenne den Zirkusclown auch nicht von seinen Besuchen hier im Café, nur von einigen Auftritten beim Bürgerfest oder mal anlässlich des Beller Marktes. Das ist ein jährlicher Markt mit Karussells für Kinder, Ponyreiten und eben einer Bühne mit unserem Zirkusclown."

„Und er nennt sich nicht Ronaldo?"

„Ronaldo?" Die Frau schüttelte den Kopf. „Er selbst nennt sich nur *Zirkusclown von Kastellaun*. Vielleicht, weil es sich so schön reimt. Und deshalb nennen wir ihn alle so und jeder weiß, wer gemeint ist."

„Dann wissen Sie wahrscheinlich mehr über ihn als ich. Denn wir haben uns völlig aus den Augen verloren."

Erika Steffen beugte sich vor. „Aber ein Sonderling muss er doch früher schon gewesen sein, oder?"

„Sonderling?" Karl horchte auf. Diesen Begriff hätte er niemals mit Sigi in Verbindung gebracht. *Eifersucht, Feigheit oder nur Wut?* Wieso fiel ihm plötzlich dieser Satz wieder ein? Evelin hatte ihn erst vor ein paar Tagen benutzt, und auch da hatte er ihn sofort mit Sigi in Verbindung gebracht. Was war da in seinem Inneren, das diese Assoziationen herstellte? „Sonderling?", wiederholte Karl laut.

„Nun ja … er spricht nicht viel, vor allem nicht mit Erwachsenen, und schaut immer so abwesend drein. Ich weiß auch nicht, wie ich Ihnen das beschreiben soll."

„Er hat viel erlebt", gab Karl zu bedenken. „Als ich ihn damals kannte, ist mir nichts Auffälliges an ihm begegnet. Aber wie gesagt, wir waren noch sehr jung!"

Die Bedienung trat an ihren Tisch. „Hat jemand von Ihnen noch einen Wunsch?"

Frau Steffen verneinte.

„Ach, wo finde ich den Kindergarten?", fragte Karl.

„Es kommt darauf an, ob Sie zu dem evangelischen oder katholischen Kindergarten wollen", meinte Frau Steffen. „Der evangelische liegt am nächsten. Vielleicht haben Sie dort Glück?"

Also machte sich Gassner als Erstes auf den Weg zum evangelischen Kindergarten. Schon aus der Ferne hörte er lautes Klatschen und Lachen von Kindern.

Im Gebäude angekommen drückte Karl leise die Klinke herunter und blickte durch den Spalt in einen großen Raum, in dem etliche Kinder in zwei Reihen hintereinander im Halbkreis auf dem Boden saßen. Alle blickten gebannt auf einen bunt gekleideten Clown. In der Maske war Sigi natürlich nicht zu erkennen. Sein Gesicht war weiß angemalt, seine Perücke feuerrot, darauf saß ein kleiner Filzhut, an dem eine große Sonnenblume prangte. Über seinem weißrot gestreiften Shirt trug er breite Hosenträger, die eine viel zu weite, schwarzgrau gestreifte Hose mit einem bunten Flecken hielt. Seine Füße steckten in überdimensionalen Schuhen und die nackten Handgelenke in weißen, steifen Manschetten.

Der Clown zog einen grauen Pudel auf Rollen hinter sich her, mit dem er sich im Zwiegespräch befand. „Was heißt hier ‚waahuuuh'? Kannst du nicht richtig antworten wie jeder Hund?"

Und wieder ertönte ein klägliches „Waahuuuh".

Der Clown drehte sich zu den Kindern. „Könnt ihr verstehen, was Puschkin gesagt hat?"

Im geschlossenen Chor brüllten die Kinder übermütig: „Waahuuuh!" und klatschen vor Vergnügen in die Hände.

„Und was bedeutet das?" Der Clown legte eine Hand an sein Ohr und lauschte zu den Kindern hin, die wieder mit einem ohrenbetäubenden „Waahuuuh!" antworteten.

Der Clown richtete sich wieder auf und schlug mit der flachen Hand so stark gegen seine Stirn, dass er unter dem Gejohle der Kinder rückwärts auf den Hosenboden fiel. Sitzend schaute er die Kinder plötzlich mit einer traurigen Grimasse an: „Warum habt ihr mir nicht gleich gesagt, was ‚Waahuuuh' bedeutet, dann hätte Puschkin schon längst sein…?" Wieder legte er die Hand ans Ohr und wieder brüllten alle: „Waahuuuh!"

Eine der Kindergärtnerinnen hatte Karl an der Tür bemerkt und kam auf ihn zu. „Suchen Sie jemanden?"

Karl wusste im Moment nicht so recht, was er antworten sollte. Eigentlich hatte er eher jemanden gefunden, nämlich Sigi oder Sascha, Ronaldo oder eben einfach den Zirkusclown. Endlich! „Nein, ich bin wegen des Clowns hier. Ich bin ein Freund von ihm", flüsterte er.

„Dann werden Sie aber noch etwas warten müssen. Die Vorstellung wird noch eine gute halbe Stunde dauern. Wollen Sie wiederkommen oder auf einem der Stühle dort hinten Platz nehmen?" Sie deutete über ihre Schulter hinweg in den Raum.

„Wenn es möglich ist, würde ich gern zuschauen."

Die Kindergärtnerin trat einen Schritt beiseite und ließ Karl herein. Als der Clown das sah, sprang er vom Boden auf, riss seinen Filzhut vom Kopf und rief: „Willkommen, schöner Fremder, willkommen! Wollen Sie etwa meinen Puschkin Gassi führen?"

Karl sah plötzlich viele Augenpaare auf sich gerichtet. Verlegen winkte er dem Clown zu und setzte sich schnell auf einen der freien Stühle im Hintergrund.

Der Clown aber wandte sich seinem Hund zu. „Willst du etwa mit einem Fremden Gassi gehen?"

Und wieder folgte dieses „Waahuuuh", das sofort einige der Kinder nachahmten.

Karl genoss die Vorführung ebenso wie die Kinder. Der Clown hatte tatsächlich das Geschick, die Kinder mit ganz einfachen Dingen zum Staunen, Lachen, Johlen, aber auch zum Nachdenken zu bringen, was an ihren zeitweise ernsten und ergriffenen Gesichtern abzulesen war. Zum Schluss hüpfte er mit seinen großen Schuhen zwischen den Kindern hindurch, machte vor den Kindergärtnerinnen und Karl eine Verbeugung, die in einem Purzelbaum endete, ließ sich geschickt zur Tür rollen und verschwand.

„Er zieht sich drüben in unserem Waschraum um." Die Kindergärtnerin deutete auf eine Tür neben der Garderobe.

Karl klopfte leise an, worauf von innen ein gesungenes „Hereinspaziert!" erklang.

Ein weißer Haarkranz war das Erste, was Karl von dem wahren Sigi sah. Der Clown hatte seine feuerrote Perücke abgelegt. Er saß vor seinem offenen Koffer, in dessen Deckel sich ein großer Spiegel befand, und wandte sich zu dem Eintretenden um. „Womit kann ich dem Herrn dienen? Belustigung der Gäste, eine Betriebsfeier oder gar ein Auftritt als Messager d'amour?"

„Sigi?!", sagte Karl nur.

Der Mensch in der Clownsmaske vor ihm erstarrte. Dann sprang er auf und stemmte beide Arme in die Hüfte. „Monsieur oder Señor, es muss eine Verwechslung vorliegen, mein Name ist Sascha, Sascha Callutti, der Zwerchfellmasseur aller Manegen!", sang er.

Karl streckte dem Clown die Hand entgegen. „Vielleicht erkennst du mich nicht mehr. Immerhin haben wir uns fast fünfzig Jahre nicht gesehen. Ich bin Karl, Karl Gassner. 1956, Volksschule Sankt Paulus."

Wieder erstarrte sein Gegenüber, ließ die ihm hingestreckte Hand unbeachtet und wiederholte nur, diesmal ohne Singsang und sehr leise: „Karl Gassner, 1956, Volksschule Sankt Paulus."

Karl spürte, wie sich sein Herzschlag erhöhte und der Druck in seinen verengten Blutbahnen stieg. Er ging einen Schritt auf den Clown zu, der sich langsam wieder auf seinen Hocker setzte und Karl entgeistert anstarrte.

„Du glaubst gar nicht, wie schwierig es war, dich zu finden! Ich bin überglücklich, dass es mir endlich gelungen ist."

„Und warum haben Sie mich gesucht?", fragte der Clown.

Für einen Moment wurde Karl unsicher. Er hatte eigentlich erwartet, dass sie sich in die Arme fallen würden. War das wirklich Siegfried Lange? Doch dann gab er sich einen Ruck. Alles passte zusammen. Dieser Clown vor ihm, der sich jetzt Sascha Callutti nannte, musste Sigi sein.

„Ich bereite ein Klassentreffen vor und du warst der Einzige, der unauffindbar schien", sagte er betont forsch. „Aber jetzt kann das Treffen steigen. Ich habe dich gefunden!"

Wortlos drehte sich der Clown zu seinem Spiegel um und begann mit einem Tüchlein die weiße Farbe aus seinem Gesicht zu wischen. Zentimeter für Zentimeter wurde sein wahres Gesicht erkennbar. Karl versuchte darin Sigis Züge von einst wiederzufinden. Vergebens. Langsam verwandelte sich der purzelbaumschlagende Clown in einen traurig und schüchtern dreinschauenden Mann. Er wirkte unbeholfen und schwerfällig. Frau Steffen hatte Recht, dieser Mann, dessen Gesicht Karl nur im Spiegel beobachten konnte, wirkte einsam.

Zum Schluss streifte der Mann das Shirt über den Kopf und stieg aus seiner Hose. Sein Körper wirkte durchtrainiert, nirgends war ein Fettpolster zu entdecken. Er faltete die Kleidung sorgfältig zusammen, legte sie in den Koffer und schloss ihn. Ohne Gassner eines Blickes zu würdigen, begann er seine Alltagskleidung anzuziehen: Hemd, Hose, Jackett. Dann ergriff er seinen Koffer und blickte Karl zum ersten Mal in die Augen. „Gehen wir!"

Sigi hatte den Koffer wie selbstverständlich auf den Rücksitz geschoben und selbst den Beifahrerplatz eingenommen.

„Wohin?", fragte Karl, noch irritiert durch den Schweigemarsch vom Kindergarten zum Auto und das ganze sonderbare Verhalten seines ehemaligen Schulfreundes.

„Fahren Sie!", war die karge Antwort.

Also startete Karl den Motor und fuhr aus Kastellaun über die Hunsrückhöhenstraße in südliche Richtung. Kurz hinter dem ehemaligen Beller Bahnhof sah er aus den Augenwinkeln, dass Sigi ein Taschentuch zog und sich offenbar Tränen aus den Augen wischte. Dann putzte er sich so geräuschvoll die Nase, wie er es auch als Clown tat, und steckte das Taschentuch wieder ein.

„Ein Klassentreffen“, sagte Sigi monoton. „Nach fast fünfzig Jahren!“ Dann schwieg er wieder.

Karl nahm die Gelegenheit wahr und versuchte ein Gespräch zu beginnen. „Eine lange Zeit, in der viel geschehen ist. Ich habe bereits viel über dich erfahren.“

„Zum Beispiel?“

Karl erschrak, fast hätte er sogar auf die Bremse getreten. Sigis sanfte Stimme klang plötzlich laut und merkwürdig berechnend.

„Ich war in Trier, im Helenenhaus bei einer Schwester Hadwiga und bei Frau Elis in dem kleinen Milchladen in der Johannisstraße. Dann war ich in Hermeskeil bei einem Gärtner namens Schumacher, erinnerst du dich noch an ihn? Und schließlich habe ich in München mit Igor gesprochen.“

Bei dem Namen Igor drehte sich Sigi abrupt zu Karl. „Warum schnüffeln Sie in meinem Leben herum? Ich will das nicht, ich verbiete es Ihnen sogar! Ich brauche kein Klassentreffen, ich will meine Ruhe, meine wohlverdiente Ruhe!“

Karl wusste nicht, was er falsch gemacht hatte und warum Sigi so heftig reagierte. Plötzlich war von der Schüchternheit eines Sascha und der Lebensfreude eines Ronaldo nichts mehr zu spüren. Bei der nächsten Gelegenheit bog Karl auf einen Feldweg ab und stellte den Motor aus. Er blickte Sigi forschend an.

„Ich verstehe das alles nicht. Ich habe doch nicht in deinem Leben herumgeschnüffelt, wie du es nennst, sondern nur nach dir gesucht, so wie ich nach allen anderen Klassenkameraden gesucht habe. Und bis auf Günther Janetzky, der leider tot ist, und dich habe ich auch alle gefunden. Na, und jetzt habe ich endlich auch dich! Aber eigentlich habe ich mir unsere Begegnung anders vorgestellt.“

„Und warum legen Sie so großen Wert auf mich, dass Sie sogar nach München zu Igor gefahren sind?“

Karl wusste keine Antwort. Eigentlich stellte Sigi jetzt die Frage, die er selbst sich auch immer wieder gestellt hatte.

„So, nun haben Sie mich also gefunden, und jetzt?“, herrschte ihn Sigi weiter an.

Karl war beleidigt. Hatte er eine solche Behandlung verdient? Ja, Sigi hatte Recht, was hatte er nicht alles angestellt, um seinen Aufenthaltsort herauszufinden! Waren es bei den anderen Klassenkameraden ein paar Euro Porto, so hatte sich für die Suche nach Sigi schon eine ganz schöne Summe angesammelt. Und was war nun der Dank? „Ich werde dich nach Hause fahren“, sagte er kurz angebunden.

„Sie wissen auch schon, wo ich wohne?“

Diese Frage war eigentlich überflüssig, fand Karl. Es hätte Sigi doch klar sein müssen, dass er seine Adresse hatte und nur über diese in den Kindergarten gekommen sein konnte. Etwas trotzig setzte er deshalb hinzu: „Ich habe auch schon mit deiner Vermieterin gesprochen und mich hier in Kastellaun über dich erkundigt!“ Absichtlich betonte er das „dich“ und „deiner“.

Sigi hatte offenbar die Spitze bemerkt, denn er schwieg und betrachtete die vorbeiziehende Landschaft. Bis zur Lessingstraße sprachen sie kein einziges Wort. Vor dem Haus machte Sigi keinerlei Anstalten, auszusteigen. Erst als Karl kühl fragte: „Was ist nun?“, entschloss er sich auszusteigen und seinen Koffer aus dem Fond zu nehmen. Ohne ein Wort des Abschieds wandte er sich dem Haus zu, stieg die Stufen empor und verschwand darin.

Karl blieb noch eine Minute vor dem Haus stehen, einerseits zögernd, ob er nicht doch aussteigen und einen zweiten Anlauf nehmen solle, andererseits hoffend, dass Sigi es sich nochmals anders überlegen und zurückkommen würde. Da dies aber nicht der Fall war, startete er den Motor und fuhr nach Koblenz zurück.

Auf der Rückfahrt fiel ihm ein, dass er in der Innentasche seines Jacketts noch den Brief hatte, den er Sigi überbringen sollte. Sofort verspürte er so etwas wie höhere Gerechtigkeit. Hätte Sigi sich anders verhalten, wäre der Brief sicherlich nicht in Vergessenheit geraten! Er zog den Briefumschlag aus der Tasche. Absender war eine gewisse Carmen Rodriguez, der Ort schien irgendwo in Spanien zu liegen und war Karl kein Begriff. Wahrscheinlich wie Igor eine alte Bekanntschaft aus Sigis Zeit als Ronaldo.

Zu gern hätte Karl den Brief geöffnet. Denn seitdem er Sigis merkwürdige Reaktion erlebt hatte, interessierte er sich noch mehr für seinen ehemaligen Klassenkameraden.

Zu Hause erwartete Gassner eine weitere Überraschung: ein Anwaltsschreiben. Rasch riss er den Brief auf und überflog die wenigen Zeilen. Der Anwalt teilte ihm unter Vorlage einer Prozessvollmacht mit, dass er Irmgard Gassner vertrete, und fragte an, ob man sich außergerichtlich über die Scheidungsmodalitäten einigen könne. Hierfür setzte er

Karl eine Frist von vierzehn Tagen. Irmgard hatte also Ernst gemacht.

Karl holte sich ein Glas Wasser, setzte sich im Wohnzimmer in einen Sessel, legte die Füße auf den Couchtisch und schluckte eine seiner Tabletten. Dann zog er das Telefon zu sich und wählte die BWB-Durchwahl von Nettekoven. Aber an Stelle von Gerd meldete sich eine völlig verwirrte Frau Sandmann, die ihm unter Tränen und Stottern mitteilte, soeben sei wieder die Kriminalpolizei im BWB gewesen und habe den Kollegen Nettekoven mitgenommen. Ob es sich um eine Verhaftung gehandelt habe, wisse sie nicht. Nein, Handschellen habe man Nettekoven nicht angelegt, das immerhin konnte sie ihm mit Gewissheit sagen.

Was war geschehen? Obwohl Karl sonst immer die Telefonnummer der Hardthöhe im Kopf hatte, fiel sie ihm in seiner aufwallenden Erregung in diesem Moment nicht ein. Also rief er zunächst die Telekomauskunft an und ließ sich dann über die Zentrale der Hardthöhe mit Frau Singer verbinden.

Sofort erkannte er wieder die Stimme des jungen Mannes, der ihm vor einigen Wochen mitgeteilt hatte, Evelin sei in Urlaub. Heute druckste er sonderbar herum, murmelte etwas von „Im Moment nicht am Arbeitsplatz“ und verband Karl ohne große Vorrede mit dem zuständigen Abteilungsleiter. Auch der bewahrte äußerste Zurückhaltung und gab nur zu verstehen, dass Frau Singer aus privaten Gründen heute nicht zu erreichen sei.

Diese merkwürdige Formulierung veranlasste Karl zum Generalangriff. „Hat die plötzliche Abwesenheit von Frau Singer etwas mit dem Verschwinden von Frau Odenthal zu tun?“, fragte er gerade heraus.

Er konnte die Verblüffung am anderen Ende der Leitung förmlich spüren. Es dauerte einen Moment, bis die Antwort kam. „Tut mir Leid, ich kann Ihnen dazu keine Auskunft geben. Bitte haben Sie Verständnis!“ Damit wurde einfach eingehängt.

Am liebsten hätte sich Karl verkrochen und wäre erst wieder aufgetaucht, wenn sich all die Fragen und Probleme geklärt hätten, die sich um ihn herum aufzutürmen begannen. Alles schien wie verhext zu sein. Was zum Teufel geschah in den letzten Wochen in seinem Umkreis? Er beschloss, Hanna anzurufen. Sie musste doch wissen, was mit Gerd geschehen war.

Statt Hanna meldete sich aber zu Karls endgültiger Verwirrung seine

Frau am Telefon. „Du!?“, entfuhr es Karl. Im Hintergrund hörte man aufgeregte Stimmen. Wieso war Irmgard bei Hanna?

Er erhielt keine Antwort. Stattdessen hörte er deutlich, dass seine Frau anfing zu weinen.

„Verflucht noch mal!“, donnerte Karl los, „kann mir denn bitte mal einer sagen, was los ist?!“

Daraufhin wurde wiederum am anderen Ende eingehängt.

Karl griff nach seinen Tabletten und steckte sie hastig in die Tasche. Dann sprang er auf, nahm seinen Mantel von der Garderobe und verließ die Wohnung.

Noch nie hatte er mit dem Auto den Weg hinauf zur Karthause so schnell zurückgelegt wie an diesem Tag. Er stellte seinen Wagen unmittelbar vor dem Haus ab, obwohl er wusste, dass hier eingeschränktes Halteverbot herrschte. Die Haustür stand offen, so dass er sofort das Haus betreten und in den Aufzug steigen konnte. Die Fahrt in den vierten Stock nutzte Karl, um seinen Atem zu kontrollieren und zu versuchen, seine Erregung in den Griff zu bekommen.

An der Wohnungstür schellte er Sturm. Von drinnen war zunächst das Schließen mehrerer Türen zu hören, dann wurde geöffnet. Mit hochrotem Kopf und verheulten Augen stand Gerd vor ihm.

„Was ist passiert, Gerd?“

Gerd zog seinen Freund in die Wohnung und schloss die Tür. „Sie haben Hanna ins Krankenhaus gebracht.“ Er schob sich in der engen Diele an Karl vorbei und ging ins Wohnzimmer vor, wo Karl als Erstes seine Frau erblickte. Auch sie hatte verheulte Augen. Neben ihr saß eine weitere Frau, die irgendwelche Papiere vor sich hatte.

„Hanna hat eine Menge Tabletten geschluckt“, begann Gerd und deutete Karl an, in einem freien Sessel Platz zu nehmen. „Vorher war Bu… – äh, Frau Odenthal hier…“ Er beugte sich vor und vergrub sein Gesicht in den Händen.

„Wusstest du, dass die Frau ein Kind erwartet?“, erkundigte sich Irmgard bei ihrem Mann. Es waren die ersten Worte, die sie an ihn richtete. Als sie sah, dass er nickte, schüttelte sie nur den Kopf. „Dann wusstest du auch, dass Gerd der Vater ist.“

„Nein, das wusste ich nicht“, bestritt Karl sofort. „Aber vielleicht habe ich es geahnt.“

„Und dann wagt es diese Person hierher zu kommen und Hanna aufzufordern, sich scheiden zu lassen!“, platzte Irmgard heraus.

„Das ist nicht wahr!“, brüllte Karl empört zurück, „sie kann doch nicht einfach…“

„Es ist wahr“, bestätigte die unbekannte Frau mit fester und ruhiger Stimme. „Wenn Sie sich beide nur bitte wieder etwas beruhigen würden. Frau Odenthal hat Frau Nettekoven sogar gedroht, für den Fall, dass sie sich nicht scheiden lassen würde, und ist mit den Fäusten auf sie losgegangen.“

Karl atmete gegen die Enge in seinem Brustkorb an. „Und wer sind Sie, wenn ich fragen darf?“ Er bemühte sich wieder in normaler Lautstärke zu sprechen.

„Entschuldigung. Mein Name ist Leonrath, psychologische Betreuung der Kripo Koblenz. Sie sind vermutlich Herr Gassner, wenn ich das richtig mitbekommen habe?“

Karl nickte nur und seine Blicke wanderten von einem zum anderen. *Eifersucht, Feigheit oder nur Wut?* Warum hämmerte plötzlich wieder dieser Satz in seinem Kopf? Gerd hatte immer noch sein Gesicht in den Händen vergraben, Irmgard blickte regungslos vor sich auf den Tisch, nur zwischen den Fingern knetete sie unentwegt ein Taschentuch.

Karl sah Frau Leonrath fragend an. „Wo ist Frau Odenthal jetzt?“

„Wir wissen es nicht. Sie hat die Wohnung verlassen, bevor meine Kollegen kamen. Ich gehe davon aus, dass inzwischen bereits eine Fahndung nach ihr läuft. Nachbarn hatten die recht laute Auseinandersetzung mitbekommen und deshalb eine Streife angefordert. Bevor diese eintraf, hat Frau Nettekoven die Tabletten geschluckt. Allerdings waren die Kollegen rechtzeitig hier. Den Rest können Sie sich ja vorstellen. Frau Nettekoven wurde ins Klinikum Kemperhof gebracht. Sie ist bereits außer Lebensgefahr, wie uns soeben mitgeteilt wurde.“

„Das habe ich doch alles nicht gewollt!“, meldete sich Gerd mit erstickter Stimme.

Karl stand auf und legte ihm die Hand auf die Schulter. „Wenn ich etwas für dich tun kann, ruf mich an. Ich bin zu Hause.“

Er reichte Frau Leonrath die Hand und warf seiner Frau zum Abschied einen Blick zu. Aber Irmgard schaute nicht auf.

Im Hausflur blieb er erst einmal an die Wand gelehnt stehen und sprayte sich einen Stoß aus dem Inhalator in den Mund. Was hatte sich Butzi nur dabei gedacht?

8.

Bereits von draußen hörte Gassner das Telefon in seiner Wohnung läuten. Noch im Mantel eilte er zum Apparat.

„Sie haben einen Brief von mir!“, herrschte ihn Sigi am anderen Ende an.

„Richtig, ich habe vergessen, ihn dir zu geben. Es war alles so anders, als ich es mir vorgestellt hatte. Entschuldige bitte…“

„Dann bringen Sie ihn mir gefälligst sofort hierher.“

Karl ließ sich im Sessel neben dem Telefon nieder. „Das geht nicht, Sigi. Ich bin schwer herzkrank und komme gerade von einem Freund, dessen Frau einen Selbstmordversuch unternommen hat. Ich kann jetzt keine so weite Strecke fahren. Morgen, morgen bringe ich ihn dir.“

„Vergiss es!“, sagte Sigi schroff. „Ich werde kommen, und zwar jetzt gleich. Stimmt die Adresse im Telefonbuch noch?“

Karl bejahte und hängte ein. Er wusste wirklich nicht mehr, woran er war. Sigi war ganz anders, als er von der Frau im Café beschrieben worden war, ganz anders auch, als er sich in seiner Clownsrolle gab, und ganz anders, als ihn dieser Igor beschrieben hatte.

Wie unter Zwang nahm Karl den Brief, der an Sascha Callutti gerichtet war, mit in die Küche. Es war lange her, dass er zum letzten Mal heimlich einen Brief über Wasserdampf geöffnet hatte, er war damals noch ein Junge gewesen … Er setzte einen kleinen Topf mit etwas Wasser auf den Herd und wartete. Als genügend Dampf emporstieg, hielt er den Umschlag darüber. Allmählich ließ sich die Lasche abziehen, ohne dass das Papier beschädigt wurde. Rasch leerte er den verräterischen Topf und räumte ihn weg. Dann zog er vorsichtig den Brief aus dem Umschlag.

Die Schrift war holprig und erkennbar die einer ungeübten Schreiberin. Er überflog die Zeilen. Es war ein Liebesbrief von dieser Carmen an Sigi. In schlechtem Deutsch flehte sie ihn an, doch endlich nach Deutschland kommen zu dürfen, so wie er es ihr versprochen habe. Es ginge ihr schlecht und sie habe kaum das Geld, ein normales Leben zu führen. Zwischen den Liebesbekundungen waren deutliche Vorwürfe herauszulesen, dass Sascha sich offensichtlich nicht an seine Versprechungen halten würde. Zum Schluss rief Carmen jenen Tag, an dem sie sich „ewige Liebe geschworen“ hätten, in Erinnerung und teilte Sascha Callutti mit, dass sie keinen anderen Ausweg mehr sehe, als sich das Leben zu nehmen, wenn er sie nicht bald zu sich nach Deutschland holen würde.

„Nicht noch ein Selbstmord!“, brummte Karl vor sich hin und steckte mit zittrigen Händen den Brief in den Umschlag zurück. Er nahm einen Klebestift aus der Schublade und verschloss die Lasche wieder. Dann betrachtete er den Umschlag zufrieden. Sigi würde nichts merken.

Als Karl die Tür öffnete, wusste er nicht, was er sagen sollte. In der einen Hand hielt Sigi eine künstliche Sonnenblume, wie er sie am Vormittag am Hut getragen hatte, in der anderen einen kleinen, echten Kaktus mit einer rosafarbenen Blüte. Sein Gesicht wirkte wie von Frau Steffen beschrieben: traurig und einsam. Und eine warmherzige Stimme sagte: „Ich möchte mich bei dir entschuldigen.“

Es dauerte einige Sekunden, bis Karl die ersten Worte über die Lippen brachte. „Komm herein.“

Artig putzte sich Sigi die Schuhe an der Fußmatte ab, trat zögernd in die Diele und überreichte mit einer kleinen Verbeugung die Mitbringsel. Dann folgte er Karl ins Wohnzimmer und sog die für ihn neue Umgebung in sich auf.

„Hier lebst du also!“ Er schritt langsam an den Wänden entlang und betrachtete eingehend die aufgehängten Bilder und die Bücher im Regal. „Verheiratet?“

Karl wurde etwas verlegen. „Ja“, antwortete er und sah im gleichen Moment den Brief des Anwalts, der immer noch auf dem Couchtisch lag. Während Sigi einen Blick durch die Gardinen auf die Straße warf, ließ er den Brief vorsichtig in seine Jacketttasche gleiten.

„Kinder?“

„Nein.“

Sigi drehte sich um, blickte noch einmal zur Diele zurück und deutete dann auf die Couch. „Darf ich?“

Karl nickte. „Was darf ich dir anbieten? Bier, Wein, Tee?“

„Ein Mineralwasser, wenn du hast.“

Karl ging in die Küche und kam nach kurzer Zeit mit zwei vollen Gläsern und dem Brief zurück. Sigi öffnete den Brief sofort und begann zu lesen. In seinem Gesicht konnte Karl keine Reaktion auf die flehenden Zeilen und die Androhung eines Selbstmordes ablesen. Gleichmütig steckte Sigi den Brief zurück in den Umschlag und dann in seine Jackentasche.

Er schaute Karl an. „Was machst du beruflich? Ich meine, du bist mir in Bezug auf Informationen weit voraus."

Karl setzte sich seinem ehemaligen Mitschüler gegenüber. „Ich habe nur die Mittlere Reife gemacht, dann Industriekaufmann gelernt und bin seit etlichen Jahren hier beim Bundesamt für Wehrtechnik und Beschaffung."

„Interessant?"

„Wie man es nimmt. Sicher nicht so bunt und abwechslungsreich wie dein Leben."

„Bunt und abwechslungsreich", wiederholte Sigi nachdenklich und trank einen Schluck. „Wie hast du mich gefunden?"

Karl war immer noch von Sigis völlig anderem Auftreten irritiert. Nur langsam kam er ins Erzählen und berichtete über sein Tasten durch das Lebenslabyrinth von Siegfried Lange. Der hörte aufmerksam und manchmal amüsiert zu, ohne Karl zu unterbrechen. Als Karl schließlich mit seinem Bericht bei Igor in München angelangt war, lehnte sich Sigi auf der Couch zurück und lächelte verständnisvoll.

„Das war eine wirkliche Odyssee, aber so war auch mein Leben."

„Aber warum musste alles so kompliziert sein?", wollte Karl wissen.

Wieder lächelte Sigi. „Es war nicht immer einfach, nicht für mich, meine Mami und später für die Menschen, die mit mir lebten. Ich meine Paola, Igor und die anderen."

„Aber manche Dinge waren doch hausgemachte Probleme. Wieso nanntest du dich zum Beispiel Sigi Lange, obwohl du Labidi hießt?"

„Meine Mami glaubte, ich hätte es dann auf der Schule und im Leben einfacher. Damals war damals und nicht heute. Ein Kind von einen Besatzungssoldaten, und zudem noch einem Halbschwarzen, das war in der Zeit eine Schande. Und dann..."

„Was ist aus deinem Vater geworden?" Karl brannte darauf zu erfahren, ob er mit seinen Vermutungen, die durch die Erzählungen von Walter angeheizt worden waren, richtig lag.

„Mohammed Labidi war ein schlechter Mensch", erwiderte Sigi mit grimmiger Miene, und Karl staunte über die Wandlungsfähigkeit dieses eben noch lächelnden Gesichts. „Er hat meine Mami betrogen, ausgebeutet, geschlagen und war ständig besoffen, wenn er bei uns war. Anders habe ich ihn nie kennen gelernt. Ich war noch recht jung, als er starb, aber alles ist mir noch sehr gut in Erinnerung. Kinder spüren Spannungen und Ungerechtigkeit viel stärker und es bleibt bei ihnen meist ein Leben lang haften…"

Wieder brach er ab. Doch dann raffte er sich zusammen und blickte Karl an. „Es war ein riesiger Schock für mich, als meine Mami zur Schere griff und auf ihn einstach. Überallhin spritzte das Blut. Aber er war so besoffen, dass er kaum etwas mitbekommen hat, glaube ich. Er war wieder einmal nur gekommen, um Geld abzuholen, aber meine Mami hatte mir gerade von dem wenigen Geld, das wir hatten, etwas zum Anziehen gekauft. Ob es ganz neue Sachen waren, weiß ich nicht. Aber die Hose war etwas zu lang und meine Mami war gerade dabei sie zu kürzen, als er kam. Deshalb lag auch die Schere auf dem Tisch. Er hat sie geschlagen, als sie sagte, dass sie kein Geld mehr habe. Sie haben sich gestritten und wieder hat er auf sie eingeschlagen. Er war eifersüchtig, dass Mami mich liebte. Und dann plötzlich…"

„Ihr habt seine Leiche mit einem Leiterwagen nach Euren in den Wald gebracht?"

Sigis blasses Gesicht wurde noch blasser, seine Nasenflügel begannen zu zucken und seine Augenlider flatterten. „Woher…"

„Walter hat euch beobachtet, der kleine Walter aus der zweiten Reihe in der Klasse, weißt du noch? Er hat es mir am Telefon erzählt. Er hat noch ein Buch von dir, deshalb konnte er sich so gut an dich erinnern. Er hat gesehen, wie ihr mit dem Leiterwagen die Feldstraße hinunter seid, nachts. Und ich habe mir meinen Reim darauf gemacht."

„Aber wieso weißt du das mit dem Eurener Wald? Man hat die Leiche doch nie gefunden."

„Doch!" Karl erzählte stolz, wie er den Bericht in der Zeitung ausfindig gemacht und daraus geschlossen hatte, dass es sich um Mohammed Labidi handeln musste.

„Das habe ich nicht gewusst! Sonst hätte ich in furchtbarer Angst um meine Mami gelebt. Sie sollte nicht dafür bestraft werden. Ich habe sie so sehr geliebt."

Er hielt inne und strich sich unbewusst über den Handrücken, als sei es die Hand seiner Mutter. „Das hatte nichts mit Feigheit zu tun, sondern mit Gerechtigkeit. Mohammed hatte den Tod verdient."

„Kein Mensch hat den Tod verdient“, widersprach Karl und schaute Sigi – oder war es in diesem Augenblick Sascha? – ermahnend an.

„Aber kein Mensch darf für sein Älterwerden so behandelt werden, wie es Mohammed mit meiner Mami getan hat.“

„Ich denke, es war das Geld und der Alkohol!“, wandte Karl ein.

„Alles war es, das Geld, die Eifersucht, der Alkohol, und dass meine Mami nicht mehr die Reize hatte wie vor meiner Geburt.“

Für einige Minuten herrschte betretenes Schweigen auf beiden Seiten.

„Und dann fiel sie erneut auf einen anderen Kerl herein.“ Noch heute konnte Sigi seine Wut über den Mann aus Thiergarten, den seine Mutter zwei Jahre später geheiratet hatte, nicht verbergen.

„Hat sie sich deshalb…“

„Auch!“ Das Wort kam wie das Fauchen einer Katze. „Aber nicht nur das. Sie konnte es nicht ertragen, dass ich wusste, dass sie einen Mord begangen hatte. Dabei habe ich ihr immer gesagt, dass ich auf ihrer Seite stand und sie nicht für eine Mörderin hielt, sondern für den Arm der Gerechtigkeit.“

„Und trotzdem…?“

Sigi nickte und es schien, als habe er Tränen in den Augen.

„Aber du bist doch mit dem Fuchs, deinem Stiefvater, nach ihrem Selbstmord geflüchtet?“

Mit zitternder Hand griff Sigi nach dem leer getrunkenen Glas. „Kann ich bitte noch etwas zu trinken bekommen?“

Karl war so gespannt auf die Beantwortung seiner Frage, dass er am liebsten „Nein“ gesagt hätte. Dann besann er sich. Er stand schnell auf und holte aus der Küche gleich zwei Flaschen Mineralwasser. „Schenk dir selbst ein“, bat er. „Was war mit Fuchs?“

Während des Einschenkens stieß Sigi mehrmals klirrend mit dem Flaschenhals gegen das Glas, so stark zitterten seine Hände. Karl goss sich mit der zweiten Flasche auch sein Glas wieder voll und drückte, für Sigi kaum wahrnehmbar, in seiner Jacketttasche eine Tablette aus der Blisterverpackung.

„Mami hat auch den Fuchs umgebracht. Er war feige. Er wollte zur Polizei gehen. Okay, ja, ich habe dich eben belogen. Entschuldige, aber es fällt mir halt schwer darüber zu sprechen. Wir haben in der Zeitung gelesen, dass man die Leiche von Mohammed gefunden hatte. Ludwig, mein Stiefvater, hat uns belauscht, als Mami und ich darüber sprachen. Erst hat er versucht Mami zu erpressen. Er wollte genau wie Mohammed Geld, Geld und nochmals Geld. Dann hat er gedroht, zur Polizei zu gehen. Es war schrecklich. Mami und ich haben nächtelang gebangt und geweint.“

Auch jetzt wurde Sigi von einem Weinkrampf geschüttelt. Karl war es peinlich, seinen Schulkameraden so zu sehen. Er stand auf und machte sich am Wohnzimmerschrank zu schaffen. Dabei entdeckte er eine Dose mit Gebäck, die er mit zum Couchtisch nahm und dort geöffnet hinstellte.

„Greif zu“, forderte er Sigi auf. „Wenn dich alles so sehr aufregt, sollten wir vielleicht das Thema wechseln. Eigentlich geht es ja nur um ein harmloses Klassentreffen.“

Sigi wischte sich mit dem Taschentuch die Tränen ab und schnäuzte sich ebenso laut wie am Vormittag. „Du hast sicherlich Recht. Es geht nur um das Klassentreffen. Aber du hast so viel in meinem Leben herumgestöbert, da sollst du auch alles erfahren.“

Nachdem er sich wieder einigermaßen beruhigt hatte, fuhr er fort: „Bei einer abendlichen Auseinandersetzung hat Ludwig wieder damit gedroht, am nächsten Morgen zur Polizei zu gehen und Mami anzuzeigen. Da sind wir ihm morgens einfach heimlich gefolgt, meine Mami und ich. Es schien so, als gehe er tatsächlich nach Hermeskeil und zur Polizei. Wir wohnten damals etwas außerhalb von Hermeskeil. In einem kleinen Waldstück hat Mami ihn dann angesprochen. Er ist stehen geblieben und hat gewartet, bis sie bei ihm war. Sie hat ihn noch einmal angefleht, aber er hat nur dreckig gelacht und sich dann zum Gehen umgedreht. Da hat sie ihn von hinten erschlagen. Sie musste mehrmals zuschlagen, bis er tot war. Ich habe es nur aus der Entfernung gesehen. Aber dann musste ich ihr helfen, die Leiche ins Dickicht zu bringen.“

Sigi brach ab. Er hatte sich vollends zurückgelehnt und die Augen geschlossen, aus denen immer wieder Tränen kamen. „Auf dem Weg nach Hermeskeil kamen wir an einem Zirkusplatz vorbei. Sie waren gerade dabei, das Zelt abzubauen. Mami nahm mich plötzlich beiseite auf eine Bank und hat auf mich eingeredet. Wenn ich sie lieben würde, müsste ich mit dem Zirkus aus Hermeskeil verschwinden. Ich habe mich dagegen gewehrt, geweint, geschrien. Aber schließlich musste ich es ihr versprechen. Sie hat mir genau gesagt, wie ich es anstellen sollte. Sie hat mir sogar eine Frau gezeigt, Paola Callutti, weil sie glaubte, Frauen hätten mehr Herz für einen kleinen, elternlosen Jungen. Dann hat sie mich zum Abschied geküsst und auf der Bank sitzen lassen. Aber das Abbauen des Zeltes dauerte lange. Schließlich bin ich aufgestanden und nach Hause gerannt. Doch als ich ankam, haben sie gerade die Mami aus dem Haus getragen, tot!"

Von Sigi ging in diesem Moment eine fast kindliche Ausstrahlung aus, seine Erinnerungen übertrugen sich auf seine Stimme, seine Sprache, selbst auf seine Gestik. Seine Augen hatten einen ängstlichen Ausdruck bekommen und seine breiten Schultern waren zusammengesunken. „Ich bin dann wieder zum Zirkus zurückgelaufen, die Wagen setzten sich gerade in Bewegung, und ich konnte eben noch den Wagen der Frau erreichen, die Mami mir gezeigt hatte. Alles andere weißt du wahrscheinlich schon von Igor."

Wieder trat Stille ein. In Karl wuchs langsam ein Gesamtbild und er suchte nach Lücken, die ihm noch unbekannt waren.

„Kann ich dir bei den Vorbereitungen zu dem Klassentreffen etwas helfen?", fragte Sigi in die Stille hinein.

„Warum heute Morgen die Abneigung?"

Sigi war die Frage offenbar peinlich. Er goss sich noch einmal das Glas voll. „Verstehst du das denn nicht?", meinte er schließlich. „Ich habe mit all dem einfach abgeschlossen! Habe Mohammed, Siegfried, Ronaldo hinter mir gelassen, seit ich in Kastellaun wohne. Und dann stehst du plötzlich vor mir und reißt mich in meine Vergangenheit zurück. Ich weiß, dass es falsch war, mein Verhalten. Es tut mir Leid."

Fast hätte Karl nach Carmen gefragt und sich damit verraten. Aber Carmen gehörte doch auch zu Sigis Vergangenheit! Und zu ihr bestand ebenso noch Kontakt wie zu Igor. Ganz abgebrochen hat Sigi die Brücken zu seiner Vergangenheit also nicht, dachte Karl. Laut sagte er: „Und wieso hat es dich gerade nach Kastellaun verschlagen?"

„Es hätte auch Hamburg, München, Monte Carlo oder Madrid sein können", gab Sigi zu und schien plötzlich wieder zu lächeln, „aber wir gastierten nun einmal hier in der Nähe. Ich habe einen Ausflug in den Hunsrück gemacht und alles war so friedlich hier. Ich habe oben an der Mauer der Burgruine gestanden, über das Land geschaut und tief durchgeatmet. Da wusste ich, hier möchte ich bleiben. Noch am gleichen Abend, nach der Vorstellung, habe ich meine Sachen gepackt und bin losgefahren. Du kannst dir vorstellen, was das für den Zirkus bedeutet hat. Ronaldo plötzlich nicht mehr da! Sie haben mich gesucht, aber nicht gefunden ... so wie du. Erst viel später habe ich mich dann bei Igor gemeldet, weil wir doch Freunde waren."

„Und Paola?"

Karl konnte beim Erwähnen des Namens ein deutliches Zucken im Gesicht seines Gegenübers erkennen. Und die Antwort von Sigi fiel unerwartet schroff aus. „Paola ist tot!"

„Entschuldige, das habe ich nicht gewusst."

Sigi hatte gemerkt, dass er falsch reagiert hatte, und suchte nach einer Erklärung. Er beobachtete Gassner eine Weile, dann stand er auf und ging ans Fenster. Draußen war es inzwischen dunkel geworden.

„Paola wurde eines Tages tot in ihrem Wohnwagen aufgefunden. Es war der vierte Tod, den ich in meinem Leben in unmittelbarer Nähe erfahren musste."

„Mord?"

„Man hatte sie erstochen, während der Abendvorstellung. Als sie nicht zu ihrem Auftritt erschien, hat man sie gesucht und gefunden, tot!"

„Wie alt war Paola?"

„Alter spielt keine Rolle, wenn man sich liebt", gab Sigi zur Antwort und drehte sich wieder um. „Ich muss jetzt aber gehen."

Er schien es plötzlich eilig zu haben. Wahrscheinlich war ihm die Konfrontation mit seiner Vergangenheit einfach zu viel geworden. Karl konnte ihm das durchaus nachempfinden. Er begleitete Sigi bis zur Wohnungstür und blickte ihm nach, bis er im Treppenhaus verschwunden war. Dann ging er in sein Wohnzimmer zurück, ohne das Licht einzuschalten. Er setzte sich wieder in den Sessel, in dem er vorher gesessen hatte, legte die Beine auf den Couchtisch und dachte nach über das, was er gehört hatte. Sigi hatte wirklich kein schönes Leben gehabt. Irgendwie tat er Karl Leid, und vor allem tat es ihm Leid, dass er jetzt der Anlass dafür war, dass alles noch einmal aufgewühlt wurde.

Das Läuten des Telefons unterbrach seine Grübeleien. Gerd rief an und erkundigte sich, ob er bei Karl vorbeikommen könne. Ihm falle die Decke auf den Kopf.

„Dann lass uns lieber unter die Leute gehen. Mir geht es im Moment ähnlich."

Sie verabredeten sich im Weinhaus Hubertus am Florinsmarkt.

Gassner war als Erster im Weinhaus. Das Lokal war bis auf den letzten Stuhl besetzt. Aber er hatte Glück, gerade wurde der kleine Tisch am Kachelofen frei. Karl bestellte sich einen Schoppen und wartete geduldig auf Gerd.

Mit fast einer halben Stunde Verspätung traf er endlich ein. „Entschuldige, aber Hannas Mutter rief an und du kannst dir vorstellen, was da los war!"

„Wie kommt Gerlinde dazu, Hanna aufzusuchen?", platzte Karl heraus. „Ich meine, so kenne ich sie doch gar nicht."

„Ihr Spaghetti hat ihr scheinbar den Laufpass gegeben. Ich weiß es auch nicht so genau. Ich weiß im Moment nicht einmal, wo sie ist! Habe auch schon versucht Evelin zu erreichen, aber bisher ohne Erfolg."

Evelin! Karl fiel ein, dass auch er vorgehabt hatte sie anzurufen.

Gerd ließ sich die Speisekarte bringen, weil er den ganzen Tag noch nichts gegessen hatte. „Ich habe mal versucht, den Tagesablauf des ganzen Geschehens zu rekonstruieren", meinte er, nachdem er gewählt hatte. „Butzi muss recht früh bei Hanna aufgetaucht sein und es muss kräftig gescheppert haben – sagen die Nachbarn, die auch die Polizei verständigt haben. Als Butzi weg war, hat Hanna erst deine Frau angerufen und dann die Tabletten geschluckt. Sie konnte nicht wissen, dass die Polizei bereits unterwegs war. Sie hat ihnen sogar noch die Tür aufgemacht und ist erst dann zusammengebrochen."

„Und wieso hat dich die Polizei im Büro abgeholt?"

„Hat sie ja gar nicht. Die kamen eigentlich wegen Butzi, weil sie Hanna gegenüber behauptet hatte, sie führe zu mir ins BWB. Sie wollten eigentlich Butzi bei mir hopsnehmen und haben mich nur aus Gefälligkeit mit nach Hause genommen, weil sie meinten, ich könnte in der Situation nicht Auto fahren. Deshalb bin ich jetzt auch mit dem Taxi gekommen, mein Wagen steht noch im BWB."

„Und was wäre gewesen, wenn die Nachbarn nicht die Polizei gerufen hätten? Hat Hanna denn gegenüber Irmgard etwas von ihren Selbstmordabsichten erzählt?"

„Deine Frau sagt nein. Aber sie habe so ein merkwürdiges Gefühl gehabt. Deshalb sei sie gleich losgefahren. Aber als sie ankam, war die Polizei schon da und wenig später der Notarzt."

Karl konnte das alles noch nicht recht fassen. Mit dem zweiten Schoppen nahm er seine Tablette und bestellte sich auch etwas zu essen, denn ihm war eingefallen, dass auch er seit Mittag nichts mehr zu sich genommen hatte.

„Was hättest du gemacht…", begann er vorsichtig mit einem Blick in die Nachbarschaft.

„Ich hätte sie umgebracht!", rief Gerd empört, worauf sich Karl mit einem vorsichtigen „Pscht!" erneut umblickte. Aber alle Gäste schienen in Unterhaltungen vertieft zu sein, so dass keiner die Bemerkung mitbekommen hatte.

„Und jetzt? Wirst du dich von Butzi trennen?"

„Erst muss ich mal mit ihr reden!", antwortete Gerd immer noch aufgebracht. „Ich habe nur einmal mit ihr telefoniert, und das ist schon ein paar Tage her. Da war keine Rede von Scheidung, Herkommen oder irgendwelchen Drohungen."

„Woher weißt du denn, dass Fabrizio ihr den Laufpass gegeben hat?"

„Butzi hat es Hanna gesagt, und die hat es deiner Frau gesagt."

Die freundliche Kellnerin brachte den beiden das Essen und wünschte einen guten Appetit. Nettekoven begann lustlos in seinem Essen herumzustochern, während Karl sich mit Appetit seinem Schnitzel mit Spiegelei und Bratkartoffeln widmete.

„Warst du schon im Kemperhof?", erkundigte sich Karl kauend.

„Ich habe angerufen. Hanna will mich nicht sehen. Aber es geht ihr gut."

„Und was war bei dir?", erkundigte sich Gerd.

„Das ist eine lange Geschichte..." Karl erzählte seinem Freund bewusst ausführlich, was sich ereignet hatte. Vielleicht kam Gerd dadurch auf andere Gedanken. Tatsächlich schien ihn die Geschichte von Sigi zu interessieren, denn er hörte aufmerksam zu und fragte hin und wieder nach.

„Auch ein armes Schwein", meinte er schließlich, als Karl mit seinem Bericht zu Ende war, „wenn dein Lebensweg mit so vielen Leichen gepflastert ist!"

Er verstummte, denn die Bedienung erschien wieder und räumte ab. Karl ließ sich das Telefon bringen und versuchte nochmals Evelin zu erreichen. Tatsächlich meldete sie sich.

„Du weißt, was passiert ist?", fragte Karl sofort.

„Gerlinde sitzt neben mir!", kam die Antwort.

Damit hatte er nicht gerechnet. Sollte er das Telefon an Gerd weiterreichen, jetzt, hier im Lokal? Er war sich sicher, er würde damit eine Katastrophe auslösen. Also überging er die Bemerkung und tat so, als würde er das Gespräch nur mit Evelin führen. „Was hat sie sich dabei gedacht?"

„Sie ist mit den Nerven fertig, verstehst du? Fabrizio hat sie rausgeworfen, zu ihrem Mann kann sie nicht mehr, ihren Job wird sie los sein, bekommt wegen der Vermisstenanzeige Probleme, und das alles im dritten Monat!"

„Na, dazu hat sie selbst einiges beigetragen“, stellte Karl nüchtern fest. „Wie soll es nun weitergehen?“

„Darüber denken wir gerade nach. Gerlinde wird fürs Erste bei mir wohnen. Gerd hat ihr bei seinem letzten Telefonat gesagt, dass er sich scheiden lassen will. Ich hoffe, er hält sein Wort.“

„Unter den gegebenen Umständen glaube ich das nicht mehr“, antwortete Karl und sah dabei Gerd an, der in sein Weinglas starrte.

„Und du – wie geht's dir?“, fragte Evelin unvermittelt in zärtlichem Ton.

Karl schloss für einen Augenblick die Augen. Er sah das Jagdschlösschen in Pleizenhausen vor sich, dachte an die ausgelassene Schneeballschlacht und an Evelins Wärme und Zärtlichkeit… „Lass uns morgen noch einmal miteinander telefonieren“, sagte er leise.

Evelin erklärte sich damit einverstanden. Offenbar hatte sie bemerkt, dass Karl in einem Lokal saß und nicht so sprechen konnte, wie er wollte.

„Wo ist Butzi?“, fragte Gerd.

„Keine Ahnung!“, log Karl.

Karl fuhr seinen Freund mit dem Wagen nach Hause. Gerd lud ihn noch auf ein Glas Wein in seine Wohnung ein, aber Karl lehnte ab. Er wollte plötzlich allein sein, obwohl ihm das Alleinsein andererseits als Horror erschien. Doch nach dem Telefonat mit Evelin waren ihm so viele Gedankenfetzen gekommen, die er endlich überdenken und zusammenfügen wollte. Merkwürdigerweise hatte er immer wieder das Gefühl, Ereignisse aus der Gegenwart mit Dingen aus Sigis Vergangenheit vergleichen zu müssen. So wie es aussah, hatte Sigi dieser Carmen ebenfalls die Ehe versprochen. Und auch Sigi machte offensichtlich keine Anstalten, sein Versprechen zu halten. Es war, als wiederholte sich jetzt in Karls Umkreis alles, was sich schon einmal auch in Sigis Leben abgespielt hatte. Wo lag der Schlüssel zu dieser merkwürdigen Parallele?

Fest stand: In beiden Fällen spielten Gefühle eine große Rolle. Sigi musste seine Mutter abgöttisch geliebt haben, noch heute nannte er sie „Mami“! Auch sie hatte ihn offensichtlich sehr geliebt und wegen ihm zwei Menschen getötet. Eine schwere Last, die aber auch Sigi ein Leben lang mit sich herumtrug. Ob sich seine Mutter dessen bewusst gewesen war, als sie Selbstmord beging? War sich Butzi bewusst gewesen, was sie tat, als sie Hanna aufgesucht und bedroht hatte? Hatte

Hanna an die Folgen ihres Selbstmordes gedacht, der Gott sei Dank vereitelt werden konnte?

Und dann war da dieser Satz, der Karl in den letzten Tagen ständig verfolgte: *Eifersucht, Feigheit oder nur Wut?* Was hatte dieser Satz mit Sigi zu tun? Wann in seinem Leben hatte er ihn so oder ähnlich das erste Mal gehört? Immer wieder versuchte er anderen Menschen, die er kannte, diese Worte in den Mund zu legen. Aber auf niemanden schienen sie so passen wie auf Sigi.

Am nächsten Tag wurde Karl durch das Läuten des Telefons geweckt. Siegfried Lange war am anderen Ende. Er bedankte sich nochmals für den netten Empfang und die Bewirtung und lud Karl ein, mit ihm den Tag zu verbringen. Abends habe er eine Vorstellung und danach könne man noch gemütlich irgendwo etwas trinken.

Karl war sofort einverstanden. Ein Tag mit Sigi würde ihn etwas von seinen Sorgen ablenken. Er verabredete mit ihm, im Laufe des späteren Vormittags nach Kastellaun zu kommen.

Nach dem Frühstück fuhr er zunächst zum Kemperhof, um Hanna zu besuchen. Als er das Krankenzimmer betrat, saß Kommissar Fuß neben Hanna am Bett und machte sich ein paar Notizen.

„So sieht man sich wieder", begrüßte ihn der Kommissar.

Karl wusste nicht so recht, was er darauf antworten sollte, war aber andererseits froh, dass er bei seinem ersten Besuch nach dem Selbstmordversuch nicht ganz allein mit Hanna war.

„Sie ersparen mir sogar einen Weg!", fuhr Fuß fort. „Ich hätte Sie wahrscheinlich auch noch heute aufgesucht."

„Mich?"

„Es geht um die Frage, wo sich Frau Odenthal im Moment aufhalten könnte. Haben Sie da eine Vorstellung?"

Karl war fest entschlossen, sich da rauszuhalten. Er hatte schon genug Probleme am Hals. Mit einem Blick auf Hanna, die ihn hellwach musterte, verneinte er die Frage ohne Umschweife. Sollte die Polizei doch selbst bei Evelin nachfragen! Immerhin wusste man von seiner Freundin, denn man hatte sie auch befragt, als Gerlinde noch in Italien gewesen war.

„Sie werden sicherlich jetzt etwas alleine sein wollen", meinte der Kommissar, nachdem von Karl keine Antwort kam, und erhob sich.

„Nein!", antwortete Karl hastig. „Ich wollte nur ganz kurz reinschauen, wie es Frau Nettekoven geht. Ich habe es eilig." Er nahm den Platz neben dem Bett ein, den ihm Kommissar Fuß freigemacht hatte. „Ich wünsche dir gute Besserung, Hanna", sagte er. „Aber du – äh, du siehst schon wieder wirklich gut aus."

Sie zog fast unmerklich die Augenbrauen hoch, sagte aber nichts. Karl fühlte, wie ihm der Schweiß ausbrach.

„Vielleicht – ich meine, vielleicht überlegst du es dir doch einmal und lässt Gerd zu dir. Es tut ihm alles schrecklich Leid." Er griff nach Hannas Hand, die sie aber sofort zurückzog. „Tja, dann … mach's mal gut, Hanna!"

Enttäuscht stand Karl auf und verließ mit dem Kommissar zusammen das Zimmer. Er hatte nicht geahnt, welche Kälte ihm entgegengebracht würde.

„Bei Ihnen hängt wohl auch der Hausfrieden schief?" Fuß schaute Karl von der Seite an und grinste. „So muss jeder mit seinem Schicksal fertig werden."

Bei dem Wort *Schicksal* fiel Karl sofort das gestrige Gespräch mit Sigi ein. Er griff nach dem Arm des Kommissars. „Darf ich Sie mal etwas Persönliches fragen?"

Kommissar Fuß blieb stehen und schaute den BWB-Mann erwartungsvoll an.

Karl erblickte eine kleine Sitzecke am Ende des Flurs. „Haben Sie fünf Minuten Zeit?", fragte er und deutete zu den Stühlen hin.

Sie nahmen nebeneinander Platz. Um diese Uhrzeit waren sie hier die Einzigen.

„Ich habe da von einer fast unglaublichen Geschichte erfahren, mit der ich nicht ganz klar komme. Und ich meine … Sie als Kommissar haben doch ständig mit solchen Dingen zu tun."

Der Kommissar wusste, dass Gassner einen Anfang suchte und dazu seine Hilfe brauchte. Seine jahrelange Tätigkeit als Kripobeamter hatte ihm viele ähnliche Situationen beschert. „Haben Sie etwas gemacht, was man allgemein als Straftat bezeichnen könnte?", fragte er geradeheraus.

Karl wurde rot und wehrte ab. „Um Gottes Willen, nein!"

„Aber um etwas Ähnliches geht es doch!?"

„Sie haben es erfasst", antwortete Karl verblüfft. „Aber es geht nicht um mich, auch nicht direkt um einen Freund – äh, eher indirekt…"

„Zeuge oder Opfer oder nur Mitwisser?"

Karls Verblüffung wuchs in demselben Maße wie seine Erregung. Woher wusste sein Gegenüber, worüber er sprechen wollte? Sah man es ihm an? „Ich weiß es nicht so genau“, druckste er. „Ein Freund von mir hat zwei Verbrechen miterlebt, aber der Verbrecher, der ihm sehr nahe stand, ist inzwischen auch tot. Das alles belastet ihn offensichtlich auch heute noch, nach vielen Jahren. Wie kann man dem Menschen helfen?“

Der Kommissar schaute Gassner eine Weile schweigend an, als wolle er prüfen, wie ernst diese Frage gemeint war. „Sehen Sie, heute gibt es geschulte Leute, die Menschen in solchen Situationen betreuen. Aber Sie haben angedeutet, dass das Ganze schon viele Jahre zurückliegt…“ Er strich sich nachdenklich über seinen kurz geschnittenen Bart. „Tja, ich bin auch kein Psychologe, aber ich kann Ihnen meiner Einschätzung nach einen Rat geben: Wichtig ist für diese Menschen vor allem Liebe oder Freundschaft. Sie brauchen einen menschlichen Halt, verstehen Sie?“

„Ich habe ihn erst jetzt wieder getroffen, nach etlichen Jahren, und stehe etwas hilflos da …“

„Hören Sie ihm einfach zu, überschütten Sie ihn nicht mit Ratschlägen. Nehmen Sie ihn bei der Hand. Ich meine das im übertragenen Sinne. Und zeigen Sie ihm Verständnis und dass er Ihnen vertrauen kann. Diese Menschen sind meist sehr scheu, zurückgezogen, mit sich und ihren Erlebnissen beschäftigt. Da muss man sie herausholen.“

Karl nickte langsam. Ja, Sigi war einsam und lebte zurückgezogen. Vielleicht hatte er sein Leben lang auf einen Menschen wie ihn gewartet. Immerhin fuhr er zwei Mal im Jahr zu Igor und hielt Kontakt zu dieser Carmen, die aber ihrerseits wohl genau das Falsche machte.

„Sie haben mir, glaube ich, sehr geholfen“, meinte Karl erleichtert und stand auf.

Kommissar Fuß griff in seine Manteltasche und hielt ihm ein kleines Kärtchen entgegen. „Sie können mich jederzeit anrufen, wenn Sie Hilfe oder meinen bescheidenen Rat brauchen.“

Als Sigi die Tür öffnete, hatte Karl das Gefühl, er werde schon lange und sehnlichst erwartet. Sigi hatte einen Marmorkuchen gekauft und Kaffee gekocht. Obwohl der Arzt Karl den Kaffee streng verboten hatte, machte er eine Ausnahme und trank mit. Eine Tasse würde sein Herz schon aushalten, sagte er sich. Auf keinen Fall wollte er Sigi vor den Kopf stoßen.

„Erzähl mir von den anderen Schulkameraden“, bat Sigi. Sein Gesichtsausdruck wirkte verändert. Irgendwie zeigte er mehr Lebendigkeit, um nicht zu sagen: Glücklichsein.

Karl berichtete ihm, wie er über die Weihnachtstage auf die Idee mit dem Klassentreffen gekommen war. Irgendwo in der Rhein-Zeitung hatte er von Leuten gelesen, die sich nach vielen Jahren wieder getroffen hatten. Ein Erlebnis, das so wichtig war, dass man sogar in einer Zeitung darüber berichtete.

„Du willst aber zu unserem Klassentreffen nicht auch die Zeitung einladen?“ Sigi fragte es mit einem Lachen, wirkte aber beunruhigt.

„Gott bewahre!“, amüsierte sich Karl. „Ich bin froh, wenn wir bei dem Treffen alte und vergessene Schulgeschichten wieder ausgraben, das gehört doch nicht in eine Zeitung. Und wen interessiert es auch, welche Streiche wir der Lehrerin Höffner gespielt haben? Oder wie wir uns heimlich über Lehrer Alten und sein kleines Tamburin amüsiert haben, wenn er uns in der Turnstunde den Takt schlug, in dem wir laufen mussten…“

„Und erst unser Pastor, der jedes Wort küsste, bevor er es aussprach, wie hieß er noch?“, fiel ihm Sigi ins Wort.

„Pastor Funk!“

„Genau. Ich sehe ihn noch oben auf der Kanzel stehen, wenn er Schulgottesdienst hielt, und später, wenn er mit uns das Aufstellen für die erste heilige Kommunion geübt hat.“

Mit jedem Wort, mit jedem Satz wurde Sigi gelöster. Karl registrierte es mit Befriedigung.

„Und weißt du noch, wie wir den großen Ofen zum Glühen gebracht haben? Die Höffner glaubte, er würde explodieren, ließ uns alle Bänke wegrücken und schickte nach dem Hausmeister!“

Die Erinnerungen überschlugen sich. „Und einmal“, Sigi japste vor Lachen, „einmal haben wir den Ranzen von diesem Rudi versteckt, da waren wir mit der Klasse umgezogen in einen Raum neben dem Waisenhaus.“

Karl schlug sich überrascht auf den Oberschenkel. „Dass du dich daran noch erinnerst! Ich hatte völlig vergessen, dass wir auch dort einmal Unterricht hatten!“

„Was meinst du, was wir alles vergessen haben in den vielen Jahren?“, trumpfte Sigi auf. „Aber das wird sich ändern, wenn wir wieder einmal zusammensitzen.“

Erst als die Kaffeekanne leer und der Marmorkuchen fast aufgegessen war, fiel ihnen ein, dass sie vor Sigis abendlichem Auftritt noch etwas unternehmen wollten.

„Fahren wir mit meinem Wagen“, schlug Sigi vor, „dann nehme ich gleich meinen Koffer mit und wir brauchen nicht noch einmal zurück.“

Irgendwo zwischen Kappel und Hahn ließen sie den Wagen auf einem Parkplatz stehen. Sigi hatte für Karl wohlweislich ein paar alte Stiefel mitgenommen, und so stapften sie, immer noch in alten Erinnerungen schwelgend, durch den Wald. Als sie an einem Stapel Baumstämme vorbeikamen, blieb Sigi stehen und lehnte sich gegen die Schnittflächen des Holzes.

„Ich muss meinen Rücken mal kurz gerade richten“, gestand er, „man wird nicht jünger und in meinem Beruf kriegt der Rücken so einiges ab.“

„Mich wundert sowieso, wie du noch diese tollen Purzelbäume vor- und rückwärts machen kannst“, lobte Karl.

„Alles Training und Zähne zusammenbeißen! Das sieht dann aus wie Lachen, wenn du dich richtig geschminkt hast. Die Maske ist das A und O.“

„Aber jetzt, in diesem Moment, hast du doch deine Maske abgelegt?“, rutschte es Karl aus dem Mund. Am liebsten hätte er sich vor Wut über sich selbst auf die Zunge gebissen. Er sah, wie sich Sigis Gesicht verfinsterte. Plötzlich war er wieder der einsame Mann mit den scheuen und ernsten Zügen.

„Entschuldige bitte“, murmelte Karl.

Doch zu seinem Erstaunen machte Sigi wie Sascha im Kostüm des Clowns einen Sprung auf ihn zu, verbeugte sich und rief: „Null problemo, Señor. Haben nichts gehört, nichts gesehen und nichts gerochen!“ Er legte Karl freundschaftlich den Arm um die Schultern und forderte ihn so zum Weitergehen auf. „Na, wer weiß denn inzwischen schon alles, dass du mich gefunden hast?“

„Niemand! Ich hatte noch gar keine Zeit es jemandem zu erzählen. Aber nächste Woche werde ich in einem Rundbrief den Klassenkameraden mitteilen, dass es dich wieder gibt und wir nun endlich einen Termin für das Treffen in Angriff nehmen können. Stell dir vor, alle Schüler außer Günther! Irgendwie bin ich richtig stolz auf mich.“

„Kannst du auch sein!“, bestätigte Sigi und blieb stehen. „Aber ich würde den Erfolg noch toppen.“

Karl war gespannt zu erfahren, wie dies geschehen solle.

„Ganz einfach“, erklärte Sigi. „Du sagst niemandem, dass du mich gefunden hast. Ihr zieht das Klassentreffen durch und kurz nach Beginn tauche ich auf und ziehe eine Clownsnummer ab. Und danach findet das große Outen statt. Ich demaskiere mich und präsentiere dich als meinen unermüdlichen Verfolger. Was hältst du davon?“

Zunächst wusste Karl nicht so recht. Doch Sigi malte ihm die Vorstellung beim Klassentreffen in den buntesten Farben aus, bis Karl allmählich Geschmack an dem Plan fand und sich damit einverstanden erklärte.

Die Turnhalle war bereits halb voll, als sie dort eintrafen. Sigi verschwand sogleich in einer der Umkleidekabinen. Karl fand noch einen Platz in den vorderen Reihen und betrachtete das Publikum. Es waren so ziemlich alle Altersgruppen vertreten: die Großeltern mit ihren Enkeln, aber auch Jugendliche und Eltern mit ihren Kindern. Immer mehr Menschen strömten hinzu. Der Zirkusclown von Kastellaun hatte hier im Hunsrück offensichtlich eine beachtliche Fangemeinde.

Endlich war es so weit. Das Saallicht wurde ausgeschaltet und auf die improvisierte Bühne kletterte tollpatschig und unbeholfen ein Clown, dessen Bewegungen und stumme Mimik alleine schon das Publikum zum Lachen brachten. Karl konnte sich sehr gut vorstellen, welchen Anklang Sigi mit seinen Auftritten beim Zirkus Krone gefunden hatte.

Die Vorstellung dauerte gut anderthalb Stunden. Aber selbst Karl ließ sich derart in Sigis Bann ziehen, dass er völlig die Zeit vergaß. Zuletzt zog Sigi sein übergroßes Taschentuch hervor und schnäuzte sich die Nase. Dabei verhedderten sich seine Hände, Finger und losen Manschetten derart mit dem Taschentuch, dass man den Eindruck gewann, es sei unversehens ein Knoten entstanden, der nicht mehr zu entwirren sei. Ein lauter Nieser – und schon war der Knoten entflochten. Sigi verbeugte sich unter Applaus und es folgte sein Purzelbaum vorwärts und die Nummer mit dem Hut, die Karl schon kannte. Schade! Karl hätte noch stundenlang zuschauen können. Aber Sigi bewegte sich bereits mit einem gekonnten Purzelbaum rückwärts von der Bühne. Begeisterter Applaus und Zugabe-Rufe.

„Ein Clown kommt – und geht! Mehr nicht“, antwortete Sigi, als Karl ihn wenig später in der Umkleidekabine fragte, warum er nicht wieder auf die Bühne gekommen sei und eine Zugabe gegeben habe.

Wieder sah Gassner ihm beim Abschminken zu. Doch dieses Mal

glaubte er, dass dabei ein viel zufriedeneres, wenn nicht sogar glückliches Gesicht zum Vorschein kam.

„Und wohin jetzt?", fragte Sigi, nachdem er seinen Koffer gepackt und zugeklappt hatte.

„Lass uns nach Koblenz fahren", schlug Karl vor.

Sigi ließ Kopf und Arme hängen. „Nach einer Vorstellung ist man müde. Da will man nicht mehr weit fahren. Lass uns hier irgendwo in ein kleines Lokal gehen."

„Ich kenne mich aber hier nur wenig aus. Dann musst du einen Vorschlag machen."

Wenig später saßen die beiden im Beller Bahnhof bei einem kühlen Bier. Zu dieser späten Stunde waren sie die einzigen Gäste im Lokal und auch die Küche hatte bereits geschlossen. Trotzdem brachte man ihnen noch ein Paar Wiener mit einer Scheibe Brot.

„Ich bin sehr froh, dass du mich gefunden hast", sagte Sigi plötzlich und es klang ehrlich. „Ich fühle mich seit gestern wie ein anderer Mensch."

„Nun übertreib mal nicht!", wehrte Karl verlegen ab.

„Doch, doch!", bekräftigte Sigi. „Ich habe mich schon lange nicht mehr so wohl gefühlt wie gestern und heute."

Er bestellte zwei Klare und stieß mit Karl auf das Wiedersehen an.

9.

Die halbe Nacht wälzte Karl sich schlaflos im Bett hin und her. Der Tag mit Sigi hatte tiefe Spuren in seinem Inneren hinterlassen. Es kam ihm vor, als habe er nach vielen Jahren einen alten Freund wiedergefunden. Vielleicht lag es auch daran, dass sich im Gefühlsleben von Sigi so vieles abgespielt hatte, was sich derzeit in ähnlicher Form auch vor seinen Augen abspielte? Und dabei fielen sie ihm wieder ein, die Wörter *Eifersucht, Feigheit und Wut.* Aber warum nur?

Schließlich stand er auf, nahm eine Tablette und duschte. Danach fühlte er sich wohler. Er zog sich an, fuhr zum Rheinufer und ging in den Anlagen spazieren.

Die Morgendämmerung spiegelte sich in den kleinen spitzen Wellen, die rasch an ihm vorbeizogen. Er genoss die Stille und den morgendlichen Frieden in vollen Zügen. Ab Montag würde das Lotterleben wieder ein Ende haben. Also blieben ihm nur noch zwei Tage, um Dinge zu tun, die eine längere Zeit in Anspruch nahmen. Auf jeden Fall wollte er sich noch einmal mit Sigi treffen, vielleicht sogar mit ihm nach Trier fahren und dort Erinnerungen auffrischen. Vielleicht würde er auch noch mal Hanna im Krankenhaus besuchen. Die Antwort auf den Brief des Anwalts seiner Frau schob er bewusst vor sich her. Vielleicht würde sich Irmgard doch noch einmal mit ihm versöhnen?

Und Evelin? War es nicht für alle Beteiligten das Beste, wenn er mit ihr Schluss machte? Dann hätte der ganze Spuk ein Ende. Seit gestern war ihm klar, dass Gerds und Butzis Beziehungen endgültig zu Ende waren. Natürlich würde der Schlussstrich nicht so konsequent sein können wie zwischen Evelin und ihm. Immerhin gab es da das Kind. Man musste nur Gerlinde zur Vernunft bringen, ihr sagen, dass alles keinen Zweck mehr hatte und sie sich mit der teilweise selbst verschuldeten Situation abfinden musste. Aber wer sollte ihr das sagen? War Evelin als Freundin und Frau dazu fähig oder würde sie mit Gerlinde in die gleiche Kerbe schlagen?

Karls Schritte wurden bei diesen Gedanken immer schneller, fast begann er zu laufen. Intuitiv setzte er sich in seinen Wagen und startete den Motor. Erst auf der Autobahn wurde ihm bewusst, was in seinem Kopf vorging. Ja, er musste so schnell wie möglich mit Evelin Schluss machen und versuchen mit Gerlinde zu reden. Beide waren zusammen in Meckenheim, eine einmalige Gelegenheit. Er trat das Gaspedal durch. Je früher alles zu Ende war, desto besser für alle. Es musste endlich wieder Ruhe einkehren!

Karl stellte seinen Wagen auf dem Parkplatz vor dem Kirchenzentrum „Arche" ab. Inzwischen waren die obersten Etagen der Flachbau-Wohnblöcke schon ins erste Sonnenlicht getaucht. Der Tag versprach schön zu werden. Karl wusste, dass Evelin Frühaufsteherin war. Sicherlich war sie schon dabei, für sich und ihre Freundin das Frühstück vorzubereiten.

Er läutete einmal kurz. Sollte Gerlinde noch schlafen, wollte er sie nicht unbedingt wecken. Erst mal mit Evelin sprechen. Vielleicht hatte auch sie ihrer Freundin schon geraten, die Situation zu akzeptieren. Dann blieb ihm das Gespräch erspart.

Er läutete ein zweites Mal, dieses Mal etwas länger. Nichts geschah. Er trat ein paar Schritte zurück und schaute an den roten Backsteinen hinauf zu Evelins Wohnung im dritten Stock. Vielleicht wollte Evelin vom Balkon aus sehen, wer so früh läutete? Aber nichts regte sich hinter den Scheiben. Also läutete er ein drittes Mal, lang. Er war doch nicht umsonst nach Meckenheim gefahren!

Nachdem er etwa eine Minute gewartet hatte, eilte er zum Parkplatz zurück. Versteckt unter dem Reserverad bewahrte er einen Schlüssel zu Evelins Wohnung auf. Er fluchte, weil die Halterung des Reserverads klemmte. Endlich hielt er den Schlüssel in der öl- und schmutzverschmierten Hand. An der Haustür läutete er ein viertes Mal. Ihre letzte Chance zu öffnen, bevor er oben war! Im Treppenhaus nahm er zwei Stufen auf einmal, aber die Wohnungstür war immer noch verschlossen, als er ankam. Also schloss er auf. Drinnen war es still. Vielleicht hatten sie die Klingel abgestellt.

„Evelin!", rief er leise und schloss die Wohnungstür hinter sich. Aber er erhielt keine Antwort. Er schaltete das Licht in der Diele ein und öffnete die Küchentür – nichts. Ein paar ungespülte Gläser und Teller standen herum. Dann ging er ins Wohnzimmer. Es roch nach abgestandenem Rauch. Typisch Evelin. Zu seinem Erstaunen lag Gerlinde nicht wie erwartet auf der Couch. Waren die beiden Frauen schon weggefahren? Oder schliefen sie gemeinsam in Evelins Schlafzimmer? Immerhin hatte Evelin ein breites französisches Bett.

Er klopfte an die Schlafzimmertür und rief noch einmal nach Evelin. Als wieder keine Antwort kam, öffnete er vorsichtig die Tür. Die Vorhänge waren zugezogen. Er schaltete das Licht ein und trat in den Raum. Dabei wäre er beinahe gestolpert. Hastig hielt er sich an der Türklinke fest. Vor ihm lag Evelin auf dem Boden, regungslos, das Nachthemd rot gefärbt von Blut. Hastig griff Karl in seine Jackettasche, nahm den Inhalator und gab gleich zwei Stöße in seinen Mund. Dabei fiel sein Blick auf das französische Bett. Dort lag Gerlinde. Das Betttuch, das ihren Körper bedeckte, war ebenfalls blutdurchtränkt.

„Mein Gott!“, stammelte Karl. Was war hier geschehen? Er hielt sich an dem Türrahmen fest und versuchte einen klaren Kopf zu behalten. Sein Atem wurde laut und stoßartig, sein Herz schlug ihm bis zum Hals. Er drückte ein drittes Mal das Ventil des Inhalators und atmete tief ein. Langsam beugte er sich zu Evelin hinunter. Ihr Körper war noch warm. Die Tat konnte noch nicht allzu lange her sein. Er stieg über den leblosen Körper und stützte sich auf dem Bett ab. Mit seinen schmutzigen Händen zog er das Betttuch beiseite und begann zu würgen. Gerlinde war grausam zugerichtet. Überall Blut.

Angeekelt wandte sich Karl ab. Er spürte, wie sich ein enges Korsett um seinen Brustkorb legte. So schnell er konnte, eilte er ins Badezimmer, kramte nach seinen Tabletten und schluckte rasch zwei mit einem Glas Leitungswasser hinunter. Dann ließ er sich auf dem Rand der Badewanne nieder und begann zu überlegen. Was konnte geschehen sein? Die Wohnungstür war nicht aufgebrochen gewesen, also hatte man den Mörder arglos hereingelassen.

Er musste sofort Gerd anrufen! Karl eilte in den Flur zum Telefon und wählte Gerds Nummer. Mit jedem Meldeton spürte er, wie sich das Korsett um seine Brust enger zuzog. Warum ging Gerd nicht ans Telefon. War er…?

Als der Meldeton durch das Besetztzeichen abgelöst wurde, ließ Karl den Hörer mutlos aus der Hand fallen. Was hatte er alles angefasst? Er konnte sich nicht mehr erinnern. Er beschränkte sich auf die Türklinken, das Glas im Bad und schließlich auch noch den Telefonhörer und die Tasten. Weg, nichts wie weg von hier!

Vorsichtig lauschte er in den Hausflur. Nichts war zu hören. Auf Zehenspitzen trat er in den Flur und schloss die Tür hinter sich. Im gleichen Moment wurde gegenüber die Wohnungstür geöffnet. Ein junger Mann blickte Gassner erstaunt von oben bis unten an. Karl sah an sich herunter und entdeckte Blut an seiner Jacke und Hose. So schnell er konnte, drehte er sich um und eilte die Treppe hinunter. Hinter ihm hallte es: „Hallo, warten Sie!"

Sein Zustand ließ auf der Straße ein schnelles Laufen nicht mehr zu. Er bekam keine Luft und war froh, als er sein Auto erreicht hatte. Panisch blickte er sich um, stieg ein und startete den Motor. Schon sah er den Mann auf den Parkplatz zurennen. Karl gab Gas und überfuhr an der nächsten Kreuzung das Stoppschild. Zum Glück kam kein Wagen im Querverkehr. Schon fuhr er am BKA vorbei in Richtung Autobahnauffahrt. Der Mann würde ihn wiedererkennen, vielleicht hatte er sich sogar noch die Zulassungsnummer merken können! Alles schien klar zu sein. Der Mann musste ihn für den Mörder halten.

Mist, das war die Autobahn in Richtung Bonn! An der nächsten Ausfahrt musste er wieder runter und sich in die entgegengesetzte Richtung nach Koblenz einordnen. Als er endlich auf der richtigen Route war, begannen auch die Medikamente zu wirken und Karl konnte wieder klarer denken. Er hatte kein Alibi, aber ein Motiv oder sogar zwei: Evelin und Gerlinde. Wenn sein Freund ein Alibi nachweisen konnte, dann war es aus für Karl. Man würde sehr schnell herausfinden, dass er mit Evelin telefoniert hatte und dass er der Einzige war, der wusste, dass Gerlinde sich bei ihr aufhielt. Er musste untertauchen, zumindest bis man den wahren Mörder gefasst hatte. Er könnte Irmgard anrufen, aber würde sie ihm glauben? Nein, sie hatte schon damals, als Gerlinde vermisst wurde, vermutet, dass er die Finger mit im Spiel hatte. Er musste vor allem die Kladde aus seinem Schreibtisch holen. Die Kladde, in der alles drinstand. Aber so blutverschmiert konnte er unmöglich in sein Büro fahren!

Wo und wie sollte er sich umziehen? Zu Hause würde vielleicht bereits die Polizei auf ihn warten. Aber wieso eigentlich? Der Mann, der ihn beim Verlassen der Wohnung beobachtet hatte, konnte ihn nur bei einer Gegenüberstellung identifizieren, er wusste ja nicht, wer Karl war. Und bis man im Rahmen der Aufklärung der Morde auf ihn als Liebhaber einer der Toten stoßen würde, vergingen bestimmt ein paar Stunden.

Also fuhr Karl doch zuerst in seine Wohnung. Er duschte noch einmal, zog sich um und verstaute die blutverschmierte Kleidung in einer Plastiktüte. Dann packte er ein paar Sachen in einen Koffer und wählte erneut Gerds Nummer. Gerd meldete sich immer noch nicht. War auch er auf der Flucht? Bevor Karl die Wohnung verließ, warf er einen Blick aus dem Fenster, um sich zu vergewissern, dass er unten nicht bereits erwartet wurde. In diesem Moment läutete das Telefon.

„Gerd, Gott sei Dank!“, rief Karl außer Atem in den Hörer.

Zu seinem Erstaunen meldete sich Sigi. Er wollte fragen, ob man sich heute nicht noch einmal treffen wolle. Sigi! Ein Wink des Himmels!

„Kann ich zu dir nach Kastellaun kommen, jetzt gleich?“

Sigi hatte am Vormittag noch eine Vorstellung im Globus-Einkaufszentrum in Simmern. Aber gegen zwei Uhr war er frei. Sie verabredeten sich für halb drei in Sigis Wohnung. Erleichtert verließ Karl das Haus. Die Plastiktüte und seinen Koffer legte er in den Kofferraum.

Der Pförtner des BWB schaute etwas überrascht, als Gassner an einem Samstag dort auftauchte. „So arbeitswütig?“, fragte er scherzhaft.

Karl gab ihm keine Antwort. Hatte er sich damit verdächtig gemacht? Er brauchte eine Weile, bis er mit zittriger Hand den Schlüssel in das Schloss seiner Bürotür gesteckt und aufgeschlossen hatte. Musste er außer der Kladde noch etwas mitnehmen? Er warf einen schnellen Blick in andere Schubladen seines Schreibtisches. In der untersten Schublade lagen noch Kopien seiner privaten Korrespondenz der letzten Wochen. Er stopfte alles schnell in seine Jacketttasche. Es musste niemand erfahren, dass er häufig private Dinge im Büro erledigte. Dann fiel ihm ein, dass er wieder an der Pforte vorbeimusste. Also suchte er sich einen großen Umschlag und steckte die Kopien dort hinein.

Der Pförtner hielt ihm bereits die Tür auf, als er ihn kommen sah. „Schon Feierabend?“, meinte er spöttisch.

Karl versuchte zu lachen. „Ich hatte nur diesen Umschlag vergessen.“

Auf der Hunsrückhöhenstraße fühlte er sich sicher. Hier würde ihn niemand suchen und anhalten, wenigstens vorerst nicht. Er lenkte seinen Wagen kurz vor Waldesch auf einen Parkplatz. Weit und breit war keine Menschenseele zu sehen. So stellte er die Rückenlehne nach hinten in Liegeposition und versuchte zu schlafen, was ihm allerdings nicht gelang. Er war zu aufgeregt. Nach einer guten halben Stunde richtete er sich wieder auf, nahm eine weitere Tablette, ergriff die Kladde und begann alles niederzuschreiben, was er seit seinem letzten Eintrag erlebt hatte.

So vergingen fast zwei Stunden. Zufrieden blätterte er nochmals die geschriebenen Seiten durch, machte da und dort eine Korrektur oder Anmerkung. Dann legte er die Kladde ins Handschuhfach.

Kurz nach zwei war er bei Sigi, der ihn bereits vom Fenster aus hatte kommen sehen und ihm die Tür öffnete.

„Mensch, Karl, wie siehst du denn aus?! Hast du schon etwas gegessen?"

Karl verneinte und folgte Sigi die Treppe hinauf in dessen kleine Wohnung.

„Ich mach uns schnell eine Dose Ravioli auf", beschloss Sigi. „Für mich koche ich immer nur aus der Dose oder dem Tiefkühlfach."

Karl wäre mit allem zufrieden gewesen, Hauptsache, er war zunächst einmal vor dem Zugriff der Polizei in Sicherheit. In dem kleinen Wohnzimmer entdeckte er ein Telefon. Im Telefonbuch war Sigi nicht zu finden, schoss es ihm sofort durch den Kopf. Aber das spielte nun auch keine Rolle. „Darf ich mal telefonieren?"

Während sich Sigi in der Küche zu schaffen machte, versuchte Karl wieder Gerd zu erreichen. Diesmal mit Erfolg.

„Wo bist du denn gewesen?", fragte Karl und bemühte sich, leise zu sprechen. „Warst du bei Evelin?"

„Was soll ich dort?", kam es ungehalten zurück. „Ich habe gestern Abend Schlaftabletten genommen und einfach mal ausgeschlafen. Das war dringend notwendig nach all den Aufregungen."

Karl war sich nicht sicher, ob er Gerd über seine Fahrt nach Meckenheim und seine Entdeckung informieren sollte. Wie würde er reagieren?

„Ich werde heute Hanna besuchen", meinte Gerd, „vielleicht lässt sie mit sich reden."

„Tu das!", empfahl Karl, weil ihm keine bessere Antwort einfiel. „Und sag ihr auch von mir gute Besserung."

Er legte schnell wieder auf. Wusste Gerd tatsächlich nicht, was geschehen war, oder hatte er sich nur so gut im Griff?

Sigi kam mit zwei Tellern und schob ein paar alte Zeitungen vom Tisch. „Kein Luxusmenü, aber es macht satt."

Karl stürzte sich auf die Ravioli und Sigi sah amüsiert zu, wie er innerhalb kürzester Zeit den Teller leer hatte. „Soll ich noch eine Dose aufmachen?"

Karl winkte verlegen ab.

„Wo ist eigentlich deine Frau? Ich habe sie schon vorgestern vermisst."

Karl wurde noch verlegener. Natürlich hätte er mit dieser Frage rechnen müssen. „Im Moment ist das etwas schwierig. Wir hatten eine kleine Auseinandersetzung, deshalb ist Irmgard für ein paar Tage zu einer Freundin gefahren, bis wieder Gras darüber gewachsen ist."

„Tja, man hat es nicht leicht mit den Frauen!", stöhnte Sigi und brachte die leeren Teller in die Küche.

Karl betrachtete die Bilder an der Wand. Die meisten stammten aus dem Zirkus und zeigten Sigi mit anderen Artisten, aber auch prominenten Zirkusbesuchern. Er erkannte Stephanie von Monaco, den ehemaligen deutschen Bundeskanzler Helmut Schmidt, ein paar Schauspieler und Schauspielerinnen, darunter Heinz Rühmann und Lilly Palmer, und immer wieder eine schlanke, dunkelhaarige Frau, vermutlich Paola. Neben dem Fenster auf einer kleinen Konsole stand ebenfalls das Bild einer Frau, daneben eine kleine Vase mit frischen Blumen. Karl erkannte sofort Sigis Mutter, Frau Lange. In dem Rahmen steckte ein weiteres, kleines Foto. Karl stand auf, um es genauer zu betrachten. Es zeigte Sigi als Jungen, so wie er ihn in Erinnerung hatte, zusammen mit seiner Mutter, im Hintergrund der römische Ladekran, der in Trier am Moselufer stand.

„Du erkennst sie wieder?" Sigi war unbemerkt ins Zimmer gekommen und hinter ihn getreten.

„Fast Fünfzig Jahre!", sagte Karl nachdenklich. „Eine endlos lange Zeit."

„Dann lass uns mal das Klassentreffen organisieren."

Karl drehte sich zu Sigi um. Er musste ihm jetzt sagen, dass er bei ihm Unterschlupf suchte, nur wie sollte er das begründen? Zögernd setzte er sich wieder an den Tisch. „Ich … ich muss dir etwas sagen", begann er und schaute seinen ehemaligen Schulkameraden hilflos an. „Es wäre schön, wenn du vorerst keine Fragen stellen würdest … Ich würde gern ein paar Tage hier bei dir bleiben."

Sigi schien nicht überrascht zu sein. Er machte eine großzügige Verbeugung wie Ronaldo. „Mein Schloss gehört dir, mein Personal liegt dir zu Füßen. Selbst wenn du einen Mord begangen hast, ich halte zu dir!"

Karl wurde kreidebleich. „Wie kommst du auf Mord?"

Sigi-Sascha begann dröhnend zu lachen. „Jeder Mensch ist ein Mörder", rief er mit schwülstiger Stimme. „Oder haben Sie noch nie eine

Mücke mit der Klatsche erschlagen, mein Herr? Sind noch nie auf eine Ameise getreten, Señor? Wahrlich, ich sage Ihnen, Sie verleumden Ihr Menschsein, wenn Sie behaupten, kein Mörder zu sein."

Karl war jetzt nicht zum Scherzen aufgelegt, trotzdem war er dankbar über Sigis Reaktion. Er stand auf und drückte Sigi wortlos die Hand.

Den Tag verbrachten Karl und Sigi zunächst damit, eine Einladung an die Klassenkameraden zu entwerfen. Nur den Ort und den Termin ließen sie vorerst noch offen. Sigi bewies ein ausgesprochenes Zeichentalent. Auch das Texten lag ihm. So beschränkte sich Karl darauf, ihm zuzuhören und zuzuschauen. Seine Bewegungen waren fließend, und wenn er nach einer passenden Formulierung suchte, schloss er die Augen und ließ seine Zunge über die Lippen gleiten.

Zufrieden lehnte er sich schließlich zurück. „Jetzt brauchen wir nur noch einen vernünftigen Termin und einen Tagungsort." Er zog aus seiner Jacke einen Kalender und begann zu blättern. „Was hältst du von dem 10. Mai? Das ist der Freitag nach Christi Himmelfahrt. So ein Brückentag macht sich doch immer gut. Man kann gemütlich anreisen, ausschlafen und hat trotzdem immer noch ein Wochenende vor sich."

Karl gab ihm Recht und warf einen Blick auf seine Armbanduhr. „Vielleicht können wir noch heute ein Hotel ausfindig machen."

„Heute nicht mehr", lachte Sigi. „Du vergisst, dass es bereits in anderthalb Stunden dunkel wird. Lass uns das lieber morgen machen. Aber etwas frische Luft würde uns beiden schon gut zu Gesicht stehen, wenn ich deine blasse Farbe betrachte."

Im gleichen Moment sah Karl wieder Evelin und Gerlinde in ihrem Blut liegen. Plötzlich war ihm das ganze Grauen wieder gegenwärtig. Er stand hastig auf, sein Atem ging stoßweise. „Toilette...", stammelte er und eilte aus dem Zimmer.

Er schloss sich im Bad ein und schaute in den Spiegel. Sein Gesicht war wirklich kreidebleich. Er hielt sich am Waschbecken fest und versuchte seinen Atemrhythmus wieder unter Kontrolle zu bekommen. Diese verdammten Herzattacken!

Als er aus dem Bad kam, hatte Sigi schon den Mantel an und wartete in der Diele auf ihn. Sie fuhren in Richtung Simmern, stellten Gassners Wagen auf einem Waldparkplatz ab und unternahmen von dort aus einen ausgiebigen Spaziergang. Abwechselnd erzählte Sigi von seinen Erlebnissen im Zirkus und Karl in erster Linie von seinen Urlauben mit seiner Frau. Zwischendurch mischten sich immer wieder Erinnerungen aus der gemeinsamen Schulzeit hinein. Dabei stellte sich sehr schnell heraus, dass Karl ein wesentlich besseres Erinnerungsvermögen hatte als Sigi. Vielleicht auch ein Zeichen dafür, dass Sigi im Laufe seines Lebens versucht hatte, seine Jugendzeit und die damit verbundenen Erlebnisse zu verdrängen, dachte Karl. Auf den Zirkus hingegen kam er gerne zu sprechen.

„Zirkus, das ist eine ganz eigene Welt", schwärmte er. „Wer nicht zumindest einmal ein paar Tage unter diesen Menschen zugebracht hat, kann das nicht nachempfinden. Sicher hat sich in den vielen Jahren einiges geändert. Früher war der Zusammenhalt noch viel stärker und es gab nicht dieses wahnsinnige Konkurrenzdenken."

„Wie ist es dir denn damals ergangen, als dich Paola zu sich genommen hat?", wollte Karl wissen.

„Am nächsten Tag wurde in Birkenfeld aufgebaut. Ich habe angepackt, wo die Hilfe eines Zwölfjährigen gefragt und möglich war. Abends war ich kaputt und hatte zerschundene Hände und Paola hat sie mir eingecremt. Aber ich gehörte von Stunde an zu *ihnen*. Und Paola war ein Star in der Manege. Das verschaffte ihr unter den Leuten Ansehen und Akzeptanz. Ich weiß nicht, wie sie es geschafft hat, dass sie mich ein halbes Jahr später adoptieren konnte. Ich habe auch später nie danach gefragt."

„Und später war wohl mehr zwischen euch..."

„Es geschah genau an meinem einundzwanzigsten Geburtstag. Damals wurde man noch mit einundzwanzig volljährig. Wir haben nach der Vorstellung gefeiert. Damals trat ich noch nicht als Ronaldo auf. Ich war einer der drei dummen Auguste, und zwar in erster Linie der, der immer die Prügel einstecken musste. Und ich war Paolas Assistent, wenn sie mit ihren Schimpansen in der Manege war."

„Was war denn an deinem einundzwanzigsten Geburtstag?", unterbrach Karl.

„Lüstling?!" Sigi grinste. „Na ja, wir hatten einiges getrunken, vor allem Igor. Igor trank, wenn er trank, immer Mengen Wodka oder Slibowitz. Und weil er danach schnarchte, schickte ihn Paola in ein Stallzelt. Wir beide haben noch eine Weile alleine weitergefeiert. Und plötzlich lagen wir uns in den Armen. Alles andere ging dann sehr schnell. Wir haben uns eine ganze Nacht lang geliebt, Paola war unersättlich. Es war übrigens mein erstes Mal..."

„Ich dachte, im Zirkus ist man frühreif", sagte Karl erstaunt. „Da wird doch viel nackte Haut gezeigt und so..."

Sigi schüttelte verwundert den Kopf. „Ich sagte, wer nicht einmal mit einem Zirkus gefahren ist, der weiß nicht, wie es dort zugeht. Nein, sicherlich war ich in der Beziehung ein Spätzünder, hätte auch Gelegenheit gehabt. Aber irgendwie hatte ich kein Interesse an den jungen Mädchen. Und Paola war nicht meine leibliche Mutter..."

„Wenn ich da an mein erstes Mal denke!", grinste Karl. „Ich glaube, ich war siebzehn oder achtzehn. Wir waren etwa gleichaltrig. Sie hieß Ursula. Wir haben uns angestellt wie die Idioten. Haben rumgealbert und gefummelt. Und als es dann schließlich so weit war, hat es kaum eine Minute gedauert."

„Und dann wurde sie deine Frau?"

Karl blieb stehen, schlug den Mantelkragen hoch und knöpfte den obersten Knopf zu. Mit Einbruch der Dunkelheit war es empfindlich kalt geworden. „Nein, Irmgard habe ich erst viele Jahre später kennen gelernt. Ich war damals noch nicht beim BWB, sondern als Kaufmann in einem Pharmaunternehmen, das die Bundeswehr belieferte, und sie arbeitete als Krankenschwester im Bundeswehrlazarett. Na ja, wir haben dann aus steuerlichen Gründen recht schnell geheiratet und sind nach Koblenz gezogen."

„Und da bist du heute noch?"

„Und da bin ich heute noch!" Aus Karls Stimme klang Wehmut. „Es war kein berauschendes Berufsleben, aber ein relativ sicheres. Heute würde ich wahrscheinlich vieles anders machen."

„Du bist also so ein kleiner Spießbürger geworden", lachte Sigi und schlug Karl auf die Schulter.

Karl blieb stehen und schaute seinen ehemaligen Schulkameraden ernst an. „Sigi, ich muss dir etwas erzählen..."

„Jetzt wird es spannend! Ich wusste doch, dass bei jedem Beamten irgendwo eine Leiche im Keller liegt."

Die Bemerkung traf Karl wie ein Blitz. Er glaubte für einen Moment, die Erde unter seinen Füßen täte sich auf, und suchte unwillkürlich nach Halt.

„Was ist? Du wolltest mir etwas erzählen", munterte ihn Sigi auf. „Ich bin auf alles vorbereitet."

Sigi hatte Recht. In seinem Leben hatte es viele Schicksalsschläge und Tote gegeben. Für ihn war das, was er jetzt erlebt hatte, nichts

Besonderes. Trotzdem traute Karl sich jetzt nicht mehr, die volle Wahrheit zu erzählen. Aber er musste reden, musste endlich mit jemandem reden.

„Ich habe seit ein paar Jahren eine…“ Schon kam er nicht weiter. Er blickte Sigi Hilfe suchend an.

„Na und?“

Erneut nahm Karl einen Anlauf. „Meine Frau hat bis vor ein paar Wochen nichts davon gewusst…“

„Kombiniere, das ist der Grund, warum sie jetzt bei ihrer Freundin wohnt“, folgerte Sigi. „Und wo ist das Problem?“

Konnte er sich Sigi anvertrauen? Es war eine furchtbar lange Geschichte, denn auch Gerlinde lag tot in Evelins Wohnung in Meckenheim. Wie sollte Sigi das alles verstehen?

„Es ist schon spät“, wechselte Karl das Thema. „Wir sollten zurückgehen, bevor es ganz dunkel wird.“

„Lass dir ruhig Zeit“, meinte Sigi.

Wieder am Auto angelangt, lud Sigi Karl zum Abendessen ein und schlug das China-Restaurant „Jasmin“ in Emmelshausen vor. Es sei eines der besten, das er kenne. Und er schien viele zu kennen.

Tatsächlich schmeckte Karl die Ente mit Mandeln ausgezeichnet und auch das Ambiente des Lokals empfand er als sehr angenehm. Er erwischte sich dabei, dass er den Beschluss fasste, einmal mit Irmgard hierhin essen zu gehen. Irgendwie hatte er sich mit der Realität noch nicht ganz abgefunden.

Gegen Ende des Abends wurde er immer wortkarger. Schließlich saßen sie sich gegenüber wie ein lang verheiratetes Ehepaar, das sich nichts mehr zu sagen hat. Sigi machte der Wirtin ein Zeichen und bezahlte.

Auch auf der Fahrt nach Kastellaun wurde nicht geredet. Von Zeit zu Zeit warfen sie sich Blicke zu, aber keiner fand den Anfang für ein Gespräch.

Sigi zauberte irgendwo Bettzeug hervor, während Karl die Couch im Wohnzimmer zu einem Bett umfunktionierte. Auch das ging schweigend vonstatten. Erst als Karl seinen Koffer öffnete und Sigi einen verstohlenen Blick hineinwarf, meinte Karl: „Du siehst, ich habe nicht vor, lange zu bleiben. Vielleicht ist der Spuk sogar morgen schon zu Ende.“

Karl wurde von einem köstlichen Kaffeeduft wach, der durch die Wohnung zog. Vorsichtig öffnete er die Tür und sah durch den Spalt, wie Sigi in der Küche hantierte.

„Willst du ein Ei zum Frühstück?", rief er.

„Nein, danke. Du weißt, das Cholesterin...!"

Eine Viertelstunde später saßen sie sich im Wohnzimmer gegenüber und frühstückten.

„Und?", erkundigte sich Sigi, „hast du gut geschlafen und bist fit für Trier?"

Karl log. Er hatte kaum geschlafen. Aber er wollte Sigi nicht den Grund seiner Unruhe gestehen. Immer wieder hatten ihn in der Nacht die Bilder des Vortages verfolgt. Durch das Abendessen in Emmelshausen hatten sie es versäumt, die Nachrichten im Fernsehen anzuschauen. Vielleicht war es auch gut so, denn im Moment fühlte sich Karl durch und durch elend und wollte sein Herz nicht weiter strapazieren.

Er half Sigi beim Abwasch, dann machten sie sich in Gassners Wagen auf den Weg nach Trier. Bereits kurz vor Morbach fiel Karl ein, dass sie besser den Wagen von Sigi genommen hätten. Wer wusste, ob nicht schon nach seinem gefahndet wurde? Aus dieser Angst heraus wählte er in Trier den kürzesten Weg zur Windmühlenstraße. Als sie den Irminenfreihof passierten, hielt er an.

„Wollen wir den Wagen nicht hier stehen lassen? Wer weiß, wo wir einen anständigen Parkplatz finden."

Sigi erklärte sich einverstanden und Karl stellte seinen Wagen so geschickt zwischen zwei geparkte Autos, dass es sehr umständlich war, seine Nummernschilder zu lesen.

Sigi amüsierte sich darüber und meinte, er hätte es an einer anderen Stelle des Parkplatzes viel einfacher haben können. Karl zuckte nur mit den Schultern, als habe er dies gar nicht gemerkt.

Ihr Weg führte sie zunächst zu Sigis früherem Wohnsitz, in die Windmühlenstraße. Dann durchwanderten sie die Innenstadt, Karl übernahm die Rolle des Stadtführers. Schließlich landeten sie in dem einzigen offenen Café, das sie entdecken konnten, dem Café Raab. Während Karl auf seinen Tee und Sigi auf den Kaffee wartete, drängelte sich eine lange Schlange von Männern und Frauen, Familien mit Kindern und ohne, alle mit gezogenen Nummern in der Hand, an der Theke, als gebe es heute am Sonntag etwas umsonst.

„Du isst wenig Süßes?", erkundigte sich Karl.

Sigi schüttelte schmunzelnd den Kopf. „So einen Rettungsring, wie du ihn hast, kann ich nicht gebrauchen. Sonst ist es aus mit Purzelbäumen in meinem Alter."

„Aber nach einem so langen Spaziergang..."

Doch Sigi war nicht umzustimmen. „Es war richtig schön", wechselte er das Thema. „Schade, dass du mit deiner Frau im Moment verzankt bist."

„Und du? Gibt es bei dir keine Frau mehr in deinem Leben?", fragte Karl und dachte an diese Carmen, deren Brief er heimlich geöffnet hatte.

Sigi fuhr sich über die Glatze und blickte an Karl vorbei zu den Wartenden an der Theke. „Weißt du, seit Paolas Tod ist es in dieser Richtung still geworden. Irgendwie habe ich seither Angst, einen lieb gewordenen Menschen zu verlieren. Erst Mami und dann Paola ... Ich habe mein Publikum, vor allem die vielen Kinder. Was will ich mehr?"

„Hat man den Mörder von Paola eigentlich gefasst?"

„Nein! Zunächst geriet ich in Verdacht ..."

„Du?", stieß Karl empört aus.

„Ich! Aber ich hatte mich an dem Abend zur Tatzeit im Zirkuszelt aufgehalten. Einige Zirkusleute und auch Menschen aus dem Publikum haben mich gesehen. Das war mein Glück. Wer weiß, vielleicht säße ich sonst heute im Gefängnis."

„Und es gab auch keine Spur zu einem möglichen Täter?"

„Es gab viele Spuren, aber keine Motive. Paola wurde von allen geliebt. Allen voran Igor und ich. Igor hat sie übrigens gefunden. Er suchte sie, weil sie noch nicht hinter den Vorhang gekommen war, obwohl ihr Auftritt kurz bevorstand. Paola hat immer vorher schon ihre Schimpansen begrüßt, bevor sie mit ihnen auftrat. Aber an diesem Abend kam sie nicht."

Beide schwiegen für eine Weile. Karl versuchte sich vorzustellen, wie Igor die Tote fand. Es musste ihm ähnlich ergangen sein wie ihm selbst am Tag zuvor, als er plötzlich vor Evelin und Gerlinde stand. Vielleicht war jetzt die richtige Gelegenheit, mit Sigi darüber zu sprechen.

Er räusperte sich. „Ich habe..."

„Wer bekam den Kaffee?" Die Serviererin war mit einem kleinen Tablett neben Gassner getreten und brachte Tee und Kaffee.

Missgelaunt kippte Gassner Milch und Zucker in seinen Tee. Er musste endlich mit jemandem reden, sonst fürchtete er zu ersticken.

Sicher, wenn er abgelenkt war, ging es. Aber es würde wieder eine Nacht geben und eine nächste und übernächste.

„Worüber denkst du nach?"

„Ich habe mir vorgestellt, was in Igor vorgegangen sein muss, als er Paola fand...", suchte Karl einen Anfang.

„Igor hat eine russische Seele. Sie ertränkt ihren Schmerz im Alkohol. Igor war eine Woche lang besoffen und wurde erst wieder nüchtern, als wir Paola längst zu Grabe getragen hatten."

„Besuchst du ihr Grab oft?"

„Ich habe es nach der Beerdigung nie wieder besucht."

Karl blickte Sigi ungläubig an. Sigi besuchte Igor, dem er die Frau weggenommen hatte, aber das Grab der Frau, die er geliebt hatte, besuchte er nicht? Eine merkwürdige Vorstellung. Ihm fiel wieder der Brief von Carmen ein. Auch sie war enttäuscht darüber, dass Sigi sich nicht blicken ließ und sein Versprechen, sie zu sich zu holen, nicht einhielt. Sie drohte sogar mit Selbstmord. Musste nicht allein diese Vorstellung Sigi zum sofortigen Handeln zwingen? Er hatte seinen ehemaligen Banknachbarn in den letzten zwei Tagen als einen besonnenen und liebenswerten Menschen erlebt, sah man einmal von den ersten Stunden ab, für die Sigi sich auch entschuldigt hatte. Wie kam dieser Widerspruch zustande?

Fast war es, als könne Sigi Gedanken lesen. „Das kommt dir merkwürdig vor?", fragte er.

„Eigentlich ja", gestand Karl.

„Ich hätte jedes Mal, wenn ich an Paolas Grab getreten wäre, das viele Blut vor mir gesehen, in dem man sie gefunden hat. Die vielen Stiche in ihrem schönen Körper..." Er fuhr sich mit einer Hand über die Stirn, als wolle er das Bild wegwischen. „Ich habe auch niemals das Grab meiner Mutter besucht. Menschen behält man im Kopf und im Herzen in Erinnerung, nicht durch Grabbesuche."

Karl gab sich geschlagen, an Sigis Einstellung war etwas dran. Er trank seinen Tee aus und drängte zur Rückfahrt, zumal sie noch am Nell's Park-Hotel vorbeifahren wollten, um sich nach Räumlichkeiten für das Klassentreffen zu erkundigen.

10.

Als Sigi die Wohnung betrat, entdeckte Karl sofort die Rhein-Hunsrück-Zeitung in dessen Hand. Er erschrak. Daran hatte er nicht gedacht! Aber selbst wenn darin etwas über den Doppelmord in Meckenheim stand, wie sollte Sigi daraus die Zusammenhänge erkennen und Rückschlüsse auf ihn ziehen können?

Außer der Zeitung hatte Sigi auch frische Brötchen, Marmelade und etwas Aufschnitt besorgt. „Weißt du, ich frühstücke wochentags eigentlich nie. Höchstens, wenn ich mal Besuch habe, so wie jetzt."

Karl beobachtete genau, wo Sigi die Zeitung hinlegte. Er würde versuchen, sie möglichst unauffällig durchzublättern. Die Gelegenheit dazu ergab sich von selbst, denn Sigi meinte: „Ich mache uns jetzt das Frühstück. Du kannst inzwischen schon mal in der Zeitung blättern."

Betont gleichgültig nahm Karl die Zeitung an sich und überflog die Titelseite, auf der jedoch nichts zu entdecken war. Er blätterte rasch die Seiten Politik, Wirtschaft und Regionales durch und fand hinter dem Sportteil schließlich die Panorama-Seite mit Nachrichten aus Deutschland und der Welt. Er überflog die Überschriften, aber so oft er es auch tat – es war keine Meldung über den Doppelmord in Meckenheim zu finden. Hastig blätterte er noch einmal zurück. Vielleicht hatte er etwas übersehen, auf der Titelseite vielleicht sogar? Aber nichts, gar nichts...

„Gibt es etwas Neues?", erkundigte sich Sigi, der mit einem Tablett das Wohnzimmer betrat.

Karl faltete die Zeitung wieder zusammen. „Immer das Gleiche", brummte er und half Sigi, den Tisch zu decken. Damit war das Thema Zeitung beendet.

Sie frühstückten schweigend miteinander, bis Sigi plötzlich die Frage stellte: „Hast du eigentlich Urlaub?"

„Ja!", log Karl wie aus der Pistole geschossen. Was blieb ihm auch anderes übrig? Hätte er Sigi gesagt, dass er bis zu diesem Tag krankgeschrieben war, hätte eine Frage die andere ergeben. Zum Beispiel, warum er krankgeschrieben war, zum Beispiel, warum er heute nicht arbeiten ging, zum Beispiel…

Das Läuten des Telefons versetzte Karl in Schrecken. Langsam musste er sich besser in den Griff bekommen, schimpfte er im Innern mit sich, und musste vor allem begreifen, dass niemand wusste, dass er hier war.

Sigi verließ mit dem Telefon den Raum. Karl versuchte etwas von dem Gespräch mitzubekommen, doch Sigi sprach so leise, dass nicht einmal Wortfetzen an Karls Ohr drangen.

Nach gut zwei Minuten kam er wieder. Er schien äußerst vergnügt zu sein. „Ein neues Spiel, ein neues Glück“, jubelte er. „Ich werde heute Abend in Kirchberg gebraucht. Wenn du willst, kannst du wieder mitkommen.“

„Mal sehen“, antwortete Karl zurückhaltend. Er wollte erst einmal abwarten, was der Tag brachte. Außerdem lief er überall Gefahr, Leute zu treffen, die ihn kannten. „Das Geschäft für dich läuft gut hier“, stellte er fest. „Du scheinst sehr beliebt zu sein.“

„Wie man es nimmt“, antwortete Sigi bescheiden. „Es gibt auch Zeiten, wo absolut nichts läuft.“

„Warum bist du eigentlich vom Zirkus weggegangen? Du hättest doch noch einige Jahre spielen können.“

Sigi tat, als habe er die Frage nicht gehört, und machte sich an einer Kommode zu schaffen. Plötzlich drehte er sich um und sagte barsch: „Ich habe dir keine Fragen gestellt, dann gib mir auch das Recht, deine Fragen nicht zu beantworten.“

Karl schaute Sigi erstaunt an und schüttelte nur den Kopf. Warum fiel er immer von einem Extrem ins andere? Dafür musste es doch einen Grund geben.

„Entschuldige“, murmelte Sigi und begann den Tisch abzuräumen. „Ich hätte mit dir darüber reden sollen. Es war nicht nur die Landschaft hier, die mich plötzlich fasziniert hat. Es gab da noch etwas anderes…“

Carmen!, dachte Karl sofort. Laut sagte er: „Eine Frau?“

Sigi setzte sich wieder und legte die Hände ineinander. Fast sah es so aus, als wollte er eine Beichte ablegen. „Paola fehlte mir sehr. Ich kam nicht los von ihr, obwohl sie tot war. Kannst du dir nicht vorstellen, was in mir vorging? Ich brauchte jemanden. Jemanden, dem ich vertrauen konnte und mit dem ich über meine intimsten Gedanken reden konnte. Igor trauerte selbst. Ihn hätte ich nur belastet. Und dann kam sie, Carmen Rodriguez. Eine junge, hübsche Seiltänzerin. Sie tröstete mich. Wir wurden ein Paar, für kurze Zeit. Dann ging es nicht mehr. Ich wollte ihr nicht wehtun. Sie hatte noch ihre ganze Karriere im Zirkus vor sich und hatte einen guten Vertrag. Ich hatte genug erlebt und verdient. Den Rest weißt du."

„Was ist aus ihr geworden?"

„Ich weiß es nicht. Ich habe sie aus den Augen verloren. Sie war ein großes Talent auf dem Seil. Vielleicht ist sie nach Amerika gegangen."

Warum log Sigi? Hatte er vergessen, dass man den Absender auf dem Brief deutlich hatte lesen können? Oder hatte er sogar den Brief selbst vergessen? Einfach vergessen, dass ein Mensch gedroht hatte, sich umzubringen, wenn er nicht antwortete? Plötzlich tauchte in Karl wieder dieses merkwürdige Gefühl auf, das er bereits früher gehabt hatte, als er noch Nachforschungen über ihn anstellte. Umgab Sigi doch irgendein Geheimnis, das noch nicht zur Sprache gekommen war? Karl überlegte lange, ging nochmals das ganze Leben von Sigi durch, so wie es sich ihm darstellte. Aber alles schien ihm wie ein offenes Buch, ohne leere oder geschwärzte Seiten.

„Ich habe meiner Vermieterin versprochen, sie heute zum Arzt zu fahren", bemerkte Sigi unvermittelt. „Möchtest du ein Buch haben zum Lesen? Du kannst auch spazieren gehen. Ich werde etwa in einer guten Stunde zurück sein."

Karl überlegte nicht lang. Draußen lief er zunehmend Gefahr, dass man ihn suchte. Also entschied er sich für das Buch, setzte sich in einen Sessel und begann zu lesen. Doch vom Inhalt bekam er nicht allzu viel mit. Immer wieder wanderten seine Gedanken zwischen Meckenheim und Koblenz, zwischen den toten Frauen und Gerd, zwischen Irmgard und ihm hin und her.

Er legte das Buch beiseite und nahm seine Tabletten aus der Jacketttasche. Dabei fiel etwas zu Boden. Er hob es auf. Es war die kleine Karte, die ihm der Kommissar gegeben hatte. Karl betrachtete sie nachdenklich. Plötzlich kam ihm eine Idee. Er nahm das Telefon und wählte die Nummer von Kommissar Fuß.

Kriminalhauptmeister Wagner hob ab, worauf Gassner sich mit Callutti meldete, weil ihm so schnell kein anderer Name einfiel. Wagner reichte den Hörer an seinen Kollegen weiter. Kommissar Fuß gegenüber gab Karl sich zu erkennen. Zu seinem großen Erstaunen blieb die erwartete Frage nach seinem Aufenthaltsort aus. Der Kommissar erkundigte sich, wie es ihm ginge und ob er inzwischen sein Problem gelöst habe.

„Sie wissen nicht, was in Meckenheim geschehen ist?“, fragte Karl erstaunt.

Der Kommissar schien die Frage nicht gehört oder verstanden zu haben. Karl musste sie wiederholen. Und auch beim zweiten Mal wirkte der Kommissar gedankenabwesend. „So weit geht unser Zuständigkeitsbereich nun doch nicht. Aber vielleicht erzählen Sie mir etwas davon?“

Karl zögerte. Dann entschied er sich. Er hatte nun mal einen Anfang gemacht. Außerdem gab ihm das Telefon einen gewissen Abstand zu seinem Gesprächspartner und er konnte jederzeit einhängen. In groben Zügen schilderte er dem Kommissar, was er am Samstagmorgen erlebt hatte. Der Kommissar schien tatsächlich nichts von den beiden Toten zu wissen, denn er ließ sich von Karl alles bis ins kleinste Detail berichten.

„Wo sind Sie jetzt?“, erkundigte sich Fuß dann.

„Im Dienst natürlich. Irgendwann geht der schönste Krankenstand zu Ende.“

Der Kommissar machte eine kurze Pause. Karl hörte, wie er leise mit jemandem im Hintergrund sprach. Blitzschnell hängte er ein. Wahrscheinlich hatte der Kommissar einen Kollegen gebeten, festzustellen, woher der Anruf tatsächlich kam. Karl überfiel die Angst, sich selbst in eine Falle manövriert zu haben. Rasch wählte er Gerds Nummer im Büro, der sich auch sofort meldete.

„Wo bist du, wo bleibst du?“, begrüßte er Karl. „Eigentlich hatte ich dich heute an deinem Schreibtisch erwartet.“

„Genau darum geht es. Ich habe eine Bitte an dich. Lass alle ankommenden Gespräche für mich auf deinen Apparat umleiten. Bitte, Gerd! Wer auch immer anruft, ich bin dienstlich unterwegs. Verstehst du?!“

„Und wo bist du wirklich?“

Karl überging die Frage. „Wie geht es Hanna? Warst du bei ihr?“

„Ich war da, aber sie schaut an mir vorbei, redet kein Wort mit mir.“

„Das wird schon wieder“, meinte Karl, obwohl ihm klar war, dass Hanna nach allem, was vorgefallen war, nicht wieder einlenken würde. Dafür kannte er sie zu gut. Dann fiel ihm wieder der Grund seines Anrufs ein und dass jede Minute wichtig sein konnte. „Also, Gerd, versprochen?“

Gerd brummte etwas Unverständliches in den Hörer.
„Bitte!", flehte Karl noch einmal und hängte ein.

„Sein Apparat im BWB ist ständig besetzt!" Kommissar Fuß legte den Hörer wieder auf. „Aber das Gespräch eben kam auf keinen Fall von dort. Denn das Display hat eindeutig Anrufer unbekannt angezeigt und beim BWB erscheint die Nummer auf dem Display. Warum lügt er? Ich hoffe, das Gespräch war lange genug für die Techniker."

Doch diese Hoffnung musste er schon wenig später begraben. „Es war zu kurz!", informierte ihn sein Kollege am Telefon. „Auf jeden Fall kam der Anruf nicht aus Koblenz."

„Damit können wir wenig anfangen." Kommissar Fuß legte auf und blickte Wagner an, der ihm gegenübersaß. „Und nun?"

„Wir sollten in jedem Fall seine Wohnung weiterhin beobachten. Irgendwann wird er schon wieder auftauchen. Außerdem ist die Fahndung nach seinem Fahrzeug raus. Mehr können wir im Moment nicht machen."

„Doch!" Fuß kniff die Augen zusammen. „Wer sagt uns, dass er nicht die Wahrheit sagt? Könnte immerhin sein. Wer käme als Täter noch in Frage?"

„Der Ehemann hat laut den Kollegen in Bonn ein handfestes Alibi."

Fuß legte die Hände ins Genick, lehnte sich in seinem Sessel zurück und streckte seine Beine weit von sich.

„Jetzt ist frei!" Wagner hatte wieder Gassners BWB-Nummer gewählt. Es meldete sich Nettekoven, der Wagner mitteilte, sein Kollege Gassner sei auf Dienstreise.

„Was sagst du nun?", fragte Wagner, als er wieder aufgelegt hatte. „Es bestätigt uns, dass Gassner dich belogen hat. Er hält sich eindeutig außerhalb von Koblenz auf!"

Fuß ging nicht auf die Äußerung ein. Er war mit seinen Gedanken bereits ganz woanders. „Es könnte natürlich auch sein, dass Frau Gassner sich für ihre Freundin an Nettekoven rächen wollte... Vielleicht wusste sie nicht, wer welche Frau war, und hat deshalb beide..."

Wagner schüttelte den Kopf. „Glaube ich nicht, nach der Beschreibung der Verletzungen! Das sieht mehr nach einem Mann aus."

„Hast du eine Ahnung, welche Kraft und Energie eine Frau entwickeln kann, wenn sie emotional geladen ist", lachte Fuß. „Nee, darauf würde ich nicht wetten. Lass uns mal das Alibi von Frau Gassner überprüfen."

„Von der haben wir aber keine Adresse. Die ist doch aus der ehelichen Wohnung ausgezogen."

Fuß sprang auf. „Aber ihre Freundin, die Nettekoven, wird wissen, wo sie sich aufhält."

Eine zierliche, kleine Frau öffnete den beiden Beamten die Haustür.

„Können wir Frau Gassner sprechen?", fragte Fuß und zeigte seinen Dienstausweis vor.

„Kommen Sie herein. Frau Gassner ist nur ganz kurz etwas einkaufen. Sie muss jeden Moment kommen." Die Frau ging vor und bat die Kripobeamten in ihr Wohnzimmer. „Kann ich Ihnen etwas anbieten?"

Beide schüttelten fast gleichzeitig den Kopf. „Vielleicht können Sie uns aber die Frage beantworten, die wir eigentlich an Frau Gassner stellen wollten: Wie hat Frau Gassner gestern den Vormittag verbracht?"

Die Dame wirkte amüsiert. „Wenn das alles ist! Nichts einfacher als das: Wir haben gemeinsam gefrühstückt, dann waren wir in den Rheinanlagen spazieren und anschließend haben wir gemeinsam gekocht und gegessen."

„Wann haben Sie ungefähr gefrühstückt?"

Die Dame überlegte einen Moment. „Das muss so gegen acht oder halb neun gewesen sein."

Fuß schien noch nicht zufrieden zu sein. Er beobachtete genau das Verhalten der Dame, die auf ihn einen sehr selbstsicheren Eindruck machte. „Können Sie mir etwas über die Zeit vor dem Frühstück sagen?"

Dieses Mal lachte die Dame laut. „Mein Gott, da haben wir geschlafen, sind aufgestanden wie jeden Tag, waren im Bad und ... Was genau wollen Sie wissen?"

„Es geht um die Zeit zwischen, sagen wir, fünf Uhr früh und dem Frühstück. Was hat Frau Gassner in diesem Zeitraum getan?"

„Also zunächst einmal geschlafen. Mein Wecker geht um sieben. Da bin ich aufgestanden und ins Bad..."

„Wo war Frau Gassner zu dem Zeitpunkt, als Sie aufgestanden sind?"

„Im Bett natürlich oder meinen Sie, ich stecke sie abends in eine Schublade?" Wieder lachte sie herzhaft.

„Sie könnten also bezeugen, dass Frau Gassner um sieben Uhr noch im Bett lag?"

„Aber natürlich. Wir schlafen immerhin in einem Bett. Obwohl mein Mann schon seit drei Jahren tot ist, habe ich immer noch das alte Doppelbett, in dem Irmgard zurzeit schläft. Aber vielleicht klären Sie mich mal auf, was all diese Fragen sollen?"

In diesem Moment hörte man eine Tür schlagen und Schritte auf dem Flur.

„Irmgard, du hast Besuch!", rief die Dame.

Mit zwei Tragetaschen beladen tauchte Irmgard Gassner im Türrahmen auf und schaute die Kripobeamten überrascht an. „Sie kommen zu mir?"

„Eigentlich haben sich die Fragen bereits erledigt, aber vielleicht können Sie die Angaben Ihrer Freundin bestätigen."

Irmgard stellte die beiden Taschen ab und betrat den Raum. „Was soll ich Ihnen bestätigen?"

Fuß machte unauffällig einen Schritt zur Seite, so dass der Blickkontakt zwischen den beiden Frauen unterbrochen wurde. „Was haben Sie gestern früh gemacht?"

Ohne zu überlegen bestätigte Irmgard die Aussage ihrer Freundin, ergänzte allerdings, dass sie in der Küche das Geschirr vom Vorabend gespült habe, während ihre Freundin im Bad war. „Ich habe hier etwas die Hausarbeit übernommen, die ich sonst zu Hause auch mache. Kann man den Grund Ihrer Frage erfahren?", wollte sie wissen.

„Es gibt keinen Grund zur Beunruhigung. Wir ermitteln in einer Sache, mehr kann ich Ihnen zurzeit noch nicht sagen."

Als Karl seinen Freund Sigi kommen hörte, schnappte er sich schnell wieder das Buch, das vor ihm auf dem Tisch lag, und tat, als sei er ins Lesen vertieft. Sigi wiederum schien ihn nicht stören zu wollen, denn er blieb in der Küche. Nach einer Weile hielt Karl die Situation nicht mehr aus. Er legte das Buch zur Seite und ging in die Küche. Beim Eintreten sah er gerade noch, wie Sigi schnell etwas in der Schublade der Anrichte verschwinden ließ, tat aber so, als habe er nichts bemerkt. Vielleicht war wieder ein Brief von dieser Carmen gekommen oder sogar die Nachricht von ihrem Freitod? Denn Sigi schien erregt und fahrig. Seine Bewegungen waren ungewohnt eckig.

„Wie war der Arztbesuch?"

„Arztbe…? Ach so, ich habe sie nur bis zur Praxistür gebracht und wieder abgeholt. Zwischendurch habe ich mir im Café Claus die Zeit vertrieben."

„Aber warum bist du nicht zurückgekommen? Das hätte sich doch gelohnt."

„Hätte es!", bestätigte Sigi kurz. Er grinste und schob Karl beiseite. „Gehen wir etwas spazieren oder spielst du Karten?"

„Ich werde Otto und Walter anrufen, wegen des Hotels", schlug Karl vor, der sich weder fürs Kartenspiel interessierte noch spazieren gehen wollte. Der gestrige Fußmarsch durch Trier reichte ihm noch für ein paar Tage. Dabei fiel ihm ein, dass er die Adressen und Telefonnummern seiner ehemaligen Klassenkameraden noch in dem großen Umschlag im Auto hatte.

Beim Öffnen des Kofferraums entdeckte er die Plastiktüte mit seinen blutverschmierten Kleidern. Unwillkürlich schreckte er zurück und warf einen verstohlenen Blick zu Sigis Fenster hinauf. Er nahm den Umschlag an sich, schloss schnell wieder den Kofferraum und überzeugte sich, dass er auch wirklich fest verschlossen war.

Die Anrufe bei Walter und Otto ergaben, dass Walter vorhatte, nach dem Klassentreffen bei seinen Eltern zu übernachten, und Otto würde bei seiner Schwester unterkommen. Damit waren Karls Bedenken ausgeräumt, ob man den ehemaligen Klassenkameraden die Zimmerpreise im Nell's Park-Hotel zumuten konnte, denn die anderen wohnten alle im näheren oder weiteren Umkreis, brauchten also ohnehin keine Hotelübernachtung. Also beschlossen Karl und Sigi, den Raum in Nell's Park-Hotel verbindlich zu buchen.

Dann begannen sie die Einladung in Reinschrift zu bringen. Sigi malte die Umrandung, während Karl den weitgehend von Sigi verfassten Text abschrieb.

„Geschafft!", meinte er schließlich nicht ohne Stolz. „Genau vor zehn Wochen habe ich die beiden ersten Briefe losgeschickt."

Sigi hielt Karl seine Hand entgegen: „Und diese zehn Wochen hast du auch nach mir gesucht – und mich gefunden. Ich gratuliere und freue mich!"

Karl nahm die Hand von Sigi, hielt sie fest und schaute ihm in seine leuchtenden Augen. Was wäre gewesen, wenn er Sigi nie aus den Augen verloren hätte? Sicherlich eine echte Männerfreundschaft! Warum gingen ihm in diesem Moment wieder diese blödsinnigen drei Worte durch den Kopf…?

Bereits gegen siebzehn Uhr verließ Sigi das Haus. Karl hatte sich endgültig entschlossen, nicht mit nach Kirchberg zu fahren. Vom Fenster aus beobachtete er, wie Sigi seinen Koffer in den Wagen hob und losfuhr. Karl würde also den Abend alleine verbringen müssen. Er schaltete den Fernseher ein, fand jedoch nichts, was ihn interessierte. Also ging er in die Küche und warf einen Blick in den gut gefüllten Kühlschrank. Zuerst aber wollte er so schnell wie möglich diese blutigen Kleider loswerden! Also musste er irgendetwas möglichst unauffällig in die Tür klemmen, damit sie nicht zuschlug, denn er besaß keinen Schlüssel zu Sigis Wohnung. Sicherlich hätte er auch bei der Hauswirtin läuten können, aber sie sollte besser gar nichts von seiner Aktion mitbekommen.

In der Anrichte fand er ein Päckchen Streichhölzer. Daneben entdeckte er eine dunkelbraune Schachtel. Dies war es also, was Sigi vorhin so schnell vor ihm versteckt hatte! Gassner nahm die Schachtel heraus und öffnete sie vorsichtig. Dann hielt er den Atem an. In der Schachtel lagen eine kleine Spritze, mehrere Ampullen, ein Gummiband und ein paar Pflaster. Das also war Sigis Geheimnis! Entweder verheimlichte er ihm eine Krankheit oder er war süchtig. Schnell schloss Karl wieder die Schachtel und legte sie an ihren Platz zurück. Er zog seinen Mantel an, öffnete die Wohnungstür und legte zwei Streichhölzer als Sperre auf den Boden. Das Gleiche tat er mit der Haustür. Das Risiko, dass die Vermieterin die Sperre entdeckte und die Tür schloss, musste er eingehen. Aber er hatte auch nicht vor, endlos lange wegzubleiben.

Inzwischen kannte er sich in Kastellaun etwas aus. Er hatte im Vorbeifahren Sammelcontainer entdeckt. Einer davon war für Altkleider bestimmt. Hier hinein warf er die Plastiktüte.

Sein Ausflug dauerte kaum eine Viertelstunde. Wie erhofft klemmten die Streichhölzer noch in der Haustür, ebenso in der Wohnungstür. Zufrieden mit sich und der Welt hängte Karl seinen Mantel wieder an den Garderobenhaken und ging ins Wohnzimmer. Sollte er Sigi ganz direkt fragen, ob er krank sei? Immerhin könnte er beim Zubereiten des Abendessens rein zufällig auf die Schachtel gestoßen sein. Nein, man macht keine fremde Schachtel auf. Er musste schon warten, bis Sigi von sich aus auf das Thema zu sprechen kam.

Um sich die Zeit zu vertreiben, betrachtete er noch einmal ausgiebig die Bilder an den Wänden. Dabei fiel sein Blick auch auf das Bücherregal, in dem neben Büchern einige Leitz-Ordner standen. Interessiert zog Karl den ersten heraus und begann darin zu blättern. Sigi hatte fein säuberlich alle Berichte über den Zirkus ausgeschnitten, aufgeklebt und eingeheftet. Passagen, in denen der große Ronaldo erwähnt wurde, waren seitlich durch einen Strich gekennzeichnet. Man hatte im Laufe der Jahre viel Lobenswertes über seine Auftritte geschrieben, stellte Karl fest. Irgendwie begann er diesen Ronaldo sogar zu beneiden. Wenn er dessen Leben mit dem seinen verglich!

Der zweite Ordner war ähnlichen Inhalts, stammte aber aus früheren Jahren. Hier war auch von Paola Callutti die Rede, diese Passagen hatte Sigi andersfarbig markiert. Auch Paola schien mit ihren Schimpansen eine bekannte Manegengröße gewesen zu sein. Beim Weiterblättern stieß Karl auf einen eingehefteten Briefumschlag. Da er nicht verschlossen war, schaute Karl neugierig hinein und entdeckte eine Kette mit einem kleinen Amulett, das sich leicht öffnen ließ. In den Deckel eingraviert war der Name Paola und auf der gegenüberliegenden Seite befand sich ein kleines Foto von ihr. Merkwürdig, warum trug Sigi das Medaillon seiner Adoptivmutter und Geliebten nicht, sondern hielt es hier versteckt? Als Karl das Schmuckstück wieder in den Umschlag pendeln ließ, entdeckte er, ebenfalls in dem Umschlag, einen gefalteten Zeitungsausschnitt. Mit spitzen Fingern angelte er das Papier heraus. Es war eine Todesanzeige. Die Todesanzeige von Paola Callutti.

Karl stutzte. Paola war bereits seit über zwanzig Jahren tot! Das passte so gar nicht in die Erzählungen von Sigi hinein. Hatte er es nicht so dargestellt, dass er sich nach Paolas Tod aus Einsamkeit dieser Carmen zugewandt habe, die dann zum Anlass seines Abschieds vom Zirkus wurde? Und der lag noch nicht allzu lange zurück. Welchen Grund hatte Sigi, ihn immer wieder in solch unbedeutenden Dingen zu belügen?

In der Anzeige war von einem tragischen und sinnlosen Tod die Rede. Hastig steckte Karl den Zeitungsausschnitt wieder zu dem Amulett in den Umschlag zurück und blätterte weiter. Die Überschriften der nachfolgenden Berichte erklärten die Formulierung in der Todesanzeige: Während eines Gastspiels in Berlin hatte man Paola Callutti erwürgt in ihrem Wohnwagen vorgefunden. Erwürgt? Hatte Sigi ihm nicht erzählt, sie habe blutüberströmt in ihrem Wohnwagen gelegen?

Karl las einen Bericht nach dem anderen und stellte fest, dass das Bild des Mordes, das dabei vor seinen Augen entstand, ein ganz anderes war, als Sigi es ihm beschrieben hatte. Der Zirkus hatte in West-Berlin gastiert. Während in der Manege die Elefanten-Nummer ablief, musste sich im Wagen von Paola ein Drama abgespielt haben. Als man sie zum Auftritt rufen wollte, fand man das Wageninnere verwüstet. Nur

Paola lag wie friedlich schlafend, bereits in ihrem Auftrittskostüm, auf ihrem Bett – tot. Der Mörder oder die Mörderin hatte keine Spuren hinterlassen. In einigen Zeitungen war auch die Rede davon, dass ihr Sohn Sascha in den Verdacht geraten war, seine Mutter umgebracht zu haben. Eine Zeitung spekulierte sogar über eine tragische Verquickung von Sohn und jugendlichem Liebhaber in einer Person. Offenbar war nicht bekannt gewesen, dass Sigi nur Paolas Adoptivsohn war. Man hatte ihm jedoch kein Motiv nachweisen können. Außerdem gab es etliche Zeugen, die ihn zur Tatzeit im Zelt gesehen hatten.

„Armer Sigi!", seufzte Karl und schob den Ordner zurück ins Regal. Sigi musste es damals ähnlich ergangen sein wie ihm heute. Nun konnte er auch verstehen, warum Sigi manchmal so merkwürdig reagierte.

Er griff nach dem nächsten Ordner, der noch weiter zurück in Sigis Vergangenheit führte. Auch hier wieder Berichte über die Gastspiele des Zirkus und die Auftritte von Ronaldo und Paola. Schließlich war Gassner beim letzten Ordner angelangt. Er blätterte ihn schnell durch. Doch unvermittelt hielt er inne. Sein Blick wurde wie magisch angezogen von einem unscharfen Foto auf der Titelseite einer Zeitung. Darüber die fette Überschrift: *Mutige Tat in letzter Sekunde!* Karl klappte die ganze Seite der Zeitung auf. Das Bild zeigte einen Menschen, kniend, einen Arm in die Luft gestreckt, in dessen Hand sich etwas Längliches befand. Karl war, als habe er dieses Bild bereits einmal gesehen. Obwohl die Konturen verschwommen waren, konnte er es genau erkennen.

Und plötzlich hämmerte es wieder in seinem Kopf und er konnte sogar eine Stimme hören, die sagte: „Vielleicht war es Eifersucht oder Wut, aber ich war Gott sei Dank zu feige, es zu tun!" Das war es! Das war der Satz, der ihn seit dem Treffen mit Evelin auf dem Parkplatz in Maria Laach verfolgte. Aber was hatte der Satz mit diesem alten Foto in der Zeitung zu tun? Karl schloss die Augen. Und mit einem Schlag war alles wieder gegenwärtig, nach fast fünfzig Jahren…

Sigi hat ein Messer in der Hand und kniet über ihm. Karl hört sich selbst flehen: „Nein, Sigi, tu's nicht, bitte nicht!"

Sigi und er sind allein in der Wohnung in der Windmühlenstraße. Sie haben zusammen die Schulaufgaben gemacht und spielen jetzt Doktor, wie sie es nennen. Erste unbewusste erotische Erfahrungen. Der kleine Schwamm der Schultafel aus dem Ranzen ist der Tupfer, der Schiefergriffel die Spritze. Karl spürt, wie Sigi die Spitze des Griffels erst in seinen Oberarm, dann in seinen Oberschenkel und schließlich in seine Leiste bohrt. Nachdem Karl „betäubt“ ist, malt Sigi mit roter Wasserfarbe und einem Pinsel einen „Schnitt“ auf seinen Unterleib. Dabei sitzt er auf Karls Beinen. Die Kniegelenke schmerzen, weil Sigi ständig vor Vergnügen darauf herumhopst. Karls Hände sind an die Beine des Küchentischs gefesselt. Man darf sich bei dieser schwierigen „Operation“ nicht bewegen, hat Sigi behauptet. Aber plötzlich hat Sigi ein richtiges langes Messer in der Hand und fummelt damit an Karls Körper herum.

„Es wird eine sehr schwere Operation“, hört er Sigi sagen. „Ich weiß nicht, ob du das überleben wirst!“ Er legt die Spitze des Messers an Karls Kehle und lässt es leicht über die Haut gleiten bis hinunter zum Penis, der sich aufzurichten beginnt. „Eine schwere Operation!“, wiederholt er dabei immer wieder mit leuchtenden Augen.

Karls Hals ist wie zugeschnürt. „Bitte, Sigi, hör auf. Du machst mir Angst“, fleht er.

Wieder fuchtelt Sigi mit dem Messer über ihm. „Am besten, ich schneide dich erst einmal auf!“ Er lacht, laut und gierig.

Karl versucht sich zu wehren, aber es gelingt ihm nicht. Das Seil schneidet sich in seine Handgelenke. „Hör auf!“

Aber Sigi lacht nur weiter. „Hast wohl Angst, du Feigling!?“, schreit er. „Ich tu es, tu es wirklich!“

Karl schließt die Augen und fängt an zu weinen. Er spürt das Messer an seinem Haaransatz und reißt wieder die Augen auf.

„Der Medizinmann fordert deinen Skalp!“

„Sigi!“, schreit Karl kreischend und bäumt sich auf, um ihn von den Beinen hinunterzuwerfen.

„Keine Bewegung!“, kommandiert Sigi keuchend. Dann beugt er sich dicht über Karls Kopf. Karl spürt den warmen Atem in seinem Gesicht und schielt nach dem Messer, das aus seinem Blickfeld verschwunden ist. „Warum hat dir meine Mami gestern die Schokolade geschenkt?“

Karl weiß nicht, was er antworten soll. Frau Lange hat ihm tatsächlich eine Tafel Schokolade geschenkt.

„Warum?“, herrscht ihn Sigi wieder an.

„Ich weiß nicht…“

„Es ist *meine* Mami und es ist *meine* Tafel Schokolade gewesen!“

„Du kannst sie wiederhaben. Ich habe sie nicht gegessen“, hört Karl sich sagen. „Bitte lass mich los.“

„Meine Mami hat nur mich lieb, nur mich! Verstehst du?“

Sigi spuckt beim Sprechen, Karl empfindet Ekel und hat Angst. Ist es noch ein Spiel? Aber was für ein schreckliches Spiel!

„Meine Mami gehört nur mir, mir, mir allein!"

„Aber..." Karl bleibt die Luft weg. Sigi hat sich aufgerichtet, hat das Messer wieder in der Hand. Er reißt den Arm hoch, weit hoch...

Karl sah das Bild vor sich, es sah dem Foto zum Verwechseln ähnlich. Darunter stand: *Dompteur Jack Brown verdankt nur dem beherzten Eingreifen des Clowns Ronaldo sein Leben. Nachdem Löwe Pacco vor den Augen von rund dreitausend entsetzten Zuschauern den Dompteur unerwartet von hinten angefallen hatte, eilte der Clown, der mit den Saltossas hinter dem Vorhang auf seinen Auftritt gewartet hatte, in den Gitterkäfig. Das Messer hatte er dem Messerwerfer der Saltossas entrissen. Ronaldo stach wie wild auf das Tier ein. Dabei wurde er von Pacco schwer an der Schulter verletzt. Trotzdem stach er weiter beherzt zu. Ein Zirkusbesucher schoss geistesgegenwärtig das Foto, bevor ein herbeieilender Zirkusmitarbeiter Pacco mit einem gezielten Schuss tötete. Ronaldo und Jack Brown wurden schwer verletzt in das Klinikum eingeliefert. Bei Redaktionsschluss befanden sich beide Artisten noch in Lebensgefahr.*

Karl blätterte weiter. In der nächsten Zeitungsausgabe lautete die Überschrift: *Jack und Ronaldo außer Lebensgefahr!*

Vielleicht hatte ihm Sigis Mutter damals auch das Leben gerettet? Karl wusste es nicht. Er hatte dieses fürchterliche Erlebnis sofort verdrängt. Adele Lange war plötzlich hinter Sigi aufgetaucht und hatte hysterisch aufgeschrien. Sie hatte sich auf ihren Sohn gestürzt, ihm das Messer abgenommen und Karl vom Tisch losgebunden. Dann nahm sie beide Jungen in den Arm und weinte fürchterlich. Auch Karl hatte geweint und schließlich auch Sigi. Er hatte Karl dann das Versprechen geben müssen, nie wieder so etwas Abscheuliches zu tun. Und dann war der Satz gefallen, der Karl in den letzten Tagen verfolgte: „Vielleicht war es Eifersucht oder Wut, aber ich war Gott sei Dank zu feige, es zu tun!"

„Du warst nicht zu feige, es zu tun", flüsterte Sigis Mutter schluchzend und zitterte am ganzen Körper. „Du hättest es bestimmt nicht getan, Siegfried, bestimmt nicht, mein Junge! Er hätte es nicht getan, Karl, glaub mir!" Frau Lange hatte Karl über die Haare gestrichen und ihn ganz fest an sich gedrückt.

Karl sah zwei Tabletten in seiner Hand. Er musste sie unbewusst aus der Blisterverpackung herausgedrückt haben. Schwankend und schwer atmend stand er auf und ging in die Küche. Das Leitungswasser war lauwarm. Er würgte die Tabletten den zugeschnürten Hals hinunter und trank noch ein Glas hinterher. Im Wohnzimmer stellte er den Ordner wieder in das Regal zurück. Er fühlte sich fiebrig und elend.

War dieses Erlebnis der Grund dafür, dass er sich so brennend für Sigis Verbleib interessiert hatte? Ein Erlebnis, das bis zu dieser Stunde in sein Unterbewusstsein abgetaucht war ... Er holte aus der Innentasche den kleinen Inhalator und gab vorsichtshalber einen Spraystoß in seinen Mund. Langsam löste sich der Druck von seiner Brust. Er konnte wieder durchatmen, während sich düstere Gedanken in seinem Kopf aufbauten.

Auf einmal sah er Sigis Lebenslauf aus einem ganz anderen Blickwinkel. War Sigi wirklich der schmächtige, etwas unbeholfene Junge gewesen, wie er ihn in Erinnerung behalten hatte? Oder gab es da einen anderen, zweiten Sigi, der im Verborgenen lebte und nur von Zeit zu Zeit aus dem ersten herausbrach? Was hatte Sigi damals gesagt: „Meine Mami hat nur mich lieb, nur mich!" und: „Meine Mami gehört nur mir, mir, mir allein!" Und dann hatte er von Eifersucht und Wut gesprochen. In diesem Moment fielen Karl wieder Evelin und Gerlinde ein. Waren auch sie aus Eifersucht oder Wut getötet worden? Seine Gedanken eilten wie irre hin und her. Waren alle Menschen, um die es hier ging, aus Eifersucht oder Wut getötet worden? Hatte nicht auch Gerlinde Gerds Frau Hanna aus Eifersucht oder Wut attackiert?

Alles drehte sich vor Gassner Augen. Er spürte den nächsten Herzanfall kommen. Was hatte ihm der Arzt für solche Fälle geraten? Flach hinlegen, versuchen an andere Dinge zu denken, aber wie konnte er ...?

Mühsam legte er sich auf den Teppichboden und streckte sich aus. Sein Herz bubberte wie verrückt. Abwechselnd wurde ihm heiß und kalt. Immer wieder sah er die gleichen Bilder vor sich, auch wenn er ständig versuchte, sie zu verdrängen. Er sah den Leiterwagen mit der Plane, den Sigis Mutter zog und Sigi schob. Er sah in einem Gestrüpp ein Skelett in französischer Uniform liegen. Dann tauchten Knochenreste und ein Schädel auf, mit Moos bewachsen. Er sah Sigis Mutter, wie man sie in einem Zinksarg aus dem Haus trug, und er sah ... sah Blut, viel Blut, und aus den Blutlachen tauchten Gesichter auf. Mal war es Evelin, mal Gerlinde. Sie schrien um Hilfe, aber immer mehr Blut ergoss sich über sie. Ihre Gesichter ertranken im Blut. Und dann sah er Paola. Sie lag auf einem Bett, engelsgleich und friedlich, aber tot.

„Nein!“, schrie er laut. Sigi oder Mohammed oder Ronaldo oder Sascha hatten mit Evelin und Gerlinde nichts zu tun. Sigi hatte sie nicht einmal gekannt. Aber was war mit Mohammed Labidi? … Mit Ludwig Fuchs? … Mit Paola Callutti?…

Er musste hier raus! Jetzt gleich! Karl raffte sich auf und hielt sich am Tisch fest, bis er das Gefühl hatte, sicher auf beiden Füßen zu stehen. Immer noch drehte sich alles um ihn herum. Draußen, sagte er sich, würde er wieder frei denken und durchatmen können. Er tastete sich an der Wand entlang in die kleine Diele. Dann blieb er wieder stehen und massierte seinen Brustkorb. Der Schmerz, wenn nur der stechende Schmerz nicht wäre! Warum war Irmgard jetzt nicht in seiner Nähe? Er riss den Mantel vom Garderobenhaken. Mühsam versuchte er in die Ärmel zu kommen. Endlich hatte er die Wohnungstür erreicht. Die Treppe, mein Gott, die Treppe! Die vielen Stufen. Karl ließ sich auf der obersten Stufe nieder, streckte die Beine ein, zwei Stufen weiter und schob den Körper nach. Noch eine Stufe, zwei … Er robbte auf dem Rücken über den Treppenabsatz. Hoffentlich hörte ihn die Vermieterin nicht. Endlich war er unten. Er packte die Klinke der Haustür und umklammerte sie fest. Frische, kalte Abendluft strömte ihm entgegen. Er schloss die Augen, atmete tief durch und wartete. Wartete, bis seine Stirn die Kühle des Abends aufgenommen hatte und das Hirn dahinter den Befehl gab, einen Fuß vor den anderen zu setzen.

Wie ein Betrunkener torkelte Karl über den Bürgersteig auf seinen Wagen zu. Er fragte sich nicht, ob er überhaupt fähig war zu fahren. Er musste sitzen, endlich wieder sitzen. Mit letzter Kraft stemmte er die Tür des Wagens auf, warum kam sie ihm so schwer vor? Hatten ihn alle Kräfte verlassen? Er ließ sich auf den Sitz fallen und schloss die Augen. Ein erneuter Stoß aus dem Inhalator brachte ihm wieder etwas Erleichterung.

Karl warf einen Blick zurück zu dem Haus. Er sah in Sigis Wohnung das Licht brennen. Auch bei der Vermieterin unten brannte Licht. Aber sie hatte offensichtlich nichts gehört oder bemerkt, sie stand weder am Fenster noch in der Haustür.

Behutsam bediente Karl das Gaspedal und der Wagen setzte sich ruckend in Bewegung. Die Lessingstraße zog sich. Er musste auf den Querverkehr achten. Dann kam eine Biegung und die Entscheidung, welche Straße er nehmen sollte. Möglichst geradeaus. Alles vor ihm war verschwommen. Lichter stürzten auf ihn ein. Verdammt, warum war er nur in das Auto gestiegen? Irgendwo tauchte ein Stoppschild auf.

Er trat auf die Bremse. Zu schnell, beinahe wäre er mit dem Kopf gegen die Windschutzscheibe geflogen. Ihm fehlte die Kontrolle über sein Tun. Vielleicht hatte er auch zu viele Tabletten genommen, zu oft den Inhalator benutzt. Die Dosis machte es!

Langsam ließ er die Bremse los. Der Wagen rollte wieder. Irgendwer hupte. Links war es dunkel, aber rechts erkannte er Lichter. Wahrscheinlich stand er an oder auf einer Kreuzung. Er drehte das Lenkrad so, dass der Wagen nach rechts rollen musste. Jemand überholte ihn und wieder das Hupen. Von vorne kamen Lichter auf ihn zu. Es mussten andere Autos sein. Karl starrte zwischen die Lichter der Autos und die Lichter am Straßenrand. Irgendwo dazwischen musste die Fahrbahn sein. Seine Augen suchten nach einer Stelle, wo er anhalten konnte. Fahren war unmöglich, so sehr er sich auch anstrengte. Linker Hand sah er einen blauen Schriftzug, der ihm bekannt vorkam. Er blinzelte und entzifferte: Tivoli! Hier musste ein Parkplatz sein, vor einem Kino und einem Restaurant. Jetzt musste er sich auf den Gegenverkehr konzentrieren und die Einfahrt finden. Von links tauchten Lichter auf. Ein Wagen kam aus der Einfahrt und huschte an ihm vorbei. Karl gab Gas. Mit quietschenden Reifen und einem Satz befand er sich auf dem Parkplatz. Die Scheinwerfer streiften ein paar Autos. Karl suchte eine Lücke. Erschöpft stellte er den Motor ab.

Eine knappe halbe Stunde blieb er in seinem Wagen sitzen. Er hatte die Lehne zurückgestellt, die Augen geschlossen und horchte in sich hinein. Dieses Mal lauschte er nicht seinen Gedanken, seinen Gefühlen, sondern nur seinem Herzschlag und seinem Atem. Die schreckliche Angst, die sich in der letzten Stunde aufgebaut hatte, begann ganz allmählich seinen Körper zu verlassen. Das Wechselbad zwischen Frösteln und Fiebern ließ nach.

Als er sich einigermaßen stabil fühlte, richtete er sich auf und blickte sich um. Vor sich sah er die Werbeleuchte des Kinos und die hell erleuchteten Fenster des griechischen Restaurants nebenan. Mit einem tiefen Seufzer griff er ins Handschuhfach und nahm die Kladde. Er musste alles aufschreiben, ordnen – irgendwie. Dann stieg er aus, was ihn noch rechte Anstrengungen kostete, und schleppte sich langsam die Stufen zum Restaurant „Rhodos“ im Tivoli hinauf.

Das Restaurant war an diesem Montag nur spärlich besucht. Der Kellner half ihm sofort aus dem Mantel, woraus Karl schloss, dass man ihm ansah, wie dreckig es ihm ging. Er wählte den Tisch an der Balustrade der kleinen Empore und bestellte sich einen Ouzo und ein Bier.

Alle Speisekarten griechischer Restaurants waren gleich: Taramas, Krakensalat, Delphi- und Athenteller, Lamm mit Kritharaki, Gyros… Eigentlich hatte er keinen Appetit, aber er musste etwas essen. So entschied er sich für Gyros mit Reis.

Seine Hand zitterte immer noch, als er den Kugelschreiber aus dem Jackett zog und die Kladde aufschlug. Er wollte seine Gedanken festhalten, um sie bei Gelegenheit nachzulesen und unter anderen Umständen in Ruhe prüfen zu können, wie weit sie der Realität entsprachen. Noch konnte er sich das Ungeheuerliche nicht vorstellen, das im Moment sein Hirn zermarterte. Er erschrak vor seiner eigenen Schrift, die kaum wiederzuerkennen war. In dem angestrengten Bemühen, so leserlich wie möglich zu schreiben, vergaß er seine Umgebung.

Erst als der Kellner mit dem Gyros kam, schob er die Kladde beiseite und stellte fest, dass der Ouzo und das Bier noch unberührt vor ihm standen. Vielleicht hätte er gar nicht in das Restaurant gehen sollen. Im Moment sah er es mehr als Pflicht dem Kellner gegenüber an, den Ouzo zu trinken und einen Schluck Bier hinterher zu spülen. Lustlos würgte er das Essen hinunter, obwohl es bestimmt ausgezeichnet schmeckte. Irgendwann schob er den Teller beiseite und nahm sich wieder die Kladde vor. Der Kellner brachte ihm ein zweites Bier. Karl wusste nicht einmal, ob er es bestellt hatte. Er ließ es einfach geschehen.

Als er seine Notizen beendet hatte, blätterte er nochmals die Eintragungen der letzten Tage und Wochen durch. Dabei spürte er, wie sich der Druck in seiner Brust wieder erhöhte. Schnell schloss er die Kladde, legte sie auf den Handlauf der Balustrade und steckte den Kugelschreiber wieder ein. Er schloss die Augen und stützte den Kopf auf. So vergingen Minuten. Minuten der völligen Leere.

Plötzlich spürte er eine Hand an seiner Schulter. Neben ihm stand der Kellner und schaute ihn freundlich lächelnd an. „Ist Ihnen nicht gut?“

„Doch, doch“, versicherte Karl und verlangte aus Verlegenheit einen weiteren Ouzo und ein Bier. Als er sich umblickte, stellte er fest, dass bis auf ein älteres Ehepaar nur noch er Gast im Restaurant war.

„Kann ich bitte zahlen“, bat er den Kellner, als dieser ihm die Getränke brachte. Etwas mühsam zog er sein Portmonee aus der Gesäßtasche und legte es neben sich auf den Tisch. Auch wenn der Kellner es merkwürdig finden würde, er musste sich selbst bedienen.

Tatsächlich schaute ihn der Kellner, der ihm einen zusätzlichen Ouzo des Hauses und die Rechnung brachte, irritiert an, als Karl ihn bat, sich das Geld selbst aus der Börse zu nehmen.

„Machen Sie es nur", sagte Karl leise. „Sie haben Recht, mir ist nicht gut."

„Das Essen?", fragte der Kellner besorgt.

„Nein, nein. Ich hätte erst gar nicht kommen sollen", entschuldigte sich Karl und versuchte aufzustehen.

Eilig griff ihm der Kellner unter die Arme. „Zahlen Sie einfach das nächste Mal", meinte er und steckte Karl die Geldbörse in die Seitentasche seines Jacketts. Er begleitete ihn bis zur Garderobe und half ihm in den Mantel. Dann brachte er ihn sogar die Stufen hinunter bis auf den Parkplatz. „Soll ich Ihnen nicht lieber ein Taxi rufen?"

Karl winkte ab, bedankte sich und schwankte auf seinen Wagen zu. Er musste so schnell wie möglich wieder in Sigis Wohnung, bevor das Karussellfahren in seinem Kopf erneut losging. Kaum saß er im Wagen, startete er den Motor, wendete mit einem Satz und verließ den Parkplatz. Er sah nicht einmal mehr, dass der Kellner mit der Kladde in der Hand rufend hinter dem Fahrzeug herlief.

11.

Sigis Wagen stand bereits vor dem Haus, als Karl ankam. Gut so, dann musste er die Hausbesitzerin nicht stören. Unsicher erklomm er die Stufen vor der Haustür und läutete.

„Wie siehst du denn aus?“, empfing ihn Sigi.

Im Licht des Treppenhauses wirkte Karls Gesicht gespenstisch. Es war blass mit feuerroten Flecken, die Lippen blau-violett gefärbt, unter den Augen hatte er braune Ränder.

„Mir ist nicht gut“, stöhnte Karl und war dankbar, dass ihm Sigi den Arm hinhielt, um ihn zu stützen.

„Du trinkst jetzt gleich mal einen Cognac!“, meinte Sigi, während er Karl aus dem Mantel half und ihn ins Wohnzimmer führte.

„Keinen Alkohol mehr, ich habe bereits einiges getrunken.“

Vorsichtig ließ sich Karl in einem Sessel nieder und versuchte durchzuatmen, doch das Korsett um seinen Brustkorb war schon wieder enger geworden. „Ich muss mit dir reden“, flüsterte er und bemühte sich, ruhig zu bleiben.

„Worum geht es?“

Karl versuchte sich zu konzentrieren, was und wie er es jetzt sagen sollte. Dabei sah er sich Hilfe suchend im Raum um. Seine Augen blieben wieder an den Ordnern im Regal hängen. „Ich habe … hab ein bisschen … in deinem Leben geblättert, entschuldige … die Neugierde.“

Sigi winkte ab. „Ich hätte dir die Ordner sowieso morgen oder übermorgen gezeigt, damit du dich nicht langweilst. Das muss dir nicht unangenehm sein.“

„Ist es mir auch nicht“, meinte Karl kopfschüttelnd. „Aber als ich das Bild in der Zeitung sah … damals … von deiner Heldentat, du weißt schon!“ Ein kurzer Hustenstoß unterbrach seine Rede. Er griff sich an die Brust.

„So heldenhaft war das gar nicht“, wehrte Sigi ab. „Jeder andere in meiner Situation hätte ähnlich reagiert.“

„Das meine ich nicht … Aber das Bild erinnerte mich … an uns … an dich … damals, als du mit dem Messer über mich gebeugt warst … weißt du noch?“ Erschöpft brach er ab.

„Dafür habe ich mich damals entschuldigt, wenn du dich noch erinnerst. Wir waren Kinder, dumme Jungen.“ Sigi rückte seinen Sessel so, dass er gegenüber Karl zu sitzen kam und ihn direkt anschauen konnte. „Es tut mir auch heute noch Leid. Es muss für dich furchtbar gewesen sein damals. Ich würde alles geben, wenn ich diese Sache aus deinem Gedächtnis ausradieren könnte. Es wird das gleiche Bild in dir sein, das in mir brennt. Auch ich sehe immer wieder meine Mami, wie sie die Schere hochreißt und zusticht. Ich leide unter diesem Bild ebenso wie du unter dem anderen.“

„Bitte“, flüsterte Karl und versuchte die Hand von Sigi zu ergreifen, was ihm aber nicht gelang. „Bitte, sag mir die Wahrheit. Hat deine Mutter deinen Vater umgebracht?“

Sigi beugte sich vor und schaute Karl fest an. „Wer soll es denn sonst gewesen sein? Außer mir und meiner Mami war doch niemand anwesend.“

„Du!“, stieß Karl hervor und riss seine Augen weit auf.

Sigi ergriff nun seinerseits die Hände von Karl und umfasste sie. „So etwas darfst du nicht einmal denken, Karl. Es war für mich ein schrecklicher Augenblick und Anblick. Seither lebe ich mit der Gewissheit, dass meine geliebte Mami eine Mörderin war. Ich gebe zu, dass ich sogar in Hermeskeil manchmal mit dem Gedanken gespielt habe, zu behaupten, ich hätte diesen versoffenen Kerl umgebracht. Mich hätte man als Elfjährigen nicht bestraft. Aber meine Mami hätte dies nie zugelassen.“ Er senkte den Blick, ließ Karls Hände wieder los und stand auf. „Ich hole dir jetzt einen Cognac.“

Karl sah wie in einem Nebel, wie Sigi das Wohnzimmer verließ. Er versuchte sich im Sessel aufzurichten, aber die Kraft fehlte ihm. Der Gürtel um seine Brust wurde immer enger. Er spürte den Schweiß, der ihm über Stirn und Wangen rann.

Sigi kehrte zurück und hielt ihm einen Cognakschwenker hin. Was hat er da hineingetan?, schoss es Karl durch den Kopf. Aber jetzt war alles egal. Gierig trank er einen Schluck. Es schien tatsächlich Cognac zu sein. Kein bitterer Nachgeschmack, kein Brennen in der Kehle, herrlicher, weicher Cognac.

„Danke“, sagte Karl und reichte Sigi das Glas zurück, das sonst seinen zitternden Händen entglitten wäre.

„Geht es wieder?“, hörte er Sigi fragen.

Er nickte nur. „Aber der Fuchs, dein Stiefvater...“

„Ich weiß, aber Mami blieb keine andere Wahl. Er hätte sie ins Gefängnis gebracht und ich wäre allein zurückgeblieben.“

„Aber so bist du auch allein zurückgeblieben!“ Karl schaute zu Sigi auf, der sich mit verschränkten Armen gegen einen Schrank gelehnt hatte.

„Das ist richtig. Aber ich glaube, Mami hat die Entwicklung zu diesem Zeitpunkt noch nicht geahnt. Vielleicht dachte sie, es wird alles gut.“

Karl begann energisch den Kopf zu schütteln. Nein, da stimmte etwas nicht. Sigi hatte ihm erzählt, dass er und seine Mutter nach dem Mord an Fuchs sofort zum Zirkusplatz gegangen waren und dass seine Mutter ihm dort die Frau gezeigt hatte, zu der er gehen sollte. Keine Mutter, die ihr Kind liebt und zwei Morde begeht, um ihrem Kind nahe zu sein und ihr Kind behalten zu können, schickt es dann einfach weg! Also musste seine Mutter bereits zu diesem Zeitpunkt vorgehabt haben, sich umzubringen. Karl versuchte wieder einen klaren Gedanken zu fassen. In diesem griechischen Lokal war ihm alles so klar, so schlüssig vorgekommen. Jetzt vermischten sich die Bilder wieder.

„Sigi“, sagte er leise, aber in seiner Stimme lag etwas Bedrohliches. „Ich werde mein Wissen nicht für mich behalten. Ich glaube dir nicht mehr. Es muss alles ganz anders gewesen sein...“ Er spürte, wie sein Herzschlag immer unruhiger wurde. Diese verdammte Mischung von Tabletten, Alkohol und dem Spray! Er musste einen Arzt aufsuchen, ein Krankenhaus. „Sigi, bitte, gib mir ein Telefon oder ruf einen Arzt.“

Doch Sigi bewegte sich nicht von der Stelle. Er blickte nur zu Karl herab und meinte: „So schlimm wird es nicht sein, Karl. Du hast zu viel nachgedacht, hast dich einfach verrannt in eine verrückte Idee. Morgen, wenn du ausgeschlafen hast, sieht die Welt schon wieder ganz anders aus, du wirst sehen.“

„Ich werde morgen zur Polizei gehen, zu dem Kommissar, der auch mich sucht.“

Er sah, wie sich Sigi erschrocken über ihn beugte. „Was für ein Kommissar sucht dich?“

„Das ist eine lange Geschichte. Aber ich habe niemanden umgebracht. Trotzdem sucht man mich ...“

„Was faselst du da, Karl? Weiß die Polizei, dass du bei mir bist? Ich will keine Polizei hier haben." Der Ton in Sigis Stimme hatte sich völlig gewandelt.

„Bring mich zu meinem Wagen. Ich werde nach Hause fahren und morgen früh zur Polizei gehen."

Karl spürte, wie Sigi sich wieder aufrichtete, aber dicht vor ihm stehen blieb.

„Ich werde mich stellen und ich werde…" Karl rang nach Luft. Jetzt schnürte es ihm auch den Hals zu.

„Was wirst du?", fragte Sigi und seine Stimme klang rau und kalt wie am Tag ihres ersten Wiedersehens.

„Ich werde…" Weiter kam Karl nicht, er fiel in ein Loch, hörte seine Stimme nur noch, als stände er neben sich selbst. Hastig versuchte er in die Innentasche seines Jacketts zu greifen, aber die Kraft reichte nicht aus.

Sigi verließ den Raum. Im Schlafzimmer riss er eine Schublade auf, entnahm ihr ein Paar Handschuhe und zog sie eilig an. „Das Klassentreffen wird wohl ohne dich stattfinden müssen, mein Freund!", murmelte er grimmig.

Er eilte in die Küche und öffnete die dunkelbraune Schachtel, die in der Anrichte lag. Rasch fischte er eine Ampulle heraus und schnippte die obere Glaskuppe mit dem Daumen ab. Mit ruhiger, routinierter Hand nahm er die Spritze und zog sie auf. Dann lief er damit ins Wohnzimmer zurück.

Karl saß verkrampft im Sessel, sein Kopf war nach hinten gefallen, die Augen starr zur Decke gerichtet. In der rechten Hand hielt er den Inhalator. Sigi trat an den Sessel heran und beugte sich über seinen ehemaligen Schulkameraden. Er tastete nach der Armvene, um die Spritze anzusetzen, hielt jedoch unvermittelt inne und betrachtete Karls Gesicht. Mit der freien Hand fühlte er nach Karls Halsschlagader. Dann legte er die Spritze ab und zog die Handschuhe langsam wieder aus. Karl war tot. Die Sache hatte sich von selbst erledigt, ganz ohne sein Zutun.

Lächelnd zog er die Vorhänge zu und löschte das Licht im Wohnzimmer. Im Schlafzimmer trat er vor das Foto seiner Mutter und drückte einen zärtlichen Kuss auf das Glas, an die Stelle, wo sich ihr Mund befand.

Es war ein kalter, unfreundlicher Morgen. Kommissar Fuß saß in seinem Büro und wollte eben die Kaffeetasse an die Lippen setzen, als das Telefon läutete. Ungehalten hob er den Hörer ab. „Ja!"

Während er zuhörte, verfinsterte sich sein Gesicht zunehmend. „Ich komme, aber erst trinke ich in Ruhe meinen Kaffee aus. Ob wir den Täter fünf Minuten früher oder später verhaften, ist doch gleich!"

Er legte auf und blickte seinen Kollegen Wagner an, der recht unausgeschlafen ihm gegenüber saß und in der Rhein-Zeitung blätterte. „Auf dem Parkplatz vom Weindorf steht ein Wagen mit einem Toten drin!" Er trank genüsslich einen Schluck von dem heißen Braunen. „Es geht doch nichts über einen Schluck heißen Kaffee am Morgen. Erika hat heute ebenso verpennt wie du. Aber ihr sei es vergönnt, demnächst geht's bei uns in Alken wieder los! Dann gibt es kein Verschlafen mehr."

„Wann macht deine Frau die Straußwirtschaft wieder auf?"

„Am 13. April. Ausgerechnet der dreizehnte, aber Gott sei Dank wenigstens kein Freitag! Du und deine süße Braut, ihr seid herzlich eingeladen."

Beim Eintreffen von Fuß und Wagner hatten die Kollegen den Wagen bereits geöffnet, auch der Arzt war schon vor Ort.

„Ziemlich eindeutig Herzinfarkt!", begrüßte sie der Arzt.

Trotz solcher in der Regel zuverlässiger Aussagen blieb Fuß immer wachsam. Zu schnell hatte man eine winzige Kleinigkeit übersehen, die sich später als der Schlüssel zu einem Verbrechen herausstellte.

Als der Arzt das zweifelnde Gesicht des Kommissars sah, meinte er sofort: „Nein, nein. Er hat sogar noch das Nitro-Spray in der Hand. Hat es aber leider nicht mehr geschafft."

Fuß ging einmal um den Wagen herum, konnte aber nichts entdecken, was seine Aufmerksamkeit erregte. „Irgendwelche Auffälligkeiten?", fragte er im Vorbeigehen einen Kollegen der Spurensicherung.

„Nee, nur dass die Reifen recht abgefahren sind."

„Dann hat er ja noch mal Glück gehabt, dass er nicht zum Selbstmörder wurde", brummte Fuß und beugte sich über den Toten. Aufmerksam betrachtete er das wächserne Gesicht und die weit aufgerissenen Augen. „Wagner!", rief er dann und winkte seinen jungen Kollegen zu sich. „Schau du mal rein, ob dir was auffällt!"

Wagner, der ein gutes Stück kleiner war als Fuß, verschwand mit dem Oberkörper im Wagen. „Ist das nicht…", ertönte seine Stimme aus dem Fahrzeug.

„Karl Gassner." Fuß drehte sich zu den anderen Kollegen um. „Vom BWB. Den kennen wir. Nach dem wird wegen der beiden Frauen in Meckenheim gefahndet. Bitte auch in diese Richtung nach Spuren suchen."

Wagner tauchte wieder aus dem Auto auf und strich sich seine schwarzen Haare aus der Stirn, die ihm beim Vorbeugen ins Gesicht gefallen waren. „Vielleicht dann doch Selbstmord?"

„Oder ein gut getarnter Mord!" Fuß drehte sich zu dem Arzt um. „Machen Sie sich mal nicht unglücklich mit Ihrer Diagnose", sagte er leise. Lauter, so dass alle es hören konnten, verkündete er: „Bringt den Toten in die Gerichtsmedizin zur Obduktion und den Wagen stellen wir sicher. Das wollen wir doch einmal genauer wissen. Hat man seine Papiere gefunden, einen Abschiedsbrief oder Ähnliches?"

Ein junger Beamter mit Latexhandschuhen begann die Taschen des Toten zu durchsuchen. Schließlich gelang es ihm, aus der Gesäßtasche die Geldbörse herauszuziehen. Er öffnete sie und zog vorsichtig einen Ausweis heraus. „Ein gewisser Karl Gassner, geboren 8. Juli 1945 in Trier, wohnhaft in Koblenz..."

Fuß schnippte mit dem Finger. „Das wissen wir doch alles schon! Einpacken! Wer hat den Wagen mit dem Toten entdeckt?", fragte er in die Runde.

„Ein Busfahrer, der seinen Bus über Nacht hier geparkt hatte. Er musste allerdings wegen seines Reiseplans abfahren. Wir haben aber seine Personalien und wissen, wo er heute Abend zu erreichen ist."

Kommissar Fuß warf einen Blick in den Kofferraum, den die Kollegen inzwischen geöffnet hatten. Außer einem Reservekanister und einem Koffer war er leer.

„Aufmachen!", befahl der Kommissar.

Ein Kollege mit Handschuhen öffnete den Koffer. Zum Vorschein kamen Kleidungsstücke, ein Kulturbeutel und Wäsche. Auch der Kommissar zog sich Handschuhe über und durchsuchte den Kofferinhalt, konnte aber nichts Verdächtiges entdecken.

„Für eine Flucht ist das zu wenig", sagte er, „höchstens für eine kurze Dienstreise. Gestern Nachmittag jedenfalls war er angeblich dienstlich unterwegs, als ich beim BWB anrief. Am besten, wir fahren gleich mal beim BWB vorbei."

Gerd Nettekoven begrüßte die beiden Kriminalbeamten mit gemischten Gefühlen.

„Ihr Kollege, Herr Gassner, ist heute immer noch dienstlich unterwegs?“, begann Fuß scheinheilig.

Das war es also! Gerd zuckte mit den Schultern. „Eigentlich hätte er heute wieder hier sein müssen …“

„Wohin musste er denn gestern?“

Gerd geriet ins Schwitzen. Er spürte, dass er die Wahrheit sagen musste, sonst würde der nächste Schritt die Beamten zum Abteilungsleiter führen. Jetzt galt es, den eigenen Kopf aus der Schlinge ziehen. „Also gut. Ich weiß es nicht. Gassner rief mich gestern nur an und sagte, er müsse noch etwas erledigen. Ich solle Anrufe für ihn auf meinen Apparat umleiten lassen und sagen, er sei dienstlich unterwegs. Natürlich habe ich angenommen, dass er heute wieder hier ist.“

„Sie wissen also nicht, was Herr Gassner vorhatte und wo er sich gestern aufhielt?“, erkundigte sich Fuß.

„Nein. Es war, wie ich Ihnen sagte.“

„Dann sage ich Ihnen, dass wir heute früh Herrn Gassner gefunden haben.“

„Gefunden?“, fragte Gerd erschrocken. „Was heißt gefunden?“

„Herr Gassner ist tot!“

Gerd sprang auf. Er zuckte mit den Armen, als wolle er etwas von sich werfen. „Aber…“, war das Einzige, was er hervorbrachte.

„Sie können sich also nicht denken, was Herr Gassner gestern vorhatte und wo er sich möglicherweise aufhielt?“

Gerd konnte es immer noch nicht fassen. Fahrig rückte er Akten und Gegenstände auf seinem Schreibtisch hin und her. „Ich begreife das alles nicht. Er kann doch nicht … Weiß seine Frau schon, was geschehen ist?“

„Noch nicht!“, gestand Wagner. „Aber wir kennen die Adresse der Freundin, bei der sie sich zurzeit aufhält. Wir werden sie so bald wie möglich informieren.“

Gerd ließ sich langsam in seinen Schreibtischsessel gleiten. „Was wollte er denn überhaupt bei Evelin? Davon hat er mir nichts gesagt“, murmelte er gedankenabwesend.

„*Wann* hat er davon nichts gesagt?“, hakte Fuß scharf nach.

„Am … Samstag. Er rief mich an und fragte mich, ob ich in Meckenheim gewesen sei, weil ich nicht ans Telefon gegangen war. Aber ich hatte nur ausgeschlafen und das Telefon nicht gehört.“

Der Kommissar warf seinem Kollegen einen vielsagenden Blick zu. Gassner hatte also offensichtlich vermutet, dass Nettekoven der Täter sei. Damit sprach vieles dafür, dass er dem Kommissar am Telefon die Wahrheit gesagt hatte.

„Und waren Sie in Meckenheim gewesen?" Fuß hatte sein Diktiergerät aus der Tasche gezogen. „Dienstag, 5. März, 9.24 Uhr, Befragung Gerhard Nettekoven, BWB Koblenz. Sie sind damit einverstanden?"

Gerd nickte zerstreut und Fuß stellte das Gerät vor sich auf den Schreibtisch. „Also nochmals. Herr Gassner rief Sie am vergangenen Samstag an und erkundigte sich, ob Sie in Meckenheim gewesen seien. Waren Sie denn in den letzten Tagen in Meckenheim?"

„Nein. Ich habe zwar mehrfach versucht, Evelin, ich meine, Frau Singer anzurufen, aber sie ist nicht ans Telefon gegangen."

„Konnte sie auch nicht!", ließ ihn Wagner wissen.

Gerd zuckte zusammen. „Was heißt das nun schon wieder: Konnte sie auch nicht?"

Wagner blickte zu seinem Kollegen, der ihm Zustimmung signalisierte. „Frau Singer liegt in der Bonner Uniklinik."

„Was!" Nettekovens Erstaunen schien den beiden Beamten echt zu sein. „Sind denn jetzt alle verrückt geworden? Meine Frau, Karl, Evelin...? Was ist mit Evelin? Was ist mit Karl?" Seine Stimme versagte.

„Machen wir es kurz", meinte der Kommissar. „Herr Gassner wurde heute früh tot in seinem Auto gefunden. Möglicherweise Herzinfarkt, aber das wird die Obduktion noch zeigen. Frau Singer und Frau Odenthal..."

„Butzi?!", schrie Gerd auf.

„Jetzt hören Sie doch erst einmal zu!", entfuhr es dem Kommissar laut. „Frau Singer und Frau Odenthal liegen im Bonner Klinikum. Beide Frauen wurden schwer verletzt in Frau Singers Wohnung aufgefunden. Was es war, wissen wir noch nicht. Ein Überfall, ein Racheakt..."

„Sagen Sie mir, wie es den beiden geht!" Gerd hielt sich am Schreibtisch fest, als habe er Angst, aus dem Sessel zu kippen.

„Es geht beiden den Umständen entsprechend gut", beruhigte ihn Kriminalhauptmeister Wagner.

Gerds Oberkörper verschwand hinter dem Schreibtisch. Dann tauchte er mit einer Flasche Cognac und einem Glas wieder auf. „Sie entschuldigen, aber das ist zu viel", jammerte er, goss sich das Glas voll und kippte es in einem Zug hinunter.

„Also, Herr Nettekoven. Was können Sie zu all diesen Dingen sagen?

Herr Gassner hat uns gestanden, dass er am Samstag früh in Meckenheim war. Wenn Sie so wollen, hat er die Verletzten gefunden. Allerdings hat er nicht die Polizei gerufen, vermutlich, weil er annahm, dass die beiden Frauen tot seien und er in Verdacht geraten könne. Wo hat sich Ihr Kollege danach aufgehalten, zum Beispiel, als er Sie anrief?"

Gerd hatte sich bereits ein zweites Glas eingeschenkt. „Ich weiß es wirklich nicht. Auch als er gestern anrief, hat er nichts dazu gesagt. Ich habe angenommen, er ruft von zu Hause aus an."

„Hätten Sie mich gestern am Telefon nicht belogen, würde Herr Gassner jetzt vielleicht noch leben", stellte Fuß nüchtern fest. „Vielleicht! Aber das werden wir noch rekonstruieren." Als er das hochrote Gesicht von Nettekoven sah, schränkte er ein: „Nicht, dass Sie indirekt für den Tod Ihres Kollegen verantwortlich wären. Aber hätten Sie nicht behauptet, er sei dienstlich unterwegs, wären wir vielleicht zu ihm nach Hause gefahren. Denn er ging, als er mich anrief, davon aus, dass die beiden Frauen in Meckenheim tot seien. Diese Belastung könnte durchaus zu einem Herzinfarkt geführt haben."

„Mein Gott...!", stöhnte Gerd.

„Ich glaube, es ist notwendig, dass wir Ihre Aussage protokollieren", sagte der Kommissar abschließend. „Passt es Ihnen morgen gegen zehn Uhr?"

Irmgard war allein in der Wohnung ihrer Freundin. Erstaunt schaute sie die Kriminalbeamten an.

„Ich hoffe, Ihr Besuch wird nicht zu einer täglichen Übung", meinte sie und führte die beiden Herren in das kleine Wohnzimmer.

Fuß wartete, bis sie sich gesetzt hatte. „Frau Gassner, wir haben eine schlechte Nachricht für Sie. Ihr Mann hat wahrscheinlich einen Herzinfarkt erlitten. Wir haben ihn..."

„Tot?!"

Fuß nickte stumm. Irmgard vergrub ihr Gesicht in den Händen und begann leise vor sich hin zu weinen. Der Kommissar kannte diesen Moment nur allzu gut. Man musste Geduld haben und warten, bis die Angehörigen die unerwartete Situation begriffen und sich wieder einigermaßen gefasst hatten.

„Wo ist es passiert?", war Irmgards erste Frage.

„Wir haben Ihren Mann heute Morgen in seinem Wagen auf dem Parkplatz des Weindorfes unten am Rhein aufgefunden."

„Aber … was hat er denn dort gemacht?“, fragte Irmgard und wischte sich mit einem Taschentuch die Tränen aus den Augen.

„Wir haben eigentlich gehofft, dass Sie uns dazu etwas sagen können“, meinte Fuß enttäuscht. „Nach den ersten Ermittlungen muss Ihr Mann mit seinem Wagen schon einige Zeit dort gestanden haben. Sie wissen nicht, was er die letzten Stunden oder auch am Wochenende gemacht hat?“

Irmgard schüttelte den Kopf. „Wir haben uns seit dem Selbstmordversuch von Frau Nettekoven nicht mehr gesehen oder gesprochen. Aber er hatte doch immer seine Medikamente dabei, die Tabletten und den kleinen Inhalator …“

„Den hatte er sogar in der Hand“, bestätigte Wagner. „Aber entweder war es zu spät oder er kam gar nicht mehr dazu. Vielleicht wird die Obduktion uns darüber Auskunft geben.“

„Wieso Obduktion?“, frage Irmgard verwirrt.

„Ich glaube, wir müssen Ihnen noch etwas erzählen…“ Der Kommissar berichtete Irmgard von dem Vorfall in Meckenheim und dem Anruf ihres Mannes bei ihm. „Es scheint sich zu bewahrheiten, dass Ihr Mann tatsächlich in Meckenheim gewesen ist. Ob er mit der Tat etwas zu tun hat, werden wir erfahren, wenn eine der beiden Frauen vernehmungsfähig sein wird. Derzeit ist aber ihr Zustand noch sehr kritisch. Alles spricht allerdings dafür, das möchte ich Ihnen nicht verheimlichen, dass Ihr Mann die beiden Frauen wirklich nur gefunden hat.“

„Karl war ein friedfertiger Mensch. Man kann ihm sicher vieles vorwerfen oder nachsagen. Aber eine Frau schlagen – nein!“

Der Kommissar erhob sich. „Ich werde Sie benachrichtigen lassen, wenn die Obduktion beendet ist und der Tote zur Beerdigung freigegeben ist.“

„Ich habe gerade mit dem Gerichtsmediziner telefoniert“, Kommissar Fuß kratzte sich an den Schläfen, „alles deutet bisher auf einen natürlichen Herztod hin. Es bleibt natürlich die Frage, ob er der Schläger von Meckenheim ist. Immerhin, wenn ich euch richtig verstanden habe, hat ihn der Nachbar von Frau Singer eindeutig auf dem Foto wiedererkannt. Außerdem stimmt die Zulassungsnummer mit der Wahrnehmung des Zeugen überein.“

„Daran besteht für uns kein Zweifel“, bestätigte Kommissarin Ruth Schmitz aus Meckenheim. „Dieser Gassner hat am Samstagmorgen mit blutbefleckter Kleidung die Wohnung von Frau Singer verlassen.“

„Ich glaube, da kriegen wir eine harte Nuss zu knacken“, schnaubte Fuß. „Ein Toter ist bei einer Vernehmung immer so verbohrt schweigsam. Die Blutspuren an seiner Kleidung, die wir übrigens bisher nicht gefunden haben, können natürlich auch nur von seinem Besuch stammen, wenn er die Frauen angefasst hat ... Man müsste die Art der Blutflecken sehen. Was meinen denn die Ärzte, wann ihr die Frauen verhören könnt?“

„Wir gehen von drei bis vier Tagen aus. Frau Odenthal wurde in ein künstliches Koma versetzt und Frau Singer steht derzeit wegen der starken Schmerzen unter Morphium. Damit müssen wir uns momentan abfinden.“

„Was hat die Untersuchung des Wagens von Herrn Gassner ergeben?“

Der Kollege von der Spurensicherung übereichte Fuß eine dünne Akte, in der auch ein paar Fotos zu finden waren. „Nicht allzu viel, zumindest nichts Eindeutiges. Im Kofferraum haben wir minimale Blutspuren gefunden, die derzeit noch analysiert werden. Nur zwei Dinge machen uns etwas Kopfzerbrechen. Zum einen hatte der Tote seine Herztabletten in der linken Brusttasche. Es ist also anzunehmen, dass er Rechtshänder war und auch den Inhalator an der gleichen Stelle aufbewahrte, allein schon, um im Ernstfall bei einem schnellen Griff beides aus dem Jackett nehmen zu können. Den Inhalator hielt er aber in der linken Hand. Muss nichts bedeuten. Wesentlicher ist, dass der Tote offenbar den Wagen mit Handschuhen gefahren hat, das beweisen Wischeffekte am Lenkrad. Er trug aber beim Auffinden keine Handschuhe! Ebenso waren keine im Wagen zu finden.“

„Das heißt also“, wollte sich Fuß vergewissern, „das Auto könnte auch von einer dritten Person dorthin gefahren worden sein, die dann den Toten erst hinter das Lenkrad gesetzt hat?“

„So ist es!“, bestätigte der Kollege.

„Rekonstruieren wir mal“, die Kommissarin blätterte in ihren Unterlagen, „Gassner war also am Samstag früh in Meckenheim. Außerdem wissen wir, dass er am frühen Vormittag im BWB war, wie uns der Pförtner bestätigte. Dort war er nur ganz kurz. Frage: Was hat er dort gemacht? Dann haben wir die Aussage dieses Kollegen...“

Wagner kam ihr zu Hilfe. „Nettekoven!“

„Richtig. Er sagt aus, dass ihn Gassner am frühen Samstagnachmittag angerufen habe. Von wo aus, weiß Nettekoven nicht. Seit gestern gegen Mittag wurde die Wohnung von Gassner observiert, dort wurde er nicht angetroffen und ist auch nicht aufgetaucht. Seine Frau, die von ihm getrennt lebt, kann oder will keine Aussage machen, wo er sich aufgehalten haben könnte."

„Aber soweit ich die Akte gelesen habe, hat dieser Gassner doch kaum ein Motiv gehabt, die beiden Frauen zu überfallen. Das sieht doch nach Racheakt aus. Irgendwie stimmt da etwas nicht", meinte der Kommissar. „Ich meine, Gassner als Täter können wir vergessen."

„Stopp", wandte die Kommissarin ein, „immerhin hatte er mit einer der Frauen eine außereheliche Beziehung!"

„Aber das war doch allgemein bekannt. Selbst seine Frau wusste es. Was hätte er denn mit diesem Anschlag erreichen wollen?", entgegnete ihr Fuß und blickte Hilfe suchend zu Wagner, der Männchen auf seine Schreibtischunterlage malte.

„Gassner ist laut Ihres eigenen Berichtes davon ausgegangen, dass die Frauen tot seien. Damit sieht das Ganze doch wieder anders aus. Was er mit einem Mord vertuschen wollte, das wissen wir nicht. Die Auswertungen sind noch nicht ganz fertig", räumte Kommissarin Schmitz ein. „Es gibt da wohl noch ein paar andere Fingerabdrücke und Hinweise auf Dritte, aber auch da wissen wir noch nichts Genaues."

„Dann warten wir das doch erst einmal ab", schlug Fuß vor. „Gassner läuft uns nicht mehr weg und wir werden uns hier in Koblenz auf die Frage konzentrieren, was der Gute zwischen Samstagvormittag und heute früh gemacht hat. Das wird zwar nicht einfach werden, aber..."

Einen Tag später lag dem Kommissar der Bericht des Gerichtsmediziners vor.

„Jetzt wird es spannend", bemerkte er, nachdem er den Bericht überflogen hatte. „Der Herzinfarkt ist bestätigt, aber Gassner hatte so viel Medikamente im Körper, dass er keinen Schritt Auto fahren konnte. Vor allem nicht so sauber einparken, wie der Wagen vorgefunden wurde. Damit muss die Spurensicherung nochmals ran. Wir müssen davon ausgehen, dass ein Dritter die Finger im Spiel hatte."

Er reichte Wagner den Bericht. „Es stellt sich also die Frage, wo hat Gassner seinen Herzinfarkt bekommen und warum hat man ihn danach auf den Parkplatz gefahren?"

„Vielleicht hat der Täter aus Meckenheim ihn beobachtet, war vielleicht sogar noch in der Wohnung, als Gassner kam, ist ihm gefolgt..."

„Läuft ins Leere!“, unterbrach ihn Fuß. „Warum sollte der Täter ihn zwei Tage beobachten? Immerhin ist die Todeszeit gemäß Obduktionsbericht auf etwa 23.30 Uhr am Sonntagabend festgelegt worden. Die Körpertemperaturberechnung lässt den Schluss zu, das der Tote aber erst maximal drei bis vier Stunden auf dem Parkplatz in der Kälte gestanden haben kann. Das passt alles noch nicht zusammen. Wo fand der Herzinfarkt statt, wer hat Gassner gefahren und warum wurde er dorthin gebracht?“

„Was ist mit dem Magen?“ Wagner hatte im Obduktionsbericht geblättert. „Unverdautes Essen, wahrscheinlich griechisch. Alkohol 0,9 Promille. Deutet auf Gaststättenbesuch hin.“

„Also gut. Nimm dir ein Foto von Gassner und klappere alle Griechen ab“, grinste der Kommissar. „Nur wo? In Koblenz, in Meckenheim, in Bonn oder auf halber Strecke, Andernach, Breisig…?“

Wagner sah ein, dass dies nicht sehr Erfolg versprechend war. „Was schlägst du vor, Fuß?“

Der zuckte auch nur mit den Schultern.

„Lauf bitte nicht wieder so rum wie ein Tiger im Käfig!“, meinte Erika. „Setz dich hin und iss etwas.“

Sie hatte extra Kartoffeln für ihren Mann gekocht und Heringssalat gemacht, ohne Rote Beete, weil er die nicht mochte. Immer, wenn er mit einem schwierigen Fall beschäftigt war, machte sie ihm eine seiner Lieblingsspeisen als Nervennahrung und zur Ablenkung. Im Frühjahr und Herbst, wenn die Weinwirtschaft offen war, hatte es die resolute und füllige Winzers- und Kommissarsfrau einfacher. Die vielen Gäste und Freunde, die sich dann Abend für Abend versammelten, lenkten ihren Mann von der oftmals traurigen, schmutzigen und immer stressigen Polizeiarbeit ab. Außerhalb der Öffnungszeiten der Straußwirtschaft hatte sie es da schwerer. Manchmal rief sie Priebes oder Zerwas an, zwei befreundete Ehepaare, um ihren Mann einfach zu zwingen, sich mit anderen Leuten und anderen Gedanken zu beschäftigen. Doch ausgerechnet heute hatte Günter Zerwas Nachtdienst und Renate, seine Frau, hatte eine bereits lange geplante Verabredung mit einer Freundin. Und bei Priebes, die oberhalb von Alken in Nörtershausen wohnten, meldete sich der Anrufbeantworter. Sie hatte zwar eine kurze Meldung draufgesprochen, wusste aber natürlich nicht, wann diese abgehört wurde. Schließlich versuchte sie es noch bei Elvira und Willy, ihren Freunden aus Andernach. Aber auch hier ging niemand ans Telefon. Heute war es wieder einmal wie verhext.

Fuß blieb im Durchgang zwischen Küche und Wohnzimmer stehen. „Ich kann jetzt nichts essen", meinte er und blickte an seiner Frau vorbei ins Leere.

„Dann schütt ich alles weg", drohte sie. Doch sie meinte es nicht ernst und wusste selbst, dass sie auch damit nichts erreichte. Wenn der Wilfried ein Problem hat, beschäftigt er sich so lange damit, bis er eine Lösung gefunden hat, pflegte sie zu sagen. Dann ist er stur wie ein Panzer.

Fuß hatte ein Problem. Was war mit diesem Toten geschehen? Und welcher Zusammenhang bestand zwischen dem Toten und den überfallenen Frauen in Meckenheim?

„Kannst du dir vorstellen, dass jemand zwei Frauen grundlos zusammenschlägt?", fragte er plötzlich seine Frau.

„Wenn eine Frau einen Mann verprügelt, hat sie immer einen Grund. Umgekehrt wohl nicht", flachste sie, um ihn aufzumuntern.

„Quatsch nicht! Ich meine das ernst. Es geht doch kein Mensch hin und schlägt völlig grundlos zu. Und dann gleich zwei Personen! Er kann die doch gar nicht gleichzeitig misshandelt haben – eine hätte dann immer noch Zeit gehabt zu flüchten, die Nachbarn oder die Polizei zu verständigen."

„Wie schwer sind die beiden Frauen denn verletzt?"

Fuß dachte nach. Die eine hatte schwere Stichverletzungen. Wenn der Täter diese Frau zuerst angegriffen hatte, war sie schon einmal außer Gefecht gesetzt. Alles musste sehr schnell gegangen sein. Dann hatte er die zweite Frau angegriffen.

„Du musst mir keine Antwort geben", meinte seine Frau spitz.

„Wieso?", fragte Fuß erstaunt. Er war so in seine Gedanken vertieft, dass er die Frage wieder vergessen hatte.

Während Erika unbeirrt den Tisch deckte, begann der Kommissar wieder hin und her zu tigern. Obwohl er mit dem Meckenheimer Vorfall nichts zu tun hatte, glaubte er mit der Lösung seines Falles schneller voranzukommen, wenn er sich den Ablauf der Tat schlüssig vorstellen konnte. Dem Täter war aufgemacht worden, daran bestand kein Zweifel. Oder er hatte einen Schlüssel. Dies konnte auf Gassner zutreffen. Man würde es prüfen müssen. Auf jeden Fall hatten die beiden Frauen zunächst keinen Argwohn gehegt. Waren sie bereits im Bett, als der Täter auftauchte, oder war er ihnen so vertraut, dass man gemeinsam in der Wohnung übernachten wollte? Die Kollegen hatten von keinem dritten vorbereiteten Bett gesprochen. Also ging er davon aus, dass der Täter erst am frühen Morgen gekommen war, vielleicht kurz vor Gassner, und die Frauen geweckt hatte. Wenn seine Überlegungen stimmten, hatte sich der Täter zuerst auf Frau Odenthal gestürzt. Sie hatte schwere Bauchverletzungen. Also war sie wahrscheinlich der Anlass seines Kommens. Als Frau Singer ihrer Kollegin zur Hilfe eilen wollte, griff er auch sie an.

„Hörst du nicht, es hat geschellt!"

Gedankenversunken hob Fuß den Hörer des Haustelefons ab. „Martini!", hörte er eine vertraute männliche Stimme sagen.

Automatisch drückte er den Knopf des Türöffners. „Jupp und Thea!"

Im Gesicht seiner Frau hätte er eine gewisse Erleichterung erkennen können, hätte er sie angeschaut. Aber er starrte noch immer vor sich ins Leere und versuchte sich den Samstagmorgen in Meckenheim vorzustellen, während seine Frau zwei weitere Gedecke und Gläser auf den Tisch stellte.

Auch der Installateurmeister aus Kehrig in der Eifel und seine Frau gehörten zum engsten Freundeskreis von Kommissar Fuß und seiner Frau. In den Zeiten, wenn Erika ihre Weinwirtschaft nicht geöffnet hatte, besuchte man sich privat – auch unangemeldet. Denn Wilfried und Erika hatten immer ein offenes Haus und freuten sich, wenn Freunde vorbeischauten.

„Hallo", grüßte Thea fröstelnd ins Wohnzimmer hinein. „Wir bringen euch nicht nur die Kälte von draußen rein, sondern auch ein paar Schneeglöckchen aus dem Garten."

Die Kommissarsfrau nahm dankend die Blümchen entgegen. „Der ist wieder voll drauf!", meinte sie mit einer Kopfbewegung zu ihrem Mann hin.

Jupp tauchte hinter seiner Frau auf. „Hauptsache, es gibt was Anständiges zu essen und zu trinken", lachte er und schnupperte in Richtung Küche.

Mit finsterer Miene hängte der Kommissar Theas Mantel an die Garderobe.

„Ist was?", wollte Jupp wissen.

„Dieselbe Scheiße wie immer. Wir haben mal wieder einen Toten und ich komme nicht weiter damit."

„Ist das der vom Weindorf? Ich habe davon gelesen. Aber ein Beamter, der an einem Herzinfarkt stirbt, ist doch eine Seltenheit, oder?"

Der Kommissar begleitete seinen Freund ins Zimmer, in dem die Frauen bereits am Esstisch Platz genommen hatten.

„So jetzt setz dich auch hin und kümmere dich um deine Gäste", befahl seine Frau.

„Stillhalten, durchhalten, Maul halten!", knurrte der Kommissar und begann, die Gläser einzuschenken.

12.

Irmgard Gassner war bereits einen Tag nach dem Auffinden der Leiche ihres Mannes wieder in ihre gemeinsame Wohnung zurückgekehrt. Der Verdacht, der auf ihren Mann fiel, belastete sie sehr. Sie war sich sicher, dass sich seine Unschuld herausstellen würde. Ungeduldig erwartete sie die Freigabe seiner Leiche durch die Gerichtsmedizin. Sie begann die Wohnung ein wenig zu verändern und nach ihren Vorstellungen umzuräumen. Dabei entdeckte sie so manches, was sie an die schönen Stunden mit ihrem Mann erinnerte. Unter den wenigen persönlichen Dingen ihres Mannes, die Gerd ihr aus dem Büro gebracht hatte, befand sich auch ein Foto von Evelin Singer. Lange überlegte sie, ob sie es vernichten solle. Aber war es nicht ebenfalls ein Bestandteil von Karls Leben, auch wenn es auf sie wie eine Ohrfeige wirkte? Sie legte es in den Karton zurück, in dem sie die Dinge sammelte, an denen ihr Mann zeit seines Lebens gehangen hatte.

Als es an ihrer Wohnungstür läutete, schaute sie zunächst nur durch einen Spalt hinaus. Doch als sie Kommissar Fuß erkannte, öffnete sie die Tür.

„Sie ersparen mir einen Weg, Herr Kommissar! Ich hätte Sie morgen im Präsidium aufgesucht." Sie begleitete den Kommissar ins Wohnzimmer. „Ich habe nämlich vom BWB die privaten Dinge meines Mannes erhalten, die noch in seinem Büro lagen. Dabei ist mir etwas aufgefallen."

Sie holte den Karton aus dem Schrank und stellte ihn auf den Tisch. „Mein Mann hatte sich über die Weihnachtstage entschlossen, ein Klassentreffen zu arrangieren. Er hat seither einen Großteil seiner Freizeit darein investiert. Vor allem, weil er einen seiner Mitschüler auf der Schulliste vermisste." Ihr blasses Gesicht nahm Farbe an. „Was mir nun aufgefallen ist, als man mir die Dinge aus dem Büro brachte: Es fehlt die ganze Korrespondenz, die er diesbezüglich geführt hat! Ich habe daraufhin heute Morgen Herrn Nettekoven angerufen und gebeten, da mal nachzuforschen. Und vor gut einer Stunde rief er zurück und sagte mir, man hätte alles auf den Kopf gestellt, aber nichts gefunden. Ist das nicht merkwürdig?"

„Kann Ihr Mann denn die Briefe nicht hier in der Wohnung irgendwo…?"

„Auf diese Idee bin ich natürlich auch schon gekommen, aber glauben Sie mir, außer der ursprünglichen Schülerliste ist nichts hier. Und diese Liste lag wie immer in der letzten Zeit dort, wo sie auch jetzt noch liegt."

„Kann ich die Liste mal sehen?"

Irmgard holte sie aus der Sideboardschublade und reichte sie dem Kommissar. „Ein Name steht nicht drauf – ich weiß nur, dass dieser Mitschüler Sigi hieß. Karl hatte auch den Familiennamen über das Einwohnermeldeamt herausbekommen, aber auch dieser Brief fehlt. Es handelte sich wohl um diesen Mohammed Labidi, der aber immer nur den Mädchennamen seiner Mutter getragen hat."

„Hat Ihr Mann diesen Labidi denn gefunden?"

„Nein, daran ist er ja schier verzweifelt. Aber…" Sie stand nochmals auf. „Ich habe durch Zufall im Papierkorb eine Bahnfahrkarte gefunden." Sie verließ den Raum und kam wenige Sekunden später mit der Fahrkarte zurück. „Er war offenbar in München. Morgens hin und am gleichen Abend zurück."

Fuß betrachtete die Fahrkarte. „Könnte jeder benutzt haben … die wird uns nicht viel weiterhelfen", seufzte er. „Eher schon die Schulliste und dieser Name."

Irmgard nickte eifrig. „Dieser Labidi, von dem mein Mann glaubte, er sei sein Schulkamerad Sigi, muss Mitte bis Ende der Fünfziger nach Hermeskeil gezogen sein. Das habe ich noch in Erinnerung."

„Darf ich diese Liste mitnehmen?"

„Wenn ich sie zurückbekomme. Ich habe mir nämlich vorgenommen, das Klassentreffen in Erinnerung an meinen Mann durchzuführen. Er hatte sich so viel Mühe gemacht."

„Trotz des etwas gespannten Verhältnisses zwischen Ihnen und ihm?"

Irmgard lächelte. „Mein Mann ist tot, Herr Kommissar. Da vergisst man manches. Natürlich stehe ich jetzt wie er wieder ganz am Anfang, denn die neuen Anschriften … alles fehlt, wie gesagt."

„Merkwürdig. Auch im Wagen Ihres Mannes haben wir nichts dergleichen gefunden." Er stand auf.

„Darf ich Sie etwas fragen?" Irmgard strich verlegen ein paar Flusen von ihrer schwarzen Bluse. „Sie hatten doch sicherlich einen Grund mich aufzusuchen?"

Fuß fasste sich mit der Hand an den Kopf. „Man wird alt! Ich bitte um Entschuldigung. Ich hatte hier in der Nähe zu tun und wollte Ihnen deshalb persönlich mitteilen, dass die Leiche Ihres Mannes freigegeben worden ist." Er wandte sich zum Gehen. In der Diele blieb er noch einmal stehen. „Ging Ihr Mann schon mal griechisch essen?"

Irmgard schüttelte den Kopf. „Nein, eigentlich mehr italienisch. Das letzte Mal, als wir griechisch gegessen haben, liegt mindestens zwei oder drei Jahre zurück."

„Und wo waren Sie da?"

„Das war am Florinsmarkt. Aber das Lokal gibt es nicht mehr."

Gerd Nettekoven hatte sich freigenommen. Er wollte einen neuen Versuch unternehmen, seine Frau Hanna zu besuchen, die mittlerweile vom Kemperhof zur weiteren Beobachtung in die Rhein-Mosel-Fachklinik nach Andernach verlegt worden war. Vorher wollte er aber nach Bonn in die Klinik fahren, um auch Butzi einen Besuch abzustatten. Zwar wusste er, dass sie immer noch im künstlichen Koma lag, aber irgendwie hatte er das Bedürfnis sie zu besuchen und zu sehen. Außerdem fühlte er sich gegenüber seinem toten Freund Karl verpflichtet, auch bei Evelin vorbeizuschauen.

Die Bonner Uniklinik auf dem Venusberg ist sehr groß und es dauerte eine Weile, bis sich Nettekoven zurechtfand. Man lehnte jedoch sowohl einen Besuch bei Frau Odenthal als auch bei Frau Singer strikt ab.

„Dann will ich wenigstens einen der behandelnden Ärzte sprechen", verlangte er.

Man brachte ihn in einen nüchternen Raum, wo er geduldig wartete. Es dauerte über eine Stunde, bis schließlich ein Arzt mittleren Alters den Raum betrat.

Nettekoven stellte sich vor. Der Arzt bat ihn Platz zu behalten. „Man hat Ihnen gesagt, dass beide Patientinnen auf keinen Fall besucht werden können. Wie Sie vielleicht wissen, liegt eine der beiden noch im Koma, auch die andere ist auf Intensiv. Was wollen Sie also mit Ihrem Besuch bezwecken?"

„Frau Odenthal und Frau Singer sind, wie Sie sicherlich wissen, beide beim BMVg..."

„Was heißt das?", fragte der Mediziner unwirsch.

„Beim Bundesministerium für Verteidigung auf der Hardthöhe."

„Weiter!“

Gerd schluckte. Er musste wohl auf den Putz hauen, um wenigstens etwas zu erreichen. „Ich bin als Bereichsleiter beim Bundesamt für Wehrtechnik und Beschaffung in Koblenz tätig, wenn Sie so wollen, sogar weisungsberechtigter Vorgesetzter der beiden Frauen.“

Dieser Satz zeigte blitzartig Wirkung im Gesicht des Arztes.

„Es ist also nicht nur eine Dienstpflicht, mich über den Gesundheitszustand der beiden Mitarbeiterinnen zu informieren, sondern auch eine persönlich-moralische Pflicht. Ich wäre Ihnen deshalb dankbar, wenn Sie mir Auskunft über den derzeitigen Stand aus medizinischer Sicht geben würden. Mich interessieren auch mögliche Folgeschäden, also irreparable Dinge, die sich möglicherweise auf die Berufsausübung auswirken.“

Der Arzt stand auf. „Wenn Sie sich einen Moment gedulden. Ich hole mir die Patientenunterlagen.“

Na also, dachte Gerd und blickte dem Arzt hinterher, der dienstbeflissen den Raum verließ. Bereits nach wenigen Minuten kam er zurück und legte zwei dicke Hängeordner vor sich auf den Tisch.

„Widmen wir uns zuerst Frau Singer. Welche medizinischen Kenntnisse darf ich voraussetzen?“

„Keine!“, antwortete Gerd. „Ich bitte nur um verständliche Auskunft über den derzeitigen Zustand, den zu erwartenden Klinikaufenthalt, die anschließende Genesungszeit und die wahrscheinlichen Folgeerscheinungen.“

„Nicht ganz einfach, Ihre Fragen. Aber lassen Sie mal sehen.“ Der Mediziner blätterte in der Akte und brummte dabei vor sich hin. Schließlich blickte er mit einem lang gezogenen „Aalso!“ auf. „Frau Singer hat einen Schädelbruch, ein schweres Schleudertrauma im HWS-Bereich. Das heißt Halswirbelsäulen-Bereich. Dann hat sie Stichwunden am Arm, der linken Brust und im Oberbauch, allerdings nur unbedeutend. Daher hatte sie aber erheblichen Blutverlust und … wahrscheinlich ist das Brustbein angeknackst. Hierzu bedarf es einer genaueren Diagnose, sobald die Patientin voll ansprechbar ist. Sie wird derzeit mit Morphium versorgt, wegen der Schmerzen. Wir sind aber bereits dabei, die Dosis zu senken.“

Er blickte Gerd erwartungsvoll an. Nachdem dieser aber keine Reaktion zeigte, fuhr er fort: „Was den Klinikaufenthalt betrifft, so schätze ich, zwischen sechs und acht Wochen, anschließende Reha, insgesamt – unverbindlich – etwa drei Monate. Es kann sein, dass die

Patientin vorübergehend ein Stützkorsett tragen muss. Als Folgeschäden kommen Probleme mit der Halswirbelsäule in Betracht. Eine Schädigung des Gehirns scheint bisher nicht vorhanden, Gott sei Dank. Die neurologischen Untersuchungen sind bisher ohne Befund."

„Und Frau Odenthal?"

Der Arzt schob die eine Akte weg, zog die andere zu sich und begann auch hierin zu blättern. „Bei Frau Odenthal sieht es grundsätzlich nicht viel anders aus. Schweres Trauma ... Brüche, am Kopf – Gott sei Dank – nichts..." Er blätterte weiter und schlug dann eine Seite auf, die er intensiv las, wobei er den Kopf abwägend hin und her bewegte. „Tja, das Wesentliche sind die Stiche in den Bauch und Unterleib..." Er schaute auf und blickte Gerd forschend an. „Dass Ihre Mitarbeiterin schwanger war, wissen Sie?"

„Ja, ja!", antwortete Gerd fast automatisch. *War,* hatte der Arzt gesagt. War! Gerds Gedanken begannen zu rasen. „Das heißt, sie hat das Kind verloren?"

„Der Embryo wurde durch mindestens zwei Messerstiche getroffen", bestätigte der Arzt. „Darüber hinaus wurden die Leber..."

Gerd hörte nicht mehr hin. Plötzlich war alles anders. Jetzt war ihm egal, was dieser Mediziner noch erzählte. Auf einmal stand er vor einer völlig anderen Situation. Butzi war nicht mehr schwanger. Alle Aufregung hatte sich auf tragische Weise erledigt. Hunderttausend Gedanken schossen ihm durch den Kopf. Kein Kind, keine Schwangerschaft. Was würde Hanna dazu sagen? Würde Gerlinde wieder ganz gesund und was würde aus ihr werden? Herbert – so hieß doch ihr Mann? Was war mit ihm?

Gerd hörte nicht, wie ihm der Arzt anbot, ihn auf die Intensivstation zu begleiten.

„Ist etwas mit Ihnen? Haben Sie alles erfahren, was Sie wissen wollten?" Der Arzt hatte die beiden Akten wieder aufeinander gelegt und schaute Gerd an. „Haben Sie noch irgendwelche Fragen?"

Wie in Trance stand Gerd auf. „Ich glaube nicht..."

Erst in seinem Wagen wurde ihm so richtig bewusst, was die Information des Mediziners für ihn bedeutete. So tragisch es war, das Ungeborene war als Problem verschwunden. Damit war für ihn auch die Entscheidung gefallen, dass er sich voll und ganz auf den Versuch konzentrieren konnte, die Beziehung zu seiner Frau wieder herzustellen. Er würde Hanna bitten, ihm zu verzeihen. Es war eben das endgültige Aus seiner Beziehung zu Butzi. Einige würden ihm dies zwar nachtragen, weil sie den Verdacht hegten, dass er Butzi jetzt wegen ihrer Verletzungen fallen ließ, aber das würde er durchstehen. Fast wie ein Zeichen kam in diesem Moment die Sonne aus dem grauen Wolkenvorhang hervor und ließ ein paar zaghafte Strahlen in seinen Wagen fallen. Er startete und fuhr nach Andernach.

In der Fachklinik verwies man ihn zunächst an den behandelnden Arzt. Er musste kurze Zeit auf dem Flur warten, wurde dann aber in ein Besucherzimmer der geschlossenen Abteilung geführt.

„Ich weiß nicht, ob Ihre Frau mit Ihnen sprechen will“, meinte der Arzt bei der Begrüßung. „Ich habe nach der Einlieferung ein ausführliches Gespräch mit ihr geführt. Ihr Zustand erscheint mir sehr labil, obwohl sie sich stark gibt.“

„Ich glaube, ich kann zur Stabilität meiner Frau etwas beitragen“, meinte Gerd verlegen. „Sie kennen sicher die Hintergründe ihrer Tat. Ein wesentliches Moment war, dass eine Freundin ein Kind von mir erwartete. Sie haben sicherlich von dem schrecklichen Vorfall in Meckenheim gehört oder gelesen. Das Kind ist … leider … tot.“

Der Arzt nahm die Information ohne mit der Wimper zu zucken zur Kenntnis. „Ich werde zu Ihrer Frau gehen und sie über Ihren Besuch informieren. Sie sollten dann mit ihr darüber reden. Aber bitte in entsprechender Form.“

Eine halbe Stunde später war Gerd mit seiner Frau allein in dem Besucherraum. Hanna Nettekoven sah an ihrem Mann vorbei aus dem vergitterten Fenster. Sie wirkte plötzlich sehr zart, fast zerbrechlich. Die Sonne fiel auf ihr brünettes Haar und gab ihm einen goldenen Schimmer.

„Hanna!“, flüsterte Gerd.

Sie wandte ihm den Rücken zu und stützte sich mit beiden Händen auf die Fensterbank.

Langsam näherte er sich ihr und legte von hinten eine Hand auf ihre Schulter. „Es tut mir Leid, was geschehen ist. Ich – ich brauch dich, Hanna. Und ich liebe dich. Lass es uns bitte noch einmal miteinander versuchen.“

Hanna zeigte keine Regung. Sie schaute hinaus in den kleinen Klinikpark, wo sich die dünnen Äste der kahlen Bäume leicht im Wind hin und her bewegten.

„Man wird dir erzählt haben, was sich in Meckenheim zugetragen hat“, sagte Gerd und seine Stimme klang belegt. „Viele glauben, Karl sei es gewesen. Ich weiß es nicht, vielleicht werden wir es auch nie erfahren. Karl ist tot. Ist das nicht alles schrecklich genug? Wirklich, Hanna, ich brauche dich und ich glaube – nein, ich hoffe – ich bin sicher, du brauchst mich auch! Ich hole dich so schnell wie möglich hier heraus. Bitte verzeih mir." Seine Stimme erstickte. „Bitte!"

Hanna drehte sich um und sah die Tränen in den Augen ihres Mannes. Mit flackernder Stimme sagte sie: „Du hast mir so wehgetan!" Dann fiel sie ihm schluchzend in die Arme.

Gerd hielt sie fest. Sie weinte und auch ihm liefen die Tränen über die Wangen. Erst als hinter ihnen die Tür geöffnet wurde, ließen sie einander los.

„Es ist jetzt besser, wenn Sie den Besuch beenden, Herr Nettekoven. Ihre Frau braucht noch viel Ruhe. Lassen Sie sie uns noch ein paar Tage zur Beobachtung", meinte der Arzt und begleitete Hanna Nettekoven hinaus.

Sie warf noch einmal einen Blick zurück zu ihrem Mann und er hatte das Gefühl, dass sie lächelte.

„Komm, gib Gas!", feuerte der Kommissar seinen Kollegen Wagner an, der mit Blaulicht und Martinshorn über die Balduinbrücke fuhr. „Vielleicht schaffen wir es noch."

„Du willst doch zur Kirche und nicht gleich auf den Friedhof!", antwortete Wagner und lenkte den Wagen auf die rechte Spur.

In der Abfahrtskurve nach Metternich quietschten die Reifen verdächtig. Fuß warf wieder einen Blick auf seine Armbanduhr. Vielleicht verzögerte sich die Trauerfeier um ein paar Minuten? Das würde ausreichen.

Vor der Kirche sprang Fuß sofort aus dem Wagen. Aber der Trauergottesdienst hatte schon begonnen. Enttäuscht drehte Fuß sich um und wartete, bis Wagner das Fahrzeug abgestellt hatte. „Wir können uns Zeit lassen, die Messe hat bereits begonnen."

Der Kommissar ging voran und öffnete leise die Kirchentür, wurde aber sofort von etlichen neugierigen Augenpaaren gemustert. „Ich gehe nach vorne!", flüsterte er Wagner ins Ohr und machte sich über das Seitenschiff auf den Weg in Richtung Altarraum.

Die große Teilnahme an der Trauerfeier war unter den gegebenen Umständen nicht verwunderlich. Sicherlich waren neben Verwandten, Bekannten und Kollegen aus dem BWB auch viele Neugierige gekommen. Immerhin wurde nicht jeden Tag jemand beerdigt, der unter dem

Verdacht stand, zwei Frauen schwer verletzt zu haben, die er möglicherweise sogar ermorden wollte, wie manche spekulierten.

Als Fuß vorne angelangt war, kreuzte sich sein Blick mit einem der Messdiener. Blitzschnell machte er ihm ein Zeichen, zu ihm zu kommen. Nur zögernd folgte der Junge der Aufforderung. Der Kommissar beugte sich mit seinen knapp zwei Metern zu dem Jungen hinunter und flüsterte ihm etwas ins Ohr. Unentschlossen blickte ihn der Junge an. Erst als Fuß ihm seinen Dienstausweis zeigte, nickte der Messdiener und nahm wieder seinen Platz neben dem Altar ein.

Offenbar hatte der Pastor während seiner Traueransprache die Unruhe hinter sich bemerkt, denn auch er blickte nun zum Kommissar hinüber. Fuß deutete auf den Messdiener, der dies als ein Signal ansah und neben den Pastor trat. Pastor und Messdiener wechselten ein paar Worte. Dann warf der Priester erneut einen Blick zum Kommissar hinüber, der deutlich erkennbar nickte.

„Liebe Trauergemeinde“, begann der Pastor, „wie sicherlich alle hier Anwesenden wissen, liegt die schwere Last einer Beschuldigung auf Karl Gassner, den wir heute zur ewigen Ruhe beisetzen wollen. Mir wurde soeben die Nachricht überbracht, dass der Verdacht, der uns alle bedrückt hat und der so sehr über dieser Trauerfeier lag, soeben gegenstandslos geworden ist. Die Kriminalpolizei teilt mit, dass man den Täter gefasst hat, der die beiden Frauen in Meckenheim misshandelt hat. Damit ist unser Bruder in Christi, Karl Gassner, rehabilitiert und kann frei von jeder Schuld und jedem Verdacht vor Gottes Angesicht treten.“ Er wandte sich nochmals zu Fuß. „Habe ich das richtig verstanden?“

Das kräftige und überzeugende „Ja“ des Kommissars hallte an den Kirchenwänden wider und brachte Bewegung in die Trauergäste. Zwei kräftige Arme ergriffen Irmgard Gassner, die in der ersten Reihe stand und zusammenzubrechen drohte. Der Kommissar verließ die Kirche so leise, wie er gekommen war, verfolgt von den Blicken fast aller Anwesenden. Es schien, als wollten sie ihm Applaus spenden.

„So etwas habe ich auch noch nie gemacht“, seufzte er draußen. „Aber ich glaube, der Tote und seine Frau haben es verdient!“

Fast beschwingt fuhr Irmgard Gassner nach der Beisetzung mit einigen Freunden, Bekannten und Kollegen ihres Mannes ins „Closter Sudhaus“ unweit des Friedhofs. Hier betrauerte man weniger den Toten, als dass man seine erwiesene Unschuld feierte. Eine merkwürdige Veranstaltung.

Am nächsten Tag konnten es alle in der Rhein-Zeitung nachlesen. Fingerabdrücke, eine DNA-Analyse und ein Brief hatten auf die Spur geführt und eindeutig belegt, dass Fabrizio P., Diplomdolmetscher bei der Nato in Brüssel, der Täter war. Er hatte Gerlinde O. und ihre Kollegin Evelin S., die ihrer schwangeren Freundin zur Hilfe geeilt war, brutal zusammengeschlagen. In Brüssel war er verhaftet worden, hatte die Tat gestanden und sogar zugegeben, dass er ebenso wie Karl Gassner davon ausgegangen war, dass beide tot waren.

Als Irmgard Gassner eines Tages vom Einkaufen zurückkehrte, stand ein kleiner Mann mit dunklen Haaren und einer sehr hohen Stirn unschlüssig vor ihrer Haustür. In der Hand hielt er einen großen Umschlag. Er lächelte Irmgard so freundlich an, dass sie ihn fragte, ob sie ihm helfen könne.

„Ich suche eigentlich nach einem Herrn hier aus dem Haus. Aber ich habe erfahren, dass er inzwischen verstorben ist. Und nun suche ich nach einer Frau Gassner, seiner Witwe, und…“

„Ich bin Frau Gassner!“

Das Lächeln verschwand aus dem Gesicht des Mannes. „Entschuldigen Sie bitte. Ich möchte Ihnen meine Anteilnahme zum Ausdruck bringen. Hätte ich gewusst…“

„Kannten Sie meinen Mann?“, erkundigte sich Irmgard neugierig. War dies vielleicht der ominöse Sigi, von dem Karl immer geredet hatte?

„Nein. Ich habe Ihren verstorbenen Mann nicht gekannt. Mein Name ist Gravani, Giorgos Gravani, ich bin Grieche und Inhaber des Restaurants ‚Rhodos‘ in Kastellaun. Ihr Mann hat vor einiger Zeit bei uns gegessen.“

Irmgard wurde sofort hellhörig. Hatte der Kommissar nicht etwas von griechisch essen gesagt? „Wollen Sie nicht hereinkommen?“

Als sie sich im Wohnzimmer gegenüber saßen, kam der Besucher sogleich auf den Grund seines Kommens zu sprechen: „Ihr Mann war vor einiger Zeit bei uns im Restaurant und hat hier dieses Buch liegen lassen. Ich war an dem Abend nicht anwesend, weil Personal in meinem Restaurant in Simmern ausgefallen war und ich dort einspringen musste. Mein Kellner in Kastellaun hat das Buch gefunden und in eine Schublade gelegt, weil er dachte, Ihr Mann kommt wieder, denn er hatte auch noch…“ Er brach ab. Der Hinweis auf die unbezahlte Zeche des Toten schien ihm plötzlich unpassend. Verlegen schob er Irmgard den Umschlag über den Tisch. „Erst vor ein paar Tagen habe ich durch Zufall dieses Buch entdeckt. Sie müssen entschuldigen, aber es gab keinen Namen dazu." Er zuckte mit den Schultern.

„Wie sind Sie denn dann auf meinem Mann beziehungsweise mich gekommen?", fragte Irmgard erstaunt. Sie hatte inzwischen den Umschlag geöffnet, die Kladde herausgezogen und sofort Karls Handschrift erkannt.

„Ich habe mir erlaubt, ein wenig in den Aufzeichnungen zu blättern. An einer Stelle schreibt Ihr Mann, dass er mit Freunden im Jagdschloss Pleizenhausen gefeiert und übernachtet hat. Wenn ich von Kastellaun nach Simmern fahre, komme ich fast an dem Jagdschloss vorbei. Ich bin also hin, in der Hoffnung, so den Namen Ihres Mannes zu finden. Als wir dann gemeinsam diese Stelle in dem Buch noch einmal gelesen haben, stellten wir fest, dass es um einen vergessenen kleinen Koffer ging. Da erinnerte sich die Wirtin und gab mir die Adresse eines gewissen Gerhard Nettekoven. Und er hat mir dann Ihre Adresse gegeben."

„Eine wirklich lange Odyssee", gab Irmgard zu. „Kann ich Ihnen Ihre ganzen Bemühungen irgendwie wieder gutmachen?"

„Um Gottes Willen, nein!", empörte sich der Grieche. „Das war doch selbstverständlich! Es handelt sich immerhin um sehr persönliche Aufzeichnungen. Aber vielleicht kommen Sie ja einmal bei uns in Kastellaun oder Simmern vorbei? Es würde mich freuen." Er stand auf und machte eine höfliche Verbeugung. „Ich möchte Sie nicht länger aufhalten. Sie haben das Buch, und das ist wichtig."

Irmgard begleitete den Besucher zur Tür und bedankte sich noch einmal. Dann ging sie zurück ins Wohnzimmer und nahm die Kladde zur Hand. Die ersten Eintragungen reichten über zehn Jahre zurück. Sie begann zu lesen und Erinnerungen in ihr wurden wach. Ihr Mann hatte tatsächlich mit wenigen Sätzen alle wichtigen Dinge in diesen Jahren festgehalten. Sie las vieles, was bei ihr in Vergessenheit geraten war – Dinge, die sie erfreuten, aber auch solche, die schmerzten, beispielsweise von der Affäre ihres Mannes mit Evelin Singer. Auch dass ihr Mann tatsächlich angenommen hatte, sie und Hanna könnten etwas mit dem Verschwinden von Gerlinde Odenthal zu tun haben, tat weh. Und seine Überlegungen, nachdem sie aus der gemeinsamen Wohnung ausgezogen war, mit Frau Singer zusammenzuziehen oder sie nach Koblenz kommen zu lassen. Am liebsten hätte sie diese Passagen übersprungen. Doch die Neugier auf die Seiten, die noch folgten, trieb sie unermüdlich zum Weiterlesen an. Ihr war, als lernte sie plötzlich einen völlig anderen Teil des Menschen kennen, mit dem sie über dreißig Jahre zusammengelebt hatte.

Sie vergaß das Mittag- und Abendessen. Erst als ihr Magen deutliche Signal gab, legte sie die Kladde beiseite und strich sich schnell in der Küche ein paar Brote. Dann las sie weiter. So erfuhr sie, dass ihr Mann auf der Suche nach diesem Sigi tatsächlich nach München gefahren war. Daher also die Bahnfahrkarte, die sie gefunden hatte. Es folgten die Zeilen, in denen ihr Mann festhielt, wie er schließlich in Kastellaun den Gesuchten als Clown in einem Kindergarten wiedergefunden hatte. Endlich erfuhr sie auch die Wahrheit über seine Fahrt nach Meckenheim, und als sie die Beschreibung der vorgefundenen Leichen las, konnte sie Tränen des Mitgefühls nicht zurückhalten. Karl war also wirklich davon ausgegangen, dass die beiden Frauen tot waren. Für einen Moment legte sie die Kladde beiseite. Was musste in ihrem Mann vorgegangen sein? Er war hingefahren, um Gerd zu helfen, um Hanna zu helfen. Und dann dieser Anblick. Ihr lief es nachträglich kalt über den Rücken.

Beim Umschlagen zur nächsten Seite erschrak Irmgard noch heftiger. Plötzlich war die Handschrift fahrig, fast unleserlich: *Ich sitze hier in einem griechischen Restaurant in Kastellaun und bin völlig verzweifelt.* Dann folgten eine Beschreibung seines dramatischen Gesundheitszustandes und die Vermutungen und Erkenntnisse, die er über seinen ehemaligen Banknachbarn erlangt hatte. Irmgard verschlang die dahingekritzelten Sätze förmlich. Sie wusste, sie waren in den letzten Stunden oder vielleicht sogar Minuten vor Karls Tod geschrieben worden. Sein Vermächtnis.

Kommissar Fuß saß vor seinem Computer, neben sich einen Berg von Akten, und tippte Berichte. Er liebte diese Arbeit wie die Pest, wie er zu sagen pflegte. Kriminalhauptmeister Wagner war vor zwei Stunden zu einem Einbruch gerufen worden, er musste jeden Moment zurück sein. Sie hatten sich verabredet, nach Dienstschluss noch gemeinsam einkaufen zu gehen. Erika hatte ihm eine ganze Liste von Dingen aufgeschrieben, die ihr noch zur Eröffnung der Straußwirtschaft am kommenden Samstag fehlten.

Das Telefon läutete. Eine Besucherin wolle ihn unbedingt persönlich sprechen. Fuß seufzte und sah seinen pünktlichen Feierabend schwinden.

„Frau Gassner?!“, rief er wenig später überrascht. „Was kann ich für Sie tun? Sie sind hier bei der Mordkommission, ist Ihnen das klar? Die Sache mit Ihrem Mann hat sich ja Gott sei Dank aufgeklärt!“

Irmgard folgte der Geste des Kommissars und nahm auf dem Stuhl neben seinem Schreibtisch Platz. „Ich glaube, es gibt noch mehr Morde aufzuklären, Herr Kommissar. Falls mein verstorbener Mann das nicht schon für Sie erledigt hat.“

Kommissar Fuß wusste nicht so recht, ob er diese Bemerkung für bare Münze oder einen Scherz halten sollte.

„Mein Mann hatte doch die Idee, ein Klassentreffen zu organisieren“, erklärte Irmgard. „Und jetzt weiß ich, dass er es letztendlich doch geschafft hat, alle zu finden. Auch seinen Banknachbarn, diesen Mohammed Labidi alias Siegfried Lange oder Sascha Callutti. Seinen Mörder.“

Fuß war sich nicht sicher, ob er die Frau vor sich noch ernst nehmen konnte. Immerhin war eindeutig festgestellt worden, dass Karl Gassner eines natürlichen Todes gestorben war, Herzinfarkt! Natürlich kannte er auch Fälle, in denen Angehörige immer wieder versuchten, das Gegenteil zu beweisen. Er hatte sich bereits etliche Male mit Psychologen darüber unterhalten. Dieses Phänomen des Nicht-wahr-haben-Wollens war bekannt. Allerdings trat es meist bei labilen Menschen auf, und sein Gegenüber machte alles andere als einen labilen Eindruck.

„Ich weiß, was Sie jetzt denken“, sagte Irmgard energisch. „Natürlich hat Karl einen Infarkt erlitten und ist daran gestorben. Aber ist nicht der Mensch, der ihn in diesen Infarkt getrieben hat, auch so etwas wie ein Mörder?“

„Das müssen Sie mir erklären!“ In Fuß siegte nun doch die Neugierde.

„Außerdem geht es nicht darum, ob mein Mann in den Infarkt getrieben wurde oder nicht, sondern dass er, würde er heute noch leben, in der Lage wäre, einen mehrfachen Mörder seiner Taten zu überführen. Der Mörder ist jener Klassenkamerad, den mein Mann bis zuletzt gesucht hat. Karl hat alles hier in dieser Kladde festgehalten. Lesen Sie vor allem die letzten Seiten.“

Sigi Lange warf wütend die kopierten Seiten aus der Kladde in die Luft. Der Kommissar hatte ihn mit seinem Kollegen Wagner in der Garderobe des Zentrums im Park in Emmelshausen aufgesucht, wo er bereits für seinen bevorstehenden Auftritt in vollem Clownskostüm war.

„Ich habe mir gleich gedacht, dass dieser Mann spinnt!", schrie er hemmungslos, so dass die Mitarbeiterin des Zentrums, die die Beamten zu Sigi geführt hatte, rasch die Tür schloss. „Abartig, wie er in meinem Leben herumgeschnüffelt und welche Zusammenhänge er konstruiert hat. Kein normaler Mensch käme auf eine solche absurde Idee."

Schon bei der Begrüßung hatte Fuß dem Clown den Durchsuchungsbefehl für seine Wohnung in Kastellaun vor die Nase gehalten. Kollegen von der Spurensicherung stellten diese Wohnung jetzt gerade auf den Kopf.

„Sie bleiben also dabei, dass alles, was Herr Gassner in seinem Tagebuch festgehalten hat, unhaltbare Vermutungen sind, Hirngespinste eines kranken Mannes?"

„Was sonst?"

„Nun, es passt doch alles recht gut zusammen, fast könnte man sagen, der Mann hat einen enormen kriminalistischen Spürsinn bewiesen..."

Sigi brach in lautes Gelächter aus und hüpfte wie Ronaldo durch den Raum. „Dann holen Sie Karl doch her. Stellen Sie ihn mir gegenüber. Dann werden Sie sehen, wie schnell er kleinlaut zugibt, aus Eifersucht oder Wut gehandelt zu haben. Vielleicht auch aus Rache. Was weiß ich?"

Der Kommissar schaute dem Clown direkt in die Augen. In der Maske konnte er den Menschen dahinter schlecht einschätzen. Aber der Mann war sowieso so etwas wie ein Schauspieler und in seinem Gesichtsausdruck wäre wahrscheinlich auch ohne Maske kaum etwas Verräterisches zu sehen gewesen. „Ihr Schulkamerad ist tot!"

Der Clown beugte sich vor und hob den Zeigefinger. „Ahaaaa! Und jetzt soll ich den armen Irren umgebracht haben. Verstehe! Und das Motiv? Ja, *jetzt* könnte ich ihn umbringen! Für den Schwachsinn, den er da niedergeschrieben hat. Schade – dass er schon tot ist. Bitte verstehen Sie, wenn ich nicht zu seiner Beerdigung komme. Er kotzt mich an."

Fuß zog sich einen Stuhl heran. Sein Rücken schmerzte mal wieder. „Sie können sich beruhigen, Karl Gassner ist bereits längst beerdigt. Sie geben aber zu, dass Herr Gassner Sie in Kastellaun aufgesucht hat?"

„Natürlich. Sie werden auch möglicherweise Fingerabdrücke von ihm in meiner Wohnung finden. Aber keinen einzigen Tropfen Blut! Ich hatte keinen Grund, die Wohnung nach seinem Besuch gründlich zu putzen, weil ich nichts zu verbergen habe. Oder habe ich ihn erwürgt? Haben Sie Hautfetzen unter seinen Fingernägeln gefunden, Herr Kommissar? Sie haben nichts, gar nichts!"

„Sind Sie sich da so sicher?" Fuß sah den Clown mit einem lauernden Blick an. „Der Tod war von Ihnen viel heimtückischer geplant. Sie wussten, dass Herr Gassner schwer herzkrank war. Sie haben ihn in den Infarkt getrieben."

Das Handy von Kriminalhauptmeister Wagner begann zu piepsen. Wagner nahm das Gespräch im hinteren Teil des Raums entgegen.

Der Clown von Kastellaun lachte ausgelassen. „Ahaaa! Und wie habe ich das gemacht? Habe ich ihm Gruselmärchen erzählt? Hab ich ihm womöglich das, was er da niedergeschrieben hat, selbst diktiert?"

Wagner beendete das Telefonat und machte seinem Kollegen ein Zeichen. Fuß stand auf und der Kriminalhauptmeister flüsterte ihm etwas ins Ohr.

„Man hat gerade in Ihrer Wohnung einen großen Briefumschlag gefunden", wandte sich Fuß wieder an den Clown. „Der wurde bereits vermisst. Darin sind Briefe an Ihre ehemaligen Mitschüler, die Herr Gassner in den vergangenen Wochen geschrieben und verschickt hat."

„Ich habe ja nicht bestritten, dass Karl bei mir war!", schrie Sigi sofort. „Natürlich, den Umschlag hat er das letzte Mal bei mir liegen gelassen, weil ich die Einladungen verschicken sollte und deshalb die Adressen brauchte!"

Der Kommissar horchte auf. „Haben Sie denn inzwischen die Einladungen verschickt?"

Wieder hopste der Clown mit seinen großen Schuhen übermütig durch den Raum. „Natürlich! Wie mit Karl verabredet."

„Und wann wird dieses Klassentreffen stattfinden?"

„Am 10. Mai!", kicherte der Clown. „Und ich werde eine grandiose Vorstellung geben, noch einmal als der große Ronaldo, der Star der Manege!"

„Das glaube ich weniger!" Kommissar Fuß konnte sich ein leichtes Schmunzeln nicht verkneifen.

„Das kann mir keiner vermasseln. Kein toter Karl, keine Hausdurchsuchung, keine noch so bösen Verleumdungen. Sie werden nichts finden, nichts!"

„Und was sagen Sie, wenn ich jetzt einen Haftbefehl gegen Sie vorlege? Immerhin würde es sich vielleicht noch als günstig für Sie erweisen, wenn Sie vorher ein Geständnis ablegen würden."

Wieder erschallte das Lachen von Ronaldo, das schon so viele Herzen hatte höher schlagen lassen. Mit seinen langen Schuhen tappte der Clown auf den Kommissar zu und hielt ihm beide Arme entgegen. „Wissen Sie was? Entweder Sie verhaften mich jetzt oder Sie lassen den Bluff und machen mir den Weg frei zur Bühne. In zehn Minuten beginnt mein Auftritt!"

Fuß warf seinem Kollegen Wagner einen kurzen Blick zu. Wagner nickte nur und verließ den Raum.

„Ich fürchte, lieber Ronaldo oder Sascha Callutti oder Siegfried, Mohammed oder welchen Namen auch immer Sie bevorzugen, aus diesem Auftritt hier wird nichts mehr!"

„Nichts, nichts haben Sie gegen mich in der Hand! Außer dem Gekritzel eines armen Irren, der unbedingt aus seinem besten Schulfreund einen Mörder machen wollte, weil er eifersüchtig war auf meinen Erfolg, weil er wütend war, dass ich nicht so einfältig war wie alle anderen in der Klasse, und weil er zu feige war, das zuzugeben."

„Ich glaube nicht, dass er eifersüchtig, wütend oder feige war. Aber diese verräterische Formulierung habe ich einige Male in dem Tagebuch von Herrn Gassner gelesen. Er schreibt sie Ihnen zu." Der Kommissar zog bedächtig ein Stück Papier aus seiner Innentasche, entfaltete es und hielt es dem Clown entgegen. „Der Haftbefehl!", kommentierte er lapidar.

Ronaldo sprang wie ein Affe im Raum hin und her. „Ich glaub, ich spinne! Mit welcher Begründung hat Ihnen denn ein seniler Richter dieses Stück Papier unterschrieben?"

„Auf Grund der Aussage einer Zeugin!"

Wieder lachte Ronaldo schallend. Er sprang auf den Kommissar zu und wollte ihn beiseite schieben, um auf die Bühne zu gehen. Doch Fuß erfasste blitzschnell seinen Arm und drehte ihn auf den Rücken.

Der Clown schrie laut auf.

„Wagner!", brüllte Fuß.

Wie auf Kommando wurde die Tür geöffnet und der Kriminalhauptmeister schob eine bleiche, ausgemergelte Frau vor sich her.

Ronaldo wich zurück und starrte die Frau an. „Carmen!"

„Jawohl! Carmen Rodriguez, Ihre Komplizin! In einem Punkt, und nur in diesem einen Punkt, hat sich Karl Gassner bei seinen Überlegungen geirrt. Er nahm an, Carmen Rodriguez sei nur eine Kollegin aus Zirkuszeiten, wie dieser Igor in München. In Wirklichkeit war sie aber auch die Frau, die Sie in Ihre Maske und Ihr Kostüm gesteckt haben, als Sie Paola Callutti ermordeten. So hatten Sie ein Alibi für die Tatzeit! Sie hatten längst ein Verhältnis mit Carmen Rodriguez. Und als Paola, die doppelt so alt war wie diese damals junge und hübsche Seiltänzerin, Sie miteinander erwischte und eifersüchtig zur Rede stellte, da kam Ihnen der mörderische Plan in den Sinn. Paola war Ihnen im Weg. Und Sie haben Übung darin, Menschen, die Ihnen im Wege sind, zu beiseitigen!"

Der Clown riss sich wütend die Perücke vom Kopf. Sein Gesicht unter der Schminke wirkte verzerrt. „Sie Klugscheißer, Sie verdammter Bullenspießer, was wissen Sie schon? Es gibt Situationen, da muss man töten, um nicht selbst umzukommen, verstehen Sie? Nein, das verstehen Sie nicht! Sie können es sich leisten, andere Leute an den Pranger zu stellen und selbst den edlen Aufklärer zu spielen, Sie – Sie –"

Jäh brach er ab. Von einem Moment zum anderen wandelte sich seine Haltung. „Ja, ich habe Paola getötet!", flüsterte er und ließ sich auf einen Klappstuhl fallen. „Aber es war alles ganz anders, als Sie meinen. Eifersucht, Unsinn, Paola wusste, dass ich sie liebte, nur sie. Carmen war nicht mehr als eine Eintagsfliege..."

Die bleiche Spanierin wollte sich erbittert auf ihn stürzen, aber Wagner hielt sie zurück.

„Sie hat es herausbekommen, irgendwie hat sie alles über mich herausbekommen", flüsterte Sigi kaum hörbar und seine Tränen verwischten die weiße Schminke. „Und dann wollte sie mich verlassen. Ich musste sie töten!"

„So, wie Sie früher schon Menschen töten mussten", stellte Fuß grimmig fest.

Sigi sprang auf. Er drehte sich einmal um seine eigene Achse, als stünde er auf der Bühne und wollte die Szene wechseln. Grotesk wirkte sein verschmiertes Gesicht im fahlen Licht der Garderobe. „Was wollen Sie hören? Ja! Ja, ja, ja!!! Ich habe dieses Schwein umgebracht, das meiner Mami immer wehtat, sie nur ausbeutete. Was wissen Sie denn schon? Sie sind garantiert in einer heilen Welt großgeworden, Papi ging arbeiten, Mami spielte Klavier und der gute Sohn jagt heute Verbrecher! Ja, ich habe ihm die Schere in den Rücken gestoßen, immer und immer wieder, und es war mir ein Vergnügen! Er hat meine Mami nicht geliebt, er hat sie gehasst und er hat mich gehasst. Aber ich habe meine Mami geliebt! Sie war eine wunderbare Frau, meine Mami. Ich habe es für sie getan. Und für die Gerechtigkeit!"

Fuß nickte ungerührt. „Und als verlängerter Arm der Gerechtigkeit haben Sie auch Ihren Stiefvater umgebracht", bemerkte er lakonisch.

„Fuchs war ein Miststück, ein nichtsnutziger Schmarotzer, der mir meine Mami nehmen wollte, er wollte sie ins Gefängnis bringen!"

„Sie waren es, der ihn im Wald verfolgt und erschlagen hat!" Die Worte des Kommissars klangen wie eine Feststellung.

„Ja, *ich* habe ihn im Wald verfolgt und erschlagen, so lange auf ihn eingeschlagen, bis sein Schädel zerbarst." Der Clown machte eine Bewegung, als schlüge er auf jemanden ein. Sein Gesicht strahlte in wildem Triumph. „Und ich bin stolz darauf! Er hatte es nicht anders verdient! Mami war zu schwach. Sie hätte weder den Mut noch die Kraft dazu gehabt. Aber ich war stark. Ich war immer der Stärkere und musste meine Mami schützen."

Beklommenes Schweigen trat ein. Carmen Rodriguez sah aus, als wäre sie einer Ohnmacht nahe. Fassungslos klammerte sie sich an Kriminalhauptmeister Wagner fest, der ihr beruhigend über die Schultern strich.

Endlich unterbrach Fuß die gespenstische Stille. „Leider haben Sie Ihre geliebte Mami nicht davor schützen können, sich umzubringen."

Wieder veränderte sich die Haltung des Clowns. Er ließ die Schultern hängen und stand da wie ein kleiner Schuljunge. „Sie hat sich nicht umgebracht", sagte er leise.

„Du hast sie umgebracht! Du hast deine eigene Mutter umgebracht!", schrie Carmen auf.

Sigi schaute sie mit großen, runden Kinderaugen an. „Sie liebte mich nicht mehr. Plötzlich liebte meine geliebte Mami mich nicht mehr. Sie wollte mich in eine Anstalt bringen, verstehst du? Sie hat mich verstoßen, hat mich eine Bestie genannt, meine geliebte Mami. Das konnte ich nicht zulassen."

„Du hast sie umgebracht!", wiederholte Carmen so laut, dass Fuß fürchtete, es müsse bis hinaus in den Saal zu hören sein.

„Umgebracht! Was für ein hässliches Wort. Sie ist friedlich und sanft eingeschlafen."

„Dann haben Sie ihr das Schlafmittel verabreicht?", schaltete Fuß sich wieder ein.

Sigi schaute den Kommissar ruhig an. „Sie hat nicht leiden müssen. Und seither ist sie immer bei mir, als mein guter Engel, der mir immer zur Seite steht."

„Du Schwein!", kreischte Carmen und musste wieder von Wagner zurückgehalten werden. „Du hast sie alle umgebracht! Und jetzt redest du von Engeln! Auch mich hast du deinen Engel genannt. Und jetzt, was ist mit mir? Du wolltest mich zu dir holen, mich heiraten! Lüge, alles erbärmliche Lüge! Du hast mich benutzt und dann weggeworfen wie einen schmutzigen Lappen! Ich bin froh, dass ich zur Polizei gegangen bin! Ich habe schon in Spanien ein volles Geständnis abgelegt und ich werde es jederzeit in diesem Land wiederholen!" Schluchzend brach sie zusammen.

Sigi hatte ihren Ausbruch mit unbewegter Miene hingenommen. „Du kleine, verliebte Idiotin, du wolltest es doch so", sagte er ausdruckslos. „Hast dem großen Ronaldo gerne den kleinen Gefallen getan und dich in seiner Maske irgendwo im Publikum rumgetrieben. Damit ich meine Hände in aller Ruhe um den Hals von Paola legen konnte." Er wandte sich zu Kommissar Fuß und ein entrücktes Lächeln legte sich auf sein Gesicht. „Sie hat mich sogar angelächelt, während sie starb …"

Bisherige Veröffentlichungen von Heinz-Peter Baecker:

„Herzflimmern in Simmern"
Kriminalroman, 184 Seiten, ISBN 3-922929-90-7

„Koblenzer Schängel jagt Hunsrücker Bengel"
Kriminalroman, 234 Seiten, ISBN 3-934524-06-0

„Die Mädchenleiche unter der Hunsrückeiche"
Kriminalroman, 224 Seiten, ISBN 3-934524-19-2

„Das Kleid der Lüge"
Roman, 464 Seiten, ISBN 3-89811-278-0

„Der Tod des Lächelns" (Pseud. Peter Brighton)
Roman, 384 Seiten, ISBN 3-430-11559-0

„Schwarze Konten, Rote Köpfe, Gold'nes Schweigen"
Märchenhafte Politsatire nahe der Realität
156 Seiten, ISBN 3-935286-04-X

Stimmen zu Baeckers Büchern:
„Seine Bücher machen einen richtig süchtig..."
(Dr. Judith Sixel, Lektorin)

„Ich bin sehr angetan..., ein starkes langfristiges Potential als Buchautor"
(Bettina Keil; Keil & Keil Literatur-Agentur)

„... sein Buch in einer Nacht ausgelesen"
(Dr. Frauke Jung-Lindemann, The Berlin Agency)

„Die Spannung des Buches bereitete mir eine schlaflose Nacht"
(Katja Heijnen, Journalistin)